ro
ro
ro

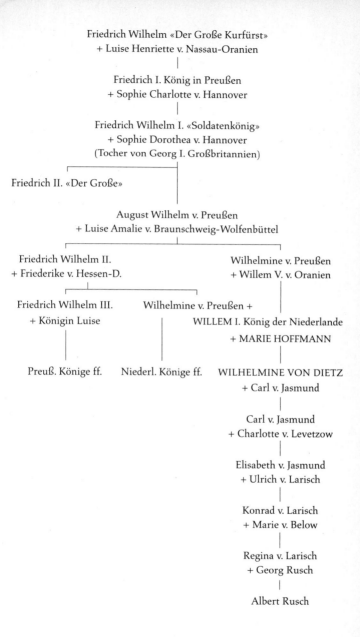

«F. C. Delius ist mit ‹Königsmacher› ein großer Wurf gelungen. Im Gewand eines rührseligen historischen Romans nimmt er das Geschäft von Leuten aufs Korn, denen Grundsätze, Überzeugungen und intellektuelle Redlichkeit abhanden gekommen sind.» *(Berliner Morgenpost)*

«Hier bekommt man mehr als einen historischen Roman, nämlich eine Satire auf den Literaturbetrieb und eine Parabel auf die Nichtplanbarkeit von künstlerischem Erfolg.» *(Literarische Welt)*

«Ein Muss für die Liebhaber historischer Romane ebenso wie für deren Hasser» *(Brigitte)*

Friedrich Christian Delius, geboren am 13. Februar 1943 in Rom und in Hessen aufgewachsen, promovierte 1970 mit der Arbeit «Der Held und sein Wetter». Mit Satiren, zeitkritischen Romanen und Erzählungen, u. a. «Mogadischu Fensterplatz», «Der Sonntag, an dem ich Weltmeister wurde» (rororo 13910), «Die Birnen von Ribbeck» (rororo 13251), «Der Spaziergang von Rostock nach Syrakus» (rororo 22278) und «Die Flatterzunge» (rororo 22887), aber auch mit seiner Lyrik wurde er zu einem viel diskutierten und gelesenen Gegenwartsautor. F. C. Delius lebt in Berlin.

Friedrich Christian Delius

Der Königsmacher *Roman*

Rowohlt Taschenbuch Verlag

Der Autor dankt dem Deutschen Literaturfonds e. V. für die Förderung, Irmgard von der Lühe und Josef Keunen für umfangreiche Vor-Recherchen, der Max Kade Stiftung für produktive Wochen am Dickinson College in Carlisle, PA, sowie Alexander von Bormann, Siv Bublitz, Beverley Eddy, Sabine Herken, Hilde von Massow, Klaus Modick und Wolfgang Müller für wichtige Anregungen und Inge Ahrens für den Titel.

Veröffentlicht im Rowohlt Taschenbuch Verlag GmbH,
Reinbek bei Hamburg, Februar 2003
Copyright © 2001 by Rowohlt · Berlin
Verlag GmbH, Berlin
Alle Rechte vorbehalten
Umschlaggestaltung any.way, Walter Hellmann
(Abbildung «Bildnis der Königin Luise von Preußen»,
Niklas Lauer zugeschrieben, © Deutsches Historisches Museum)
Satz Aldus PostScript, PageMaker bei
Pinkuin Satz und Datentechnik, Berlin
Druck und Bindung Clausen & Bosse, Leck
Printed in Germany
ISBN 3 499 23350 9

Dies Buch hat Albert Rusch geschrieben, von der ersten bis zur letzten Seite. Jener Albert Rusch, der vor ungefähr zwei Jahren vom erfolglosen Autor zum Medienstar aufstieg, dann für ein paar Wochen in der Psychiatrie landete und immer noch den Schutz vor der Öffentlichkeit braucht. Er hat mich gebeten, seine Geschichte vorläufig unter meinem Namen herauszugeben.

Welche Gründe ihn dazu trieben, erklärt sich aus dem Lauf der Handlung und den letzten Seiten. Ich habe dem Drängen meines Freundes nach langem Zögern nachgegeben, obwohl seine Schreibweise in vielem völlig anders ist als meine.

Was mich trotzdem bewogen hat, Albert Ruschs Bericht veröffentlichen zu helfen, will ich hier nicht ausführen. Wer diese Geschichte zu lesen beginnt, wird solche Begründungen ohnehin bald vergessen.

F. C. D., 21. März 2001

Wind weht vorüber, ein kühler Oktoberabend, und wer aus der Untergrundbahn steigt, landet auf einer langgestreckten Brücke. Hallesches Tor, 20 Uhr 41, die gelben Wagen fahren weg ins Dunkle Richtung Warschauer Straße, der Boden vibriert. Ich will nicht nach Osten, nicht nach Westen, ich folge den Leuten nicht die Treppen hinab.

Umsteigen bitte, ehe die Musik des Eisens wieder anhebt. Ich bleibe am Halleschen Tor am Ende des Bahnsteigs und gebe Befehle.

Denk dir die U-Bahn weg, die Eisengerüste, die Hochhäuser mit Küchen- und Wohnzimmerlicht, den Kanal unten, alles weg. Hör den Autolärm nicht, die fernen Sirenen, die nächste U-Bahn. Die Stadt schweige. Rieche den gepflügten Acker, die feuchten Wiesen, nicht Benzin, Fettdunst, Hundekot. Lass die Leute verschwinden oder verkleide sie, wenn du kannst.

Umsteigen bitte, fast zweihundert Jahre zurück, ungezählte Stufen in die Vergangenheit hinunter.

Es ist ganz einfach. Eine neue Landkarte aufschlagen.

Stille. Wind weht vorüber, ein kühler Oktoberabend zwischen acht und neun.

Ich höre: Hufe schlagen auf einen feuchten Sandweg.

Ich sehe: Ein Pferd galoppiert von Süden heran, den Kreuzberg hinunter. Den Reiter umweht ein weiter schwarzer Mantel. Vor dem Wachtposten am Halleschen

Tor öffnet er sein Gewand, darunter blitzt eine Generals-
uniform auf, der Posten salutiert. Der Reiter passiert das
Rondell und wendet von der Friedrichstraße nach rechts in
die Jacobstraße. Kein Mensch zu sehen, die Straßen dunkel,
hinter den Fenstern hier und dort Kerzenlicht. Es ist nicht
die Gegend, in der hohe Militärs sich aufhalten. Vor einem
der einfachen Häuser steigt der Reiter ab, bindet das Pferd
an und klopft an die Tür der Nummer 21. Er ist etwa Mitte
dreißig, sieht erschöpft aus, geschlagen, gejagt. Eine ältere
Frau öffnet, erkennt ihn, er tritt ein.

1

– Wo ist Marie?
– In Küstrin, die sind alle nach Küstrin.
– Das ganze Theater?
– Ja. Der König ist doch abgehaun … geflohen, meine ich.
– Das weiß ich, ich muss auch weg. Der ganze Hof soll auf
der Flucht sein, aber warum denn das Hoftheater, was für
ein Unsinn!
– Die Franzosen kommen.
– Ich weiß, ich weiß. Franzosen, überall Franzosen. Deshalb
muss doch Marie nicht …
– Es ging so schnell, fünf Minuten gepackt, weg war sie.
– Frau Hoffmann, lassen Sie Marie holen, sagt der General
nach kurzem Überlegen, schicken Sie Gottfried! Er legt
Geld auf den Tisch.
– Jawohl.
Die Mutter ruft ihren Sohn herbei, einen stämmigen Bur-
schen, und gibt den Befehl weiter.
– Wenn ick noch die letzte Chaise kriege, antwortet der.
– Mit dem Geld bestimmt!

– Sind schon alle weg, die Herrschaften, sagt Gottfried. Untern Linden sind se alle weg, nur noch Dienstboten in den Häusern. Sogar der Stadtkommandant, vorgestern Ruhe ist die erste Bürgerpflicht, heute ab und nischt wie zum Tore hinaus.

– Red Er nicht, hol Er seine Schwester, befiehlt der General. Gottfried geht. Frau Hoffmann bietet dem Gast das Nebenzimmer an. Alles ist ärmlich, Kontrast zur glänzenden Uniform.

– Napoleon hat mich verbannt, nach Posen. Ich darf mich in Berlin gar nicht aufhalten. Und keine drei Tage, dann sind sie da, die Franzosen.

– Sie können hier warten, Herr Wilhelm.

– Auf schnellstem Wege, hat er gesagt.

– Wer?

– Der Kaiser, der uns alle niedertrampelt. Auf schnellstem Wege ab nach Posen, Herr Generalmajor! Ab mit Ihnen!

– Marie wird sich freuen.

Der General holt das Pferd in die Remise, bringt Stroh, Heu, einen Eimer Wasser. Er wartet, bis das Tier gesoffen hat, geht ins Haus zurück, zieht Stiefel, Uniformjacke und Hose aus und schläft sofort ein.

Traumbilder: Gewehre, Bajonette, Kürasse liegen weggeworfen am Feldrand – überall Verwundete, die nicht aufhören zu schreien – mit blutenden Köpfen, abgehauenen Armen, Bauchwunden – in den Gräben verlassene Kanonen und Munitionswagen – verbündete Soldaten, Preußen und Sachsen, prügeln sich um verschimmeltes Kommissbrot – Franzosen von rechts und links und von vorn rücken mit Bajonetten an – gezückte Säbel, Todesschreie, Kanonendon-

ner – ein kleiner Trupp der Preußen irrt auf dem Schlachtfeld umher – Gemetzel, Gedrängel neben Pferdekadavern –
Wimmern, Heulen, Jammern, Flüche von allen Seiten – die
Armee völlig zerrieben, keiner kämpft, wer noch nicht tot
ist, rennt und flieht – Leichen, überall Leichen – ein Franzo-
se mit wilder Frisur sticht zu: solche Bilder könnten durch
den Traum eines Generals ziehen, der mit 40 000 Preußen
und Sachsen gegen Napoleons Armee verloren hat.

Er steht auf, lugt zum Fensterladen, es ist taghell, er geht in
die Küche, taucht einen Krug in einen Eimer Wasser, trinkt
den Krug leer, geht ins Zimmer, schläft wieder ein.

Marie, eine dunkelblonde Schönheit, neunzehn Jahre, steht
vor seinem Bett, weckt ihn mit Küssen. Zärtlichkeiten.
– Mein lieber, lieber Wilhelm.
Sie zieht ihn aus.

Auch nach dem Beischlaf hören sie mit den Zärtlichkeiten
nicht auf. Er genießt es, wenn sie ihm die Zehen küsst.
– Gehen der König und die Königin etwa ins Theater in
Küstrin?
– Natürlich nicht. Alles drunter und drüber, weiß doch keiner was. Und die Königin Luise ist ja erst gestern angekommen.
– Ein Desaster, Preußens Untergang, der König flieht, und
das Ballett, das Hoftheater flieht hinter ihm her!
– Der Intendant hat uns geschickt, der König hat das nicht
befohlen. Er war wütend, als er uns in Küstrin sah, aber er
wollte uns auch nicht zurückschicken.
– Ach, mein lieber Schwager reitet uns alle ins Verderben
und kann sich wieder mal nicht entscheiden.

– Wo ist deine Frau?

– Bei Luise, bei der Königin, nehm ich an. Ich weiß nicht, wie lang ich jetzt weg sein werde, Marie.

– Wir sehn uns wieder, ich weiß es.

So etwa dachte ich anzufangen, mit einem schlichten Handlungsgerüst, kurzen Dialogen und Skizzen. Erst einmal sollten alle Szenen oder Kapitel in dieser Rohform bleiben, ohne Wetter, Landschaften und längere Herzensergießungen, ohne Kostüme, Kutschen und Kronleuchter. Figuren ausmalen, Gesichter beschreiben und Blicke deuten, längere Konversationen, innere Monologe, all das wollte ich für die späteren Fassungen aufheben.

Es wäre keine Kunst, die Kostüme ausführlicher zu schildern, die Zimmer mit schmückenden Worten wohnlicher einzurichten, die Gebäude farbiger zu gestalten. Auch das Schlachtengemälde von Jena und Auerstedt ließe sich leicht mit blutigen und brutalen Details bereichern. Natürlich müsste mit mehr Sex gewürzt werden – *a little sex never hurts*. Aber im Großen und Ganzen, dachte ich, könnte der Anfang so aussehen, könnten die Figuren ungefähr in diesem Takt aufeinander losmarschieren, der Prinz und die Tänzerin ihre wilde und tragische Geschichte beginnen.

Zuerst nur die Skizze der Story, so locker wie möglich entworfen, um sie später in jede gewünschte Richtung auszubauen. Drei Wege, drei Formen gab es, doch die Entscheidung hielt ich einstweilen offen: einen schmissigen Unterhaltungsroman, eine nüchtern-kritische Zeitstudie oder einen Drehbuch-Entwurf für einen Kinofilm.

Nichts ist fiktiver als die Vergangenheit. Wie die Vorstellung auch immer gesteuert wird, sie bleibt eine Vorstellung. *Das Vergangene,* schreibt Harry Mulisch, *ist ebenso unsicher wie die Zukunft. In der Zukunft kann (fast) alles noch geschehen – doch auch in der Vergangenheit kann (fast) alles geschehen sein.*

Was vergangen ist, wirkt so oder so wie ein Filmstreifen: Bekannte Bilder mit neuen Bildern geschnitten, die auch nur eine neu geschnittene Mischung aus alten Bildern sind.

2

Landgut bei Posen, Winter 1807. Willem mit seiner Frau Wilhelmina, genannt Mimi, und zwei Söhnen am Esstisch. Trauerstimmung, steif. Langes Schweigen. Der jüngere Sohn fragt:
– Ist Pauline wirklich im Himmel?
– Ja, im Himmel, sagt die Mutter und kämpft mit Tränen.
Langes Schweigen.
– Ich will wieder nach Berlin, sagt der ältere.
– Wir gehen bald wieder nach Berlin, antwortet der Vater.

Später die Eltern allein.
– Sind Sie so sicher?, fragt Wilhelmina.
– In Berlin haben sich die Franzosen anständig aufgeführt, einigermaßen. Jena und Auerstedt sind abgebüßt. Napoleon hat die Verbannung nicht aufgehoben, aber er hasst Leute, die vor ihm kneifen. Ich muss ihm endlich zeigen, dass ich kein Vasall Ihres lieben Bruders bin, der sich nach Königsberg verzieht und seine Niederlage hinnimmt wie eine Strafe Gottes. Wenn wir Luise nicht hätten, wär er bis Sibirien geflohen. Sagen Sie ihm das bloß nicht, Mimi.

– Ihre Frau verrät Sie nicht.

– Napoleon wird noch lange herrschen, aber ich bin immerhin der Statthalter, und wenn er im Staub liegt eines Tages, der größte Feldherr aller Zeiten, dann werden wir in Den Haag einziehen. In zehn Jahren, in zwanzig Jahren, wir werden das noch erleben, Mimi. Ich werde ihm schreiben, dem großen Weltenlenker, und um Rückkehr aus der Verbannung bitten. In Berlin zu wohnen kann er uns nicht verweigern, nachdem er mich schon einmal zum Fürsten gemacht hat.

– Fürst von Fulda und Dortmund!

– Fulda war keine schlechte Lehre. Er liebt die Taktierer mehr als die Feiglinge.

– Ihr Wort in Don Näppels Ohr.

3

Berlin, Sommer 1809. Niederländisches Palais Unter den Linden. Auf der Straße viele Franzosen, auf dem Brandenburger Tor fehlt die Quadriga. Willem im Arbeitszimmer mit seinem Berater, Oberleutnant von Fagel.

– Ich fahre übermorgen.

– Ich wäre froh, wenn Sie sich heraushielten, wenn es doch wieder zur Schlacht kommt.

– Sie bleiben ein Diplomat, Fagel. Ich kann nicht ewig Bücher lesen, Staatswissenschaft studieren, Gesetze und Philosophie und hier rumlungern und meine Güter im Osten verwalten. Ich kann nicht immer grübeln und auf den richtigen Zeitpunkt warten. Ich muss was tun, Fagel. Mein Volk will sehen, dass der Prinz von Oranien für die Freiheit kämpft.

Willem, einfach gekleidet, an der Tür, als Mimi hinzukommt.

– Ich muss noch mal zum österreichischen Gesandten.

Mimi sieht aus, als glaube sie ihm nicht.

– Passen Sie auf die französischen Spione auf, Willem.

– Keine Sorge.

Vor dem Bühneneingang des Hoftheaters warten mehrere Herren, drei oder vier im Hintergrund möchten nicht erkannt werden. Die Damen vom Ballett kommen einzeln und zu zweit heraus. Willem und Marie finden sich trotz seiner Verkleidung schnell.

In Maries Stube in der Taubenstraße, beide im Bett.

– Übermorgen muss ich nach Österreich. Endlich haben wir eine Chance, ihn zu schlagen.

– Ich hab Angst, wenn du in die Schlacht ziehst.

– Du hältst dich da raus! Kein Wort zur Politik, das war vereinbart!

Er ist verärgert. Sie steigt aus dem Bett, tritt ans Fenster.

– Die Wohnung ist auf drei Jahre bezahlt, mach dir keine Sorgen. Außerdem komm ich wieder, Liebste. Keine küsst so wie du, das lass ich mir nicht entgehen. Das ist mein bester Schutz gegen die französischen Kugeln.

Sie lächelt.

– Tanze!, befiehlt er.

Sie, im Nachthemd, tanzt einige schöne Figuren. Er lächelt.

– Küss mich, befiehlt er.

4

Berlin, Januar 1810. Niederländisches Palais. Willem mit bandagiertem Bein auf dem Sofa, Bücher neben ihm, er liest. Mimi auf einem Sessel, stickend.

– Ich bin guter Hoffnung, Willem.

– Ach, Mimi, ich hab mir das so gewünscht!

– Ich hoffe, es wird eine Tochter.

– Es wird eine Tochter! Ich möchte das so gern erleben, wie ein Kind ein Mädchen und ein Mädchen eine Frau wird. Ich muss oft an Pauline denken. Sie wäre jetzt …

– Lassen Sie, Willem.

Königin Luise kommt hereingestürmt, zwei Hofdamen im Gefolge, Mimi steht auf, auch Willem versucht sich zu erheben.

– Bleiben Sie bitte, bitte liegen, Willem!

– Tut mir Leid, dass ich noch nicht meine Aufwartung machen konnte.

– Wenn mein Schwager nicht zu mir humpeln kann, dann komm ich zu ihm, die zehn Schrittchen über die Straße müssen Sie mir erlauben. Wie geht es?

– Gut.

– Was meinen Sie mit gut?

– Es ist nur das Bein.

– Sagte der Held von Wagram.

– Den Helden können Sie streichen, solange dieser Monsieur Empereur lebt. Übrigens, ehe der Hofklatsch nach nebenan dringt: Mimi erwartet ein Kind.

– Ihr Glücklichen! Wie weit?

– Im Vierten, sagt Mimi.

– Dann wünsch ich uns allen einen glücklichen … Juni, sagt Luise.

5

Berlin, Juli 1810. Wohnung der Hoffmanns. Vater und Mutter Hoffmann, Marie, ihr Bruder Gottfried. Man streitet sich, geladene Atmosphäre, der Vater angetrunken.
– Schaff endlich mal wieder ein paar Groschen ran, du Suffkopp!, sagt die Mutter.
– Wat kann ick denn dafür, antwortet der Vater. Bäcker werden nicht mehr gebraucht.
– Besoffene Bäcker werden nicht mehr gebraucht.
– Seit die Franzosen in der Stadt sind …
– Red dich nicht raus mit den Franzosen! Musst eben Weißbäcker werden! Wenn du nicht aufhörst mit dem Saufen, schmeiß ich dich raus! Wir leben nur von Marie und ihren schönen Beinen, und wer weiß, wie lang das gutgeht.
– Er liebt mich, Mama.
– Hohe Herren lieben nicht lange, pass auf, Mädchen.
– Da kannste Gift drauf nehmen, Marie, sagt Gottfried.
Zur Tür herein kommt aufgeregt Lina, Maries und Gottfrieds Schwester:
– Die Königin ist tot!
– Det gibts doch nicht, sagt Gottfried.
– Die janze Stadt spricht davon, ruft Lina.
– Armer Wilhelm, flüstert Marie.

6

Berlin 1810, Sommer. Maries Wohnung. Marie und Willem im Bett.
– Ich hab dich gesehen, Willem, auf der Schlosstreppe neben dem Sarg. Ich hab geweint.
– Ich mochte sie, ich hätte sie auch so geliebt wie Friedrich

Wilhelm. Aber sie mochte mich nicht besonders, der Hof hat es nicht so gern, dass ich lieber bei der schönsten Hoftänzerin liege als bei meiner Frau und Cousine. Der König hat es nicht so gern, wenn seine Schwester betrogen wird, und Luise, die treue Seele …

– Was wissen sie von uns?

– Fast nichts, aber es reicht. Unser König ist ein Idealist, er hasst das Spitzelwesen, nur weil Napoleon zehntausend Spitzel hat. Aber für dich und mich braucht er keine Spitzel.

– Und sie sagen nichts, dass du mit mir …

– Sie haben mir nichts zu erlauben! Ich bin der Statthalter der Niederlande, der Erbprinz von Oranien, und eines Tages werde ich König sein …

Marie lacht.

– Was machst du dann mit mir?

– Betten gibt es auch in Holland, und eine Bühne zum Tanzen auch.

– Ich erwarte Ihre Befehle, Majestät.

Nie wieder 1439 Exemplare!, das ist, offen gesagt, die einfachste Antwort auf die Frage, warum ich mich in die Geschichte von Willem und Marie verbissen habe.

Ein uraltes Familiendrama, von dem ich gerade erst gehört hatte und das mich in direkter Linie von meiner Mutter über meinen Großvater zu einem Nachkommen von Willem und Marie und ihrer Tochter Wilhelmine beförderte. Eine Geschichte mit romantischer und monarchischer Schwerkraft, mit der ich für immer abheben wollte, aufsteigen aus allen Misserfolgen, Depressionen, Niederlagen.

Ich war am Tiefpunkt meiner Karriere. Fühlte mich geschlagen, am Boden liegen, zerstört von der tückischen Idylle des Buchmarktes und verletzt von den wechselnden Winden der Moden. 1985 (welche Leser werden sich noch erinnern?) war ich für *Fasching mit Elvis* als Debütant gefeiert worden, dann ging es Schritt für Schritt bergab. Die nächsten beiden Romane wurden freundlich besprochen und schlecht verkauft, doch mit dem letzten erlebte ich die schrecklichste Pleite – und das ausgerechnet mit einem aktuellen Stoff, mit einer Ost-West-Liebesgeschichte, mit dem allseits erwarteten Roman zur deutschen Einheit: *Die Fähre von Caputh*.

1439 Exemplare, das sollte es nie wieder geben.

Junger Autor, das war der Bonus, von dem ich lange gezehrt hatte. Lob, Tätscheln, kleine Preise und mickrige Stipendien, diese Phase war lange vorbei. Nun war ich vierzig geworden, also plötzlich alt, aber nicht respektiert wie die Alten über sechzig, sondern im schlimmsten aller Zwischenzustände: ein alt gewordener Jungautor, ein junger Greis, ein Mann von gestern, ein Versager – auf der Höhe seiner Kräfte.

Was war mein Fehler, wenn es mein Fehler war?

Vielleicht, überlegte ich, hatte ich nach dem ersten Buch zu sehr auf das geschielt, was der Markt oder das Publikum angeblich verlangten, hatte teils aus Berechnung, teils aus Instinkt und manchmal vom Verlag gedrängt sogenannte gängige Themen gewählt, zuletzt die Ost-West-Geschichte, und war damit aufs schändlichste gescheitert.

Ein Opfer der guten Ratschläge, ein Opfer der deutschen Einheit.

Nur beim ersten Roman hatte ich mich an keinen Rat gehalten. Elvis Presley in Bad Nauheim, geschrieben aus der Perspektive eines Zahnarztes, seines Nachbarn, da waren alle Freunde und Fachleute einig gewesen: das interessiert doch keinen, Elvis ist überholt, ausgelutscht, Elvis-Fans lesen keine Bücher, und so weiter – es ist mein einziger Erfolgstitel geworden, *Fasching mit Elvis*.

Und nun 1439 Exemplare, tiefer konnte ich nicht sinken.

Wie fängt man wieder von vorne an? Ich sah nur eine Möglichkeit: auf keinen guten Rat, auf keine Marktanalyse hören. Das Heil in den sicheren Gefilden der Vergangenheit suchen. Es gab nur einen Weg nach oben: die gängigen Themen vergessen, also ihnen voraus sein.

Gerade weil das frühe 19. Jahrhundert niemanden interessiert, überlegte ich, ließe sich hier anfangen. Gerade weil die Familien zerbrechen, eine dramatische Familiengeschichte aus dem Dunkel des 19. Jahrhunderts graben. Weil nur noch starke Frauen Romanheldinnen sein dürfen, mal wieder ein Opfer zeigen. Alle setzen auf den neuen Markt, den neusten Trend. Darum wäre es schlau, in den alten, den uralten Markt einzusteigen.

Also begann ich mit den am wenigsten gefragten Werten zu spekulieren: vaterländische Kriege, Leidenschaften der Könige, das Trio Pflicht, Tugend, Etikette und das romantische Märchen von Prinz und Bäckerstochter. Weil diese alte Zeit nicht aktuell ist, hoffte ich, und nicht alle Köpfe besetzt, warten hier die schönsten Freiheiten, der weiteste Horizont für Phantasie, der ferne Erfolg.

Und ich fasste die tollsten Vorsätze: So eine Pleite wie mit der *Fähre* wird mir nie wieder passieren! Ich, der Urururururenkel von König Willem, lasse mich nicht mehr kleinkriegen! Mit erhobenem Haupt werde ich vor das Publikum treten! Als schreibender Königssohn muss die Auflage um das Zehnfache, das Hundertfache steigen!

Für alle, die sich schon an dieser Stelle über meine Naivität wundern: Ohne Größenwahn läuft in unserem Gewerbe sowieso nichts. Der fällt normalerweise gar nicht auf.

7

Berlin, Winter 1811. Enge, dunkle Kneipe. Willem mit zwei Brüdern von Maltzahn, trinken. Drei junge Huren bei ihnen. Scherze und Knutschen. Willem lacht und trinkt mit, wehrt aber die Avancen einer Blondine ab.
– Hat keenen Sinn bei dem, Else, sagt der jüngere Maltzahn, der hat schon eine Mätresse.
– Zu einem anständigen Offizier gehört mindestens eine anständige Mätresse, sagt Willem.
– Und zwei unanständige, sagt der ältere Maltzahn.
Lachen.

8

A little sex never hurts:
Willem und Marie im Bett. Sie entzieht sich seiner drängenden Umarmung und beginnt ihm die Füße zu massieren. Sie nimmt seinen rechten Fuß und streicht mit dem Daumen von der Ferse bis zu den Zehen hinauf und hinunter, mal fest, mal mit zartester Berührung. Mit den Handflächen reibend, mit Zeigefingern und Mittelfingern zupackend, mit dem kleinen Finger kitzelnd fährt sie über die Fußsohle, bearbeitet die Zehen, erst einzeln vom kleinen bis zum großen, dann alle zusammen. Willem liegt mit geschlossenen Augen und streckt sich. Mit der gleichen Ruhe und Beharrlichkeit bestreicht sie den linken Fuß und erregt alle seine Nervenbahnen. Marie küsst seine Zehen, beginnt an ihnen zu lutschen und zu saugen und wird nicht müde,

auch den anderen Zeh mit ihren Lippen zu umschmeicheln, als sei dies die höchste ihrer Begierden.

Willem regt sich, um mit Zärtlichkeiten zu antworten, aber schon liegt Marie auf ihm und küsst seine Beine, umgeht das Geschlecht, stürzt sich auf seine Brustwarzen und steigert ihr Lippen- und Fingerspiel. Sie saugt an seiner Brust, leckt, knabbert, beißt mit der zärtlichsten Folter. Er stöhnt, er stammelt, er liegt wie betäubt. Sie lässt nicht nach, sie zeigt keine Eile, sie hört nicht auf.

9

Berlin, Juni 1812. Jerusalems Kirche, leer. Orgel spielt Choral. Nur am Taufstein eine Gruppe von fünf Personen: ein Pfarrer, Willem, Marie, Herr von Fagel, Lina Hoffmann.
– Und ich taufe dich auf den Namen Wilhelmine Marie, sagt der Pfarrer.

Hand des Pfarrers trägt Datum und Namen in das Taufbuch ein:
29. Juni 1812, Wilhelmine Marie von Dietz. Vater: Wilhelm Friedrich von Dietz. Mutter: Maria Dorothea, geborene Hoffmann.
Bei der Rubrik «Ehelich oder unehelich» zögert er und füllt sie nicht aus, schreibt weiter. Prediger: Stegemann. Taufzeugen: Oberst-Lieutenant Ruprecht von Fagel, Demoiselle Caroline Wilhelmine Hoffmann.

10

Berlin, Juni 1812. Niederländisches Palais. Willem mit Fagel in seinem Arbeitszimmer.

Es klopft. Gouvernante mit der zweijährigen Marianne kommt herein.

– Verzeihen Sie.

– Nein, ich verzeihe nicht. Ich habe Ihnen doch gesagt, dass ich jeden Abend, wenn ich zu Hause bin, meiner Tochter einen Gutenachtkuss geben will. Da gibt es nichts zu verzeihen, Frau Lunow!

Willem lacht und küsst seine Tochter.

Gouvernante und Marianne gehen hinaus.

– Das haben Sie gut gemacht, Fagel.

– Es war Ihre Idee.

– Auf von Dietz hätte jeder kommen können. Irgendeinen Vorteil muss es ja haben, ein Nassauer zu sein. Nein, ich meine, dass der Pfarrer einen unverdächtigen Eintrag gemacht hat, das haben wir Ihnen …

– Ihr Diener, mein Prinz.

– Ich baue auf Ihr Schweigen, Fagel.

– Mein Ehrenwort.

11

Berlin, September 1812. Maries Wohnung. Willem kommt herein, umarmt Marie, sieht sich um.

– Wo ist das Kind?

– Bei meiner Mutter. Lina passt auf.

– Das gefällt mir nicht. Ich möcht sie doch sehen, die kleine Minna.

– Entschuldige, aber immer allein mit dem Kindchen, das geht nicht. Ich …

– Aber jetzt weiß es die ganze Jacobstraße und bald die ganze Stadt.

– Ach was, in jeder Straße gibts mindestens ein Dutzend,

die was Kleines haben von einem Vater, der weg ist. Fast alles Franzosenkinder, die Franzosen, die waren ja auch nicht faul. So viel Aufsehen macht das nicht.

– Aber bei euch kommen die Nachbarn vorbei und schauen sich das Kind an?

– Unser Kind, ein schönes Kind.

– Und sie fragen nach dem Vater?

– Natürlich fragen sie nach dem Vater. Der Offizier von Dietz, 4. Artillerie-Regiment.

– Hab ich je was vom Statthalter gesagt?

– Nein.

– Vom Prinzen von Oranien?

– Nein, Wilhelm.

– Du weißt, wenn es Gerüchte gibt, kriegst du nur die Hälfte. Ich kann Gerüchte nicht brauchen. Sag das auch deiner Mutter.

– Meine Mutter sagt nichts.

– Du gehst alle Vierteljahr ins Palais zum Finanzrat Boyer und kriegst fünfzig Friedrichsdor.

– Fünfzig! Du bist so gut, Wilhelm.

Er zieht sie aus, sie ihn.

– Du kannst eine Amme nehmen und wieder tanzen gehen. Für dich ist gesorgt, für die Kleine auch. Ich muss nach England.

– Ich danke dir. Es ist so schön, dass sie deinen Namen hat und meinen.

– Wir werden uns wiedersehen.

– Mein lieber, lieber Wilhelm!

Sie stürzen ins Bett.

Meiner Freundin, die ich hier Jutta nenne, verriet ich lange nichts von Wilhelmine. Einige Monate lang hatten wir uns nur selten gesehen, Jutta suchte Distanz, und wieder einmal war die Literatur schuld an allem. Sie hatte sich in der *Fähre von Caputh* zu deutlich abgezeichnet gefunden, ihre Kindheit in Wismar, das Studium der Sinologie, ihre Arbeit am Rand des Neuen Forums, die mühsamen Anfänge 1990 als Journalistin bei einer Potsdamer Zeitung, ihre Entlassung wegen eigener Meinung und der vorläufige Abstieg in ein Rundfunk-Archiv. Die spärlichen Details aus ihrer Biographie waren es nicht allein, mehr noch fühlte sie sich verraten von einigen Schilderungen ihrer Gewohnheiten und Empfindungen. Selbst das Motto von Albert Einstein: *Komm nach Caputh, pfeif auf die Welt,* hatte sie nicht versöhnt.

Ich verteidigte mich: Ich hätte nur die Ost-West-Klischees vermieden, die in jedem Fernsehfilm vorkommen.

«Wie jemand sich an einem Waldsee auszieht, Kaffee schlürft, mit welchem Vokabular Vorlieben für bestimmte Filme begründet werden, in solchen Einzelheiten», hatte ich erwidert, «und nur in solchen Einzelheiten, stecken die Rätsel, die Farben der Figuren, sogar die kleinen Gegensätze zwischen Ost und West. Mit dir hat das nichts zu tun.»

Das ließ Jutta nicht gelten. Fiktion und Fakten werden immer noch gern verwechselt. Um des Friedens willen habe ich jedoch nach und nach zugegeben, zu viel von ihrer Geschichte in das Buch hineingewoben zu haben, und am Ende musste mir Goethe mit seinem Satz beistehen: *Was ich geschrieben habe, habe ich geschrieben.*

Juttas Groll war im Lauf der Zeit verflogen, was nicht meinen Argumenten, sondern dem grandiosen Misserfolg des Romans zu verdanken ist. 1439 Käufer, da musste sie nicht allzu viel Aufsehen befürchten.

Wie es dann zu der neuen Annäherung zwischen uns gekommen ist, will ich hier nicht preisgeben, das gehört nicht in dieses Buch. Trotz allen Feuers war ich jedoch vorsichtig geblieben und vermied jedes Gespräch über meine Pläne. Ich wollte nicht schon wieder über meine Arbeit streiten. Jutta ist eine etwas überkritische Begleiterin, kann als DDR-Kind dem 19. Jahrhundert wenig abgewinnen und irgendwelchen versunkenen Monarchen erst recht nichts. Ihre Vorurteile sind die üblichen, ihre historischen Kenntnisse auch. Ich sage das so offen, weil es bei mir genauso war, ehe ich mich mit Wilhelmine und ihrer Zeit beschäftigte.

Ich fürchtete Juttas Spott über meine Königstochter. Und über meinen Forschungseifer mit dieser geheimnisvollen Urgroßmutter des Vaters meiner Mutter.

Doch ich täuschte mich. Ich holte aus, erzählte an einem langen Abend alles, was ich in Erfahrung gebracht hatte und was in den späteren Kapiteln geschildert wird. Die Story vom Schicksal des armen reichen Mädchens verfehlte ihre Wirkung nicht.

Jutta spürte sofort: Minna taugt prächtig als Identifikationsfigur.

Wir saßen in einem Lokal mit einfacher italienischer Küche, die meisten Frauen um uns herum sahen wie Lehrerinnen aus.

«Schau sie dir an», sagte sie, «welche Frau möchte nicht eine Königstochter sein! Welche Frau fühlt sich nicht verraten und verkannt, verkauft und verschoben wie deine kleine Wilhelmine! Eine Frauenstory, das wollen sie doch, die Leserinnen, eine Königstochter, die aus der Gosse aufsteigt, ein feines Mädchen, das zum tragischen Fall wird.»

«Meine Meinung, du sagst es!»

Sie erkundigte sich, wie ich das alles aufbauen, zubereiten und erzählen wolle.

«Genau so, dass jede dieser Lehrerinnen folgen kann», sagte ich. «Sehr konventionell, mit vielen Kutschen, Kronleuchtern, Kostümen und Küssen. Viel Kulisse, viel Staffage. Und alles hübsch der Reihe nach, keine Rückblenden. Eindeutige Charaktere, einfache Sätze, nicht zu kurz, nicht zu lang.»

«Wird das nicht ein bisschen viel auf einmal?»

«Ich muss nur umdenken. Früher hab ich gelernt: Kunst ist Weglassen. Jetzt werd ich das Gegenteil probieren: ausschmücken, ausstaffieren, ausstopfen, übertreiben.»

Als ich das sagte, schwindelte ich. Denn ich fertigte nichts weiter als die Rohschrift der Geschichte. Zum Schmücken, Ausstaffieren und zum so genannten Gestalten wollte ich mich nicht entschließen. Höchstens aus Spaß, hin und wieder.

«Und», fragte Jutta, «wirst du das Wort Schicksal verwenden?»

Ihre Ironie war nicht zu überhören. Schon bei der *Fähre von Caputh* hatte sie sich über meine Anpassung an die Erwartungen des Publikums, des Verlages, der Kritiker lustig gemacht. Ich aber mochte in dieser frühen Phase der Arbeit nicht über Formfragen streiten, wollte mir nicht die besten Möglichkeiten zerreden lassen, meinen Stoff auf den Markt zu werfen.

12

Berlin, September 1812. Niederländisches Palais. Mimi und Willem.

– Friedrich Wilhelm hat es nicht gern, dass Sie gehen.

– Ihr Bruder trauert immer noch, ich verstehe das, wir alle vermissen Luise, aber er ist im Augenblick überhaupt nicht fähig zur Politik.

– Willem, Sie mögen sich nicht, aber …

– Darum geht es nicht, Mimi. Napoleon wird sich an Russland die Zähne ausbeißen, da müssen wir vorbereitet sein. Und ohne England kommen wir nie zurück nach Den Haag. Unser Sohn in Oxford wird seinen Vater verachten, wenn der nicht für den Thron kämpft, für meinen und seinen. Und Ihren!

– Ich weiß.

– Was hab ich meinen Alten verachtet, den Zögerer, den Nichtstuer. Das Vergnügen werd ich meinem Sohn nicht gönnen.

– Passen Sie auf, mein Lieber.

– Ich passe auf.

– Und lassen Sie mich keine Gerüchte hören aus London.

– Was für Gerüchte?

– Ach, Sie verstehen mich schon.

– Ich kenne keine Gerüchte.

– Sie wissen ja auch mehr als ich.

Er küsst ihr die Hand.

– Ich liebe Sie, Mimi.

– So wie man Cousinen eben lieben kann.

– Wir werden bald bessere Zeiten erleben, die Verbannung wird aufhören.

– Wir werden nicht jünger.

Oder lieber so:

Wilhelmine, die Prinzessin von Oranien, war eine Frau von fast orientalischem Typus, mit hagerem Gesicht, Ende dreißig, und sichtlich mitgenommen von fünf Geburten, den Aufregungen des Krieges und dem Verlust ihrer liebsten Schwägerin und Freundin. Die Langsamkeit ihrer Bewegungen und ihrer Sprechweise, die von einer asthmatischen Kränklichkeit herrührte, ergänzte sich mit ihrer stillen Vornehmheit zu einer achtunggebietenden Erscheinung. Sie saß mit ihrer verhältnismäßig schmalen und sehr geraden Taille da und sah Willem leidenschaftslos mit einem von langen Wimpern verschatteten Blick an.

– Friedrich Wilhelm hat es nicht gern, dass Sie gehen.

– Ihr Bruder trauert immer noch, ich verstehe das, wir alle vermissen Luise, aber er ist im Augenblick überhaupt nicht fähig zur Politik.

Willem rückte sich einen Sessel heran, spreizte mit einer munteren Bewegung die Beine und legte die Hände auf die Knie, alles mit der Miene eines Menschen, der gern lebt und zu leben versteht, vielleicht auch nur, um den schicklichen Abstand zu seiner Gemahlin zu wahren. Er wiegte sich vielsagend hin und her.

– Willem, Sie mögen sich nicht, aber …

– Darum geht es nicht, Mimi. Napoleon wird sich an Russland die Zähne ausbeißen, da müssen wir vorbereitet sein. Und ohne England kommen wir nie zurück nach Den Haag. Unser Sohn in Oxford wird seinen Vater verachten, wenn der nicht für den Thron kämpft, für meinen und seinen. Und Ihren!

– Ich weiß, sagte die Prinzessin.

Doch mit dem Neigen ihres Kopfes deutete sie ihre stille Ablehnung an. Sie hatte nie in Holland gelebt, und der Zustand des Exils in Preußen, so wenig erfreulich er war, schien ihr immer noch angenehmer als die Aussichten auf den Thron in einem fernen Land. Bisher war ihr das Schicksal der Königstöchter erspart geblieben, aus strategischen Gründen an einen befreundeten Thronerben verheiratet und an einem fremden Hof in fremder Sprache kaltgestellt zu werden. Sie seufzte und warf einen Blick auf das Jugendbildnis ihres Vaters, des späteren Wüstlings, das über ihrem Teetisch hing. Die roten Wangen des jungen Vaters zeugten von einer beneidenswerten Gesundheit. Sie seufzte noch einmal.

Der Prinz sah ihren Blick und hielt es für ratsam, seine politischen Überlegungen fortzusetzen.

– Was hab ich meinen Alten verachtet, sagte er, den Zögerer, den Nichtstuer. Das Vergnügen werd ich meinem Sohn nicht gönnen.

Die Linien seines Mundes waren ungewöhnlich fein gezogen. Die Oberlippe senkte sich wie ein spitz zulaufender Keil auf die kräftige Unterlippe herab, was dem Mund einen Ausdruck von Energie verlieh, und in den Mundwinkeln bildete sich beständig so etwas wie ein zwiefaches Lächeln. Alles zusammen, besonders in Verbindung mit dem festen, klugen Blick, war so eindrucksvoll, dass sogar seine Gemahlin hin und wieder diesem Charme erlag.

– Passen Sie auf, mein Lieber.

Sie lächelte.

– Ich passe auf, versprach er.

– Und lassen Sie mich keine Gerüchte hören aus London.

– Was für Gerüchte?

– Ach, Sie verstehen mich schon.

– Ich kenne keine Gerüchte.

– Sie wissen ja auch mehr als ich.

Der Prinz erhob sich mit der Miene eines zwar ermüdeten, in der Erfüllung seiner Pflichten aber unerschütterlich genauen Menschen und küsste seiner Gemahlin die Hand.

– Ich liebe Sie, Mimi.

Sie schlug die Augen nieder.

– So wie man Cousinen eben lieben kann.

Er verbeugte sich, lächelte, schritt zur Tür des Salons und drehte sich noch einmal um.

– Wir werden bald bessere Zeiten erleben, die Verbannung wird aufhören.

13

Berlin, März 1813. Unter den Linden. Plakat des Königs Friedrich Wilhelm III. «An Mein Volk». Leute davor, einige Tänzerinnen des Balletts, die lesen:

So wenig für Mein teures Volk als für Deutsche, bedarf es einer Rechenschaft, über die Ursachen des Krieges, welcher jetzt beginnt. Klar liegen sie dem unverblende-ten Europa vor Augen.

Wir erlagen unter der Übermacht Frankreichs. Der Frieden, der die Hälfte Meiner Unterthanen mir entriß, gab uns seine Segnungen nicht; denn er schlug uns tie-fere Wunden, als selbst der Krieg. Das Mark des Landes ward ausgesogen ... Gedenkt des großen Beispiels un-serer mächtigen Verbündeten, der Russen, gedenkt der Spanier und Portugiesen, selbst kleine Völker sind für gleiche Güter gegen mächtigere Feinde in den Kampf gezogen und haben den Sieg errungen, erinnert euch an die heldenmüthigen Schweizer und Niederländer.

Marie löst sich aus der Gruppe.

– Die heldenmütigen Niederländer.

14

London, Oktober 1813. Willem mit einer Dame im Bett.
– Kiss my toes!
Sie küsst ihm die Zehen, unbeholfen.
Er ist unzufrieden.
– Thank you!
Er komplimentiert sie hinaus.

Willem im Buckingham-Palast. Er stößt mit seinen englischen Vettern auf die Niederlage Napoleons bei Leipzig an. Sein Sohn Willem Frederik tritt neben ihn. Sie lösen sich aus der Gruppe.
– Wir haben Fortschritte gemacht, Willem. Nächste Woche können wir die Verlobung bekannt geben.
– Ich danke Ihnen, Vater.
– Wenigstens du auf einem Thron, ein Trost für deinen alten Vater.
– Ich danke Ihnen, Vater.
– Ist sie dir zugetan, die schöne Charlotte, ich meine körperlich?
– Ich habe einmal ihre Hand berühren dürfen.
– Bis zur Hochzeit, Willem, halt dich zurück.
– Ja, Herr Vater.

15

Berlin, Winter 1813. Niederländisches Palais. Büro. Finanzrat Boyer zahlt Marie 50 Friedrichsdor aus, legt ihr eine Quittung hin.
Sie zögert, unterschreibt.
– Darf ich noch was fragen?

– Bitte.

– Wissen Sie, wann der Prinz zurückkommt?

– Er ist zurück, er ist endlich zu Hause, in Den Haag. Außerdem, Frau Hoffmann, er ist Fürst, seit dem zweiten Dezember ist er der souveräne Herrscher der Niederlande, Willem I.

– Mein Gott!

– Für Sie bleibt er von Dietz! Die Zeit des Prinzen ist vorbei, ein für alle Mal. Haben Sie das verstanden? Jetzt mehr denn je: ich vertrete hier Herrn von Dietz, und niemanden sonst. Haben Sie das verstanden? Wenn wir hören, dass Sie andere Namen nennen, werden die Alimente gekürzt. Haben Sie das verstanden, Frau Hoffmann?

– Ja.

«Wunderbar!», sagte mein Freund, dessen Spitznamen Schoppe ich nicht erfunden habe. Für alte Familiengeschichten ist er immer zu begeistern, aber ich habe ihn noch nie so aufmerksam lauschen sehen wie in den zwei Stunden, als ich ihm von Minna, Willem und Marie erzählte.

Schoppe ist Schweizer, und zu seinen liebsten Nebenbeschäftigungen gehört es, deutsche Autoren um die deutsche Geschichte zu beneiden. Die mitteleuropäischen Katastrophen und Turbulenzen der letzten zweihundert Jahre hätten den Deutschen die verrücktesten, wildesten und tragischsten Stories beschert, aus denen die Autoren nur zu schöpfen brauchten.

«Jeder Weltkrieg eine Fundgrube, der Kalte Krieg eine noch kaum erschlossene Goldmine, jede Familie eine Dramenbühne, jeder deutsche Großvater literaturtauglich.»

Jeder Deutsche jeder Generation sei auf jeweils andere Weise von der Geschichte geprägt, berührt, durchgeschüttelt, erhoben und geschlagen.

«Und auch deine Generation, Albert», sagt Schoppe gerne, «mit euren Nachkriegseltern, euren verspäteten Demonstrationen, euren Dauerskandalen kann ich nur beneiden. Eure Politik regiert in alle eure Biographien hinein. Die siamesische Verbindung zwischen den Menschen und der Geschichte gibt es in der Schweiz nicht, nur ausnahmsweise, das ist ein Glück und ein Pech. Deshalb ist Deutschland, und erst recht nach dem Fall der Mauer, ein Schlaraffenland für Schriftsteller – und das Beste ist, dass die das nicht einmal merken.»

Er weiß natürlich, in der Kunst ist das Thema Nebensache. Trotzdem besteht er darauf: Im fetten Frieden der Schweiz könne man nur über Bauern, Bürger, Banken, Berge und immer die gleichen Sonderlinge schreiben, da entstehe nur betuliche Literatur.

Schoppe ist, man hört es seinen Sätzen fast immer an, ungefähr fünfzehn Jahre älter als ich. Er hat sein 68 in Basel verpasst und sucht nun seine Stoffe und Aufregungen in Berlin. Inzwischen kann er von kunsthistorischen Sachbüchern leben und bastelt seit zehn Jahren an einem Fünfhundert-Seiten-Roman über die letzten Tage des Malers Max Liebermann.

«Wunderbar!», sagte er. «Eine Kindesentführung mit königlichen Mitteln, und das vor dem Hintergrund der Befreiungskriege gegen Napoleon, das will ich lesen! Und wir ziehen an einem Strang, merkst du das? Du am einen Ende der Linden mit deinem Niederländischen Palais und ich mit dem Liebermann-Haus am andern Ende!»

16

Brüssel, Winter 1814. Im Schloss Willem und sein Geheim-
sekretär Hofman. Vor den Fenstern Jubel, Feuerwerk.
– Ein glänzender Tag, Hoheit. Die Brüsseler lieben Sie.
– Ja, das tut gut. Aber nun wieder an die Arbeit, Hofman.
– Zu Diensten.
– Was ich Ihnen noch anvertrauen muss, ist Folgendes. Ich
habe in Berlin ein kleines Geheimnis, Sie verstehen, was
ich meine. Das Kind ist anderthalb, die Mutter kriegt von
mir 50 Friedrichsdor im Quartal. Alles wird geregelt vom
Finanzrat Boyer in Berlin. Die gute Frau heißt übrigens
Hoffmann, ein f und ein n mehr als Sie. Nein, keine Angst,
Sie sollen sie nicht heiraten. Ich will nur, dass Sie die Kor-
respondenz mit Boyer führen. Ich will alles wissen über
Mutter und Kind, Sie legen mir die Briefe Boyers vor, Sie
schreiben ihm nach meinen Anweisungen, Sie führen die
Akten. Ich befehle Ihnen. Sie befehlen Boyer, ohne dass
von mir die Rede ist.
– Ja, Hoheit.
– Sie sind in den siebzehn Provinzen der Vereinigten Nie-
derlande außer mir der Einzige, der von der Sache weiß.
– Ja.
– Ein großer Tag. Brüssel jubelt. Ich werde nach meiner
Gemahlin sehen.
– Ja, Hoheit.

17

Berlin, September 1814. Bühneneingang des Theaters, abends. Schauspieler und Tänzerinnen kommen heraus. Als Marie erscheint, tritt ein Herr auf sie zu.
– Nein, Herr von Maltzahn.
– Sie sind die schönste Frau, die ich jemals gesehen habe, Marie. Ich bin jetzt Oberstleutnant, es geht wieder aufwärts … Ich …
– Lassen Sie mich!

18

Den Haag, November 1814. Ratszimmer im Schloss. Willem, Außenminister Graf Hogendorp, Geheimsekretär Hofman.

Willem von innen: Der hats gut, der darf reisen. Ich beneide ihn, meinen Minister, eine einzige Aufgabe, ein einziges Ziel, die Souveränität der Vereinigten Niederlande, ansonsten Champagner, Walzer, junge Mädchen, morgen reist er ab. Es ist alles besprochen, draußen warten die Kanalbaumeister. Wir sind uns einig, aber er redet immer noch, vornehm und umständlich, als müsste er auch mir den Diplomaten vorspielen. Reisen, Wien, dinieren und intrigieren, reisen, Berlin, ab in die Kutsche mit dir. Die Verbündeten sind einig, Metternich stört unsere Kreise nicht, zwei Minuten geb ich ihm noch, dann steh ich auf. Hogendorp soll sich endlich verabschieden, abreisen und mir die Krone besorgen. Draußen warten die Kanalbaumeister, von morgens bis abends muss ich mich mit Ingenieuren, Bankleuten und Straßenplanern herumschlagen, mit der unglücklichen Mimi, die lieber in Berlin geblieben wäre bei ihrem Bruderherz. Und ich, keiner fragt mich, wo ich am liebsten wäre, ich tu meine Pflicht, wer fragt nach mir. Wie gern wär ich mal wieder in Berlin, ein Stündchen mit Marie, Berlin, wenigstens ein Umweg über Berlin. Ach, Marie, es gibt Tage, an denen ich wünsche … Was hat er da gesagt? Gott segne unser kleines Land. Ja, ja, schon gut. Hogendorp, helfen Sie ein bisschen mit beim Segnen. Immerhin, er lacht, ein lachender Minister. Ein Brief an Marie, nein, immer noch kein Geld für ein Theater, nein, ich werde mich nicht kompromittieren, Spione sind überall, aber ich sollte ihr die Alimente erhöhen, 15 Goldstücke mehr, werde Hofman befehlen, wenn der Herr Diplomat endlich aus der Tür, Ihre Hoheit können beruhigt sein. Ja, ja, ja, ich bin beruhigt, ich habe alles in der Hand, draußen warten die Kanalbaumeister, die Kanäle …

19

Berlin, Ende Dezember 1814. Niederländisches Palais. Büro, Finanzrat Boyer zahlt Marie 65 Friedrichsdor aus.
– Fünfzehn mehr, von jetzt ab.
– Darf ich fragen, warum?
– Anweisung des Herrn von Dietz.
Boyer legt ihr die Quittung hin. Sie zögert.
– Ich … ich will das nicht unterschreiben.
– Sie müssen das unterschreiben.
– Es ist wie verkaufen.
– Wir verkaufen hier nichts, das sind ganz normale Alimente.
– Es sind keine ganz normalen Alimente.
– Frau Hoffmann, hier wird unterschrieben, nicht disputiert!
– Ich will nicht.

– Dann geben Sie das Geld her! Frau Hoffmann, ich sage
Ihnen eins. Wir wissen von Ihren Männerbekanntschaften.
Falls Sie hier irgendwelchen Einflüsterungen nachgeben
oder falls Ihre Familie da etwas im Schilde führt, wird Sie
das teuer zu stehen kommen.
Marie unterschreibt die Quittung.

20

Den Haag, Januar 1815. Ratszimmer. Willem und Hofman.
– Was Boyer da schreibt, gefällt mir nicht. Sie will nicht
mehr unterschreiben, sie will sich nicht fügen. Sie hat
einen Neuen, Maltzahn, ich kenne diesen Gauner. Das er-
fordert eine neue Strategie. Wir müssen das Kind aus der
Familie holen. Der alte Hoffmann ein Trunkenbold, die
Mutter streitsüchtig und die arme Marie mit Maltzahn,
das ist nicht mehr der richtige Ort für meine Tochter. Was
schlagen Sie vor?
– Vielleicht Boyer.
– Ja, Boyer soll das Kind an sich nehmen. Die Boyers sind
stille, gute Leute und mir zugetan, sie haben einen kleinen
Sohn und genug Platz im Palais. Also, schreiben Sie …

Willem und Mimi beim Tee.
– Nachrichten aus Wien?, fragt sie.
– Ihr Bruder macht mir immer noch Schwierigkeiten, war-
um eigentlich? Statt dass er froh ist, dass seine Lieblings-
schwester nun auch eine große Königin wird.
– Fragen Sie ihn selber, ich weiß es nicht. Sie sind eben sehr
verschieden. Er will seine Ruhe haben und hat das riesige
Preußen, das am Boden liegt. Und Sie sind ein ruheloser
Mensch und haben die Niederlande.

– Die nicht am Boden liegen. Schön gesagt, Mimi. Jeder da, wo Gott ihn hinstellt. Bald haben wir die Krone und feste Grenzen, aber ich werd es nicht verwinden, dass ich Nassau aufgeben soll.

– Wir haben endlich Frieden, Sie haben den Thron und kriegen Luxemburg dafür.

– Auf das Stammland verzichten? Ich erhebe doch auch keine Ansprüche auf Brandenburg!

– Seien Sie froh, dass Ruhe ist und das Exil vorbei.

– Er wird keine Ruhe geben, der große Kaiser.

– Was anderes, Willem. Haben Sie entschieden, welche Hofdame?

– Ich folge Ihrem Vorschlag.

– Also die Goltz, obwohl die Bevern schöner ist?

– Gut, also die Goltz.

– Aber mit der fangen Sie bitte nichts an.

– Lieber mit der Bevern.

– Jetzt wissen Sie, warum Ihnen Friedrich Wilhelm das alte Nassau nicht gönnt. Casanova soll hinter dem Rhein bleiben.

Willem lacht.

– Ich liebe Sie, Mimi.

– Ich weiß, ich weiß.

«Wie ist diese Geschichte dir zugeflogen, wo kommt sie her, aus welchen Phantasien, aus welchen Archiven?», fragten Jutta und Schoppe immer wieder. Ich habe das lange nicht verraten wollen. Bis der richtige Ton für die Kerngeschichte gefunden war, sollten Entdeckung und Ausgrabung des Stoffs keine Rolle spielen. Ich wollte ihn erst einmal für mich behalten, den schönen Krimi von Zufällen, der eine Lebensgeschichte ans Licht hebt und hundert andere ins endgültige Vergessen sinken lässt.

Auch diesen Vorsatz hielt ich nicht ein. Als Jutta zum dritten oder vierten Mal nach den Anlässen und Quellen fragte, mochte ich ihrer Neugier nicht länger widerstehen.

«Da muss ich weit zurück», sagte ich eines Abends auf Juttas Sofa, «zurück bis zu König Willem, der im Jahr 1840 zu Gunsten seines Sohnes Willem II. abdankt und in sein Haus nach Berlin zieht, in das Niederländische Palais Unter den Linden.»

«Warum hat er abgedankt?»

«Er hatte wohl nur noch Ärger. Er hatte Belgien verloren, er regierte sehr autoritär, gegen das Parlament, gegen seine Minister, auch die Presse war gegen ihn. Er war nicht gerade beliebt am Ende. Aber der wichtigste Grund war, dreimal darfst du raten …»

«Eine Frau.»

«Genau. Königin Wilhelmine, Mimi die Preußin, war 1836 gestorben, nun rückte eine junge katholische Gräfin auf, die schon länger als Dame zur linken Hand am Hof geduldet war. Einen Bettschatz durfte der König haben, aber katholisch, das war anrüchig, das ging den Calvinisten dann doch zu weit. Vielleicht hatte er auch die Schnauze voll vom Regieren, er war schließlich 68 Jahre alt.»

«Und warum nach Berlin?»

«Vielleicht wollte er an seine schöne Zeit mit Marie erinnert werden, ich weiß es nicht. Er hat dort jedenfalls seine Gräfin geheiratet und ist bald danach gestorben, 1843. Bei seinem Umzug hat er die privaten Akten und sein Testament nach Berlin mitgenommen. Diese Sachen lagerten dort hundert Jahre. Nach dem Zweiten Weltkrieg bezog irgendeine sowjetische Behörde das halbzerstörte Gebäude.

Die Akten sind von Bomben, Flammen, Wasser und Räumkommandos erstaunlicherweise verschont geblieben, und die Russen waren so freundlich, den alten Krempel in den Westen zu schicken. Aber nicht nach Den Haag, sondern nach Neuwied.»

«Neuwied?»

«Keine Ahnung, warum, aber in einem Brief wird behauptet: weil die damalige Fürstin Wied eine nahe Verwandte des holländischen Königshauses war. Oder weil eine Tochter oder Enkelin Willems eine Fürstin Wied war und die Aktenkiste mit Wied bezeichnet war, ich weiß es nicht, ist auch egal. Sicher ist jedenfalls, dass in der verrückten Nachkriegszeit trotz aller Fronten von den Russen ein solcher Transport nach Neuwied arrangiert wurde. Dort ist das Material aber nicht weiter beachtet worden, man hat es auf dem Schlossgelände über einer Wagenremise verwahrt und vergessen. Und nun geht es weiter mit den hübschen Zufällen. Zuerst bricht ein Brand aus, 1961, ein kleiner Dachbrand nur, der schnell gelöscht werden kann. Aber jetzt müssen Handwerker anrücken und die Remise reparieren. Und wie Handwerker so sind, werfen sie die alten Sachen vom Boden auf den Hof, das Zeug soll in den Müll befördert werden. Nun kommt zufällig der Archivar des Fürsten Wied vorbei …»

«Wie Archivare so sind, zufällig…»

«… schaut die Sachen an und zieht das Testament König Willems aus dem Müllhaufen, und die anderen Papiere. Viele Blätter tragen Feuerspuren und Wasserspuren, aber, wie Archivare so sind, er stellt alles sicher, schafft es in sein Archiv und meldet den Fund dem Königlichen Hausarchiv in Den Haag. Der gute Mann heißt Justus Frowien.»

«Ein Name, den man sich merken muss?»

«Merk ihn dir. Einige Monate später reist ein hoher niederländischer Archiv-Beamter nach Neuwied, um im Auftrag der Königin Juliana die Akten durchzusehen. Er bringt einen Dr. Limhuyzen mit, einen pensionierten Priester aus Belgien, Hobbyhistoriker und Fachmann für die Familie Oranje-Nassau. Dieser entdeckt im Testament unter Punkt 22 das Bekenntnis des Königs zu seiner unehelichen Tochter und das hohe Kapital, das er ihr vererbt. In vielen der Briefe stößt er immer wieder auf ihren Namen: Wilhelmine von Dietz. Niemand weiß von diesem Kind, auch kein Experte in Den Haag, also forscht Dr. Limhuyzen weiter. Er fährt öfter nach Neuwied, sucht in allen Papieren und dicken Briefbündeln nach den Spuren dieser Königstochter und rekonstruiert nach und nach ihren Lebenslauf. Es rührt ihn, gesteht er dem Archivar Frowien, wie sie ohne Eltern aufwuchs, wie sie als Kind hin und her geschoben wurde und dass sie so früh starb und nie erfahren hat, wer sie gewesen ist. Länger als ein Jahr beschäftigt sich der Priester mit dem traurigen Schicksal der Wilhelmine.»

«Der klärt die ganze Geschichte auf?»

«Nicht die ganze. Die gute halbe. Es ist wie mit den Stasi-Akten: Es sind eben Akten, das ist eine eigene Textsorte, weil bestimmte Interessen durchschlagen und immer mal wichtige Kleinigkeiten fehlen. Limhuyzen ist der einzige Zeuge, der jeden der vielleicht hundert erhaltenen Briefe durchgelesen und alles gründlich studiert hat. Es drängt ihn, anhand der Dokumente einen Bericht über Wilhelmine zu schreiben. Auch der Archivar Frowien richtet sein Interesse auf das Kind. Bevor das ganze Material, wie vereinbart, im Juli 1963 an das Königliche Archiv in Den Haag geliefert wird, fasst Frowien mit Limhuyzens Hilfe den Inhalt der Akten zu einem skizzierten Lebenslauf der Königstochter auf drei Seiten zusammen. Der Priester bittet den Archivar herauszufinden, ob irgendwo Nachkommen der Wilhelmine leben. Er ist auf der Suche nach Bildern und Hinterlassenschaften von ihr. Unter anderem möchte er wissen, ob die Tochter ihrem Vater oder anderen Oraniern ähnlich sah. Tatsächlich gelingt es dem Frowien, die Adresse eines Urenkels der Wilhelmine herauszufinden.»

«Und jetzt kommt deine Familie ins Spiel?»

«Du bist eine gute Journalistin, Jutta!»

«Und, weiter?»

«Fortsetzung folgt.»

«Fortsetzung folgt. Der schönste Zweiwortsatz, den ich kenne.»

Die Art, wie Jutta fragte, bestach mich immer wieder. Wie unsere Freunde wissen, habe ich mich in sie verliebt, als sie vor Jahren für ihre Potsdamer Zeitung ein Interview mit mir führte. Aber dies soll kein Buch über unsere komplizierte Liebesgeschichte werden, dieses nicht. Habe ich versprochen.

An diesem Abend fragte sie nicht weiter.

21

Berlin, März 1815. Wohnung der Hoffmanns. Marie, Lina und Mutter Hoffmann und die kleine Minna in der Stube, sitzen Herrn Boyer gegenüber.

– Es ist einfach besser für Minna, sagt Herr Boyer. Natürlich kann sie ihre Mutter weiterhin regelmäßig sehen, aber bei uns hat sie mehr Platz, einen Garten, hat unsern Sohn als Geschwister, wir werden sie ausbilden, sie soll die beste Schule haben ...

– Gelehrt is nich gescheit, sagt Mutter Hoffmann.

– Das wird sich finden, je nach ihren Talenten.

– Und ich kriege weiter mein Geld?, fragt Marie.

– Ja, natürlich, nicht fünfundsechzig, sondern fünfzig Friedrichsdor, weil Sie weniger Ausgaben haben. Aber nur, wenn Minna bei uns …

– Ich kriege das Geld nur, wenn …?

– Ja. So will es der Vater.

Ein Sturm der Entrüstung bricht los. Die drei Frauen kreischen und schreien, Vorwürfe und Verwünschungen auf allen Seiten. Marie springt auf, ergreift das Kind, drückt es an sich, nimmt es auf den Arm, baut sich vor Boyer auf.

– Sie wollen dich entführen!, schreit sie. An Leute weggeben! Du sollst nicht mehr bei deiner Mutter sein! Nein, niemals! Nie und nimmer!

Boyer steht da, bleibt ruhig, wartet, bis der Sturm sich legt. Als Kinderräuber und Entführer beschimpft, versucht er sich betont vernünftig und gelassen zu verhalten.

– Ich verstehe euch. Ich verstehe, dass Sie entrüstet sind. Das ist ja wirklich keine Kleinigkeit, über die wir hier reden. Niemand gibt sein Kind gerne aus dem Haus. Ich verstehe Ihre Gefühle.

– Nichts verstehen Sie, nichts, nichts!

Marie geht mit dem Kind hinaus. Boyer bleibt mit Mutter Hoffmann und Lina.

– Sie können mir glauben, Frau Hoffmann. Ich verstehe Sie wirklich, ich habe selbst ein Kind. Ich würde meinen Sohn auch nicht einfach aus dem Haus geben. Aber denken Sie bitte darüber nach, welche Vorteile Sie dabei haben und welche Vorteile Minna hat. Und außerdem, ich kann gar nicht anders. Es ist ein Befehl, ein königlicher Befehl. Der König will es so.

45

– Wieso denn König?

– Seine Majestät sind im Februar zum König gekrönt worden, und ich habe einen Befehl auszuführen. Es hat gar keinen Sinn, sich zu weigern. Der König wird seinen Befehl durchsetzen, und wenn Sie sich lange sträuben, wird es nicht gut ausgehen für Ihre Familie. Herr von Dietz war doch immer gut zu Ihnen, oder?

– Ja, das war er.

– Und gut zu Marie?

– Ja.

– Sehen Sie, dann wird er auch für Ihre Enkelin das Beste tun. Bitte, sprechen Sie mit Marie!

– Marie weiß schon, was sie will.

– Wenn das Kind nicht zu uns kommt, geht kein Taler mehr an die Familie Hoffmann, so viel steht fest. Also, sprechen Sie mit Marie. Sagen Sie ihr, sie soll morgen Mittag mit Minna im Palais vorbeikommen, damit sie sieht, in welcher guten Umgebung das Kind aufwachsen wird, und damit ich dem König melden kann, dass die Familie Hoffmann gehorsam ist. Ich warte bis morgen. Er geht.

22

Innen. Tag.
Schwenk durch ein Wohnzimmer mit Rokoko-Mobiliar.
Zuletzt auf Herrn Boyer, der am Fenster steht, und auf Frau Boyer, die auf dem Sofa sitzt. Beide sind einfach gekleidet. Uhr schlägt zwölf. Es klopft.

BOYER: Herein!

DIENER *tritt ein*: Frau Hoffmann und das Kind sind eingetroffen.

Herr und Frau Boyer wenden sich zur Tür, die der Diener geöffnet hält.

Flur. Beide verharren einen Augenblick vor der breiten Treppe, die hinunter in die Eingangshalle führt. Kamera folgt ihren Blicken: Unten stehen Marie Hoffmann mit Minna an der Hand und Lina Hoffmann, alle drei schauen ängstlich auf.

Kamera in der Blickhöhe des Kindes. BOYER *bleibt auf der untersten Treppenstufe stehen, holt eine Stoffpuppe aus dem Jackett, hält sie vor sein Gesicht und spricht mit piepsiger Kinderstimme:* Da bist du ja wieder, Minna. Ich hab mich so auf dich gefreut.

Gegenschuss: Minnas Gesicht nah, lächelnd.

Minna will zu Boyer gehen. Marie hält sie fest.

BOYER: Schön, dass Sie gekommen sind, Frau Hoffmann.

Er gibt ihr die Hand, dabei lässt sie Minna los, die auf Frau Boyer zugeht.

MARIE: Minna, komm her! Du kommst sofort hierher!

BOYER: Frau Hoffmann, bitte!

Frau Boyer nimmt Minna auf den Arm, trägt sie in die hintere Halle. Lina will ihnen folgen.

BOYER: Sie bleiben hier!

Lina gehorcht, steht stramm.

Kamera folgt Frau Boyer und Minna durch die Küche in den Hof und Garten.

Marie (off) schimpft, weint, schreit.

HERR BOYER *(nah), streng, väterlich*: Beruhigen Sie sich, Frau Hoffmann. Es ist besser so. Es wird alles gut werden.

Gegenschuss: Maries Gesicht nah. Sie schweigt trotzig. Tränen und Zorn mindern ihre Schönheit nicht.

Boyers Gesicht nah: Er starrt sie an und schluckt, als ver-

stehe er einen Augenblick lang, weshalb sein König dieser
Frau verfallen war.

BOYER *(nah), gefasst*: Ich schlage vor, Minna isst jetzt bei
  uns, und Sie holen sie am Abend wieder ab.

Außen. Tag.
Minna im Garten, Frau Boyer neben ihr.

Innen. Abends.
Lina in der Eingangshalle. Vor ihr die Eltern Boyer mit dem
Kind. Kamera bleibt bis zum Abgang auf das Kind gerich-
tet.

MINNA: Will nicht nach Hause.

LINA *(off)*: Du musst ins Bett.

MINNA: Will nicht ins Bett.

FRAU BOYER *(off)*: Sie können sie ruhig über Nacht hier lassen.

Lina (off): Auf keinen Fall, dann bringt meine Schwester
  mich um. Minna, deine Mama weint und wird krank,
  wenn du nicht mitkommst.

MINNA: Will nicht.

LINA *(off)*: Deine Mama hat den ganzen Tag geweint. Jetzt
  komm!

Boyer *(off)*: Aber bitte, bringen Sie sie morgen wieder, wie
  es abgemacht ist.

LINA *(off)*: Gut, morgen darfst du wieder her, Minna.

Lina nimmt das Kind auf den Arm und zieht ab. Minna
dreht sich um.

HERR BOYER *winkt mit der Stoffpuppe, spricht mit Pieps-*
stimme: Bis morgen, Minna. Auf Wiedersehen!

23

Niederländisches Palais, Unter den Linden 36. Feiner kann die Adresse kaum sein, gute hundert Meter neben dem Kronprinzenpalais, wo der König wohnt, wenige Schritte neben der Oper und schräg gegenüber der Universität: ein dreistöckiges Gebäude, schmal zur Straße hin, im Vergleich mit den preußischen Palästen fast bescheiden, nur das Portal mit vier Doppelsäulen und einem Balkon darüber gibt sich triumphal. Gekauft als Exilherberge für Erbprinz Willem und Mimi, Lieblingstochter des alten und Lieblingsschwester des amtierenden Friedrich Wilhelm, nun Botschaft und Residenz der Niederlande.

Die großen hohen Räume, jedes Vorderzimmer größer als die Wohnung der Hoffmanns in der Jacobstraße. Nach hinten ein Hof und ein Garten, vorn das Berliner Leben mit Kutschen und Reitern, Flaneuren, Händlern, mit schönen Damen, eleganten Herren und Kindern an den Händen ihrer Gouvernanten. Wer etwas auf sich hält in der Stadt, muss sich hier sehen lassen, macht Besorgungen, geht spazieren, kehrt auf einen Kaffee ein oder fährt Unter den Linden entlang wie der König, der fast jeden Tag sich zeigt auf dem Weg zum Tiergarten oder nach Charlottenburg. Wer hier aus dem Fenster schaut, sieht die vornehme Welt. Das knapp dreijährige Mädchen aus der Jacobstraße drängt in den Garten.

24

Brüssel, April 1815. Ratszimmer. König und Regierungsrat Hofman. Willem liest einen Brief.

– … und die Kleine kommt nun fast jeden Tag für einige

Stunden zu uns und ist meiner lieben Frau und mir die größte Freude … Wie ich von verschiedenen Seiten höre, ist das Haus Hoffmann ein einziges Tollhaus. Es wird in einem fort geschimpft und geschrien. Teller, Gabeln und Löffel fliegen während der Mahlzeit durch das Zimmer, und die Sprache ist mehr als ordinär. Was sagen Sie dazu, Hofman?

– Das spricht für sich, Majestät.

– Der dortselbst herrschende Ton kann einen kleinen Engel wie Minna nur verderben … Die Familie verlangt nun eine schriftliche Vollmacht Seiner Majestät. Aber ich würde davon abraten, da diese Leute nichts weiter als Missbrauch damit treiben und das Ansehen Seiner Majestät …

Und der Brief der Mutter?

Willem öffnet ihn und liest schweigend.

– Ein Aufschub macht alles nur schlimmer und eine Vollmacht sowieso. Schreiben Sie!

– An wen?, fragt Hofman.

– An Boyer.

25

Berlin, April 1815. Niederländisches Palais, Büro. Boyer und Mutter Hoffmann.

– Wo ist das Kind?

– Sagen wir nicht. Bei uns nicht.

– Ich werde es finden.

– Soll der König erst mal meiner Tochter antworten.

– Herr von Dietz, erst wenn Herr von Dietz antwortet.

– Die halbe Stadt weiß Bescheid, Herr Finanzrat, dass der Herr Schwager unseres lieben Königs und unserer seligen Königin Luise der Vater dieses Kindes ist …

– Frau Hoffmann!
– Wir sind auch nicht dumm, Herr Finanzrat. Wat meinen Sie, wenn Marie mit der kleenen Minna aufm Arm nach Den Haag fährt und vor dem Schloss das Maul aufmacht, finden Se det etwa besser? Aber wir können auch hier wat anfangen, son Prozess wär auch nicht schlecht, wir können den Herrn Vater verklagen wegen dem Heiratsversprechen, das er ihr gegeben hat und nicht gehalten.
– Unmöglich! Schweigen Sie!
– Wir ham schon gesprochen mit einem Herrn, einem Advokaten. Muss ja noch Gerechtigkeit geben in Berlin.
– Schweigen Sie!, schreit Boyer. Dann wechselt er den Ton.
– Sie wollen also kein Geld mehr?
Mutter Hoffmann schweigt.
– Dann werden Sie doch endlich vernünftig. Denken Sie an das Wohl Ihrer Enkelin. Das Hin und Her muss aufhören. Wollen Sie das viele Geld oder nicht? Denken Sie daran, dass wir die besseren Verbindungen zu den Richtern haben. Und dass es ein paar Grenzen gibt zwischen Preußen und Holland, da wird man eine Frau, die allein reist mit einem Kind, nicht passieren lassen. Und ich gebe Ihnen noch einen guten Rat: Hören Sie nicht auf Herrn von Maltzahn.

26

Berlin, April 1815.
Berliner Milieu, achtzig Jahre vor Zille, stark verkleinert: Wohnung der Hoffmanns. Marie ist schwanger. Familienrat. Auch der Vater ist dabei, betrunken.
– Wir brauchen det Geld, Marie, sagt der Vater.
– Du brauchst deinen Schnaps, halt die Schnauze!, schreit die Mutter.

Lange Pause.

– Ick habs, wir lassen uns alle wat geben, Mama, Papa, Lina, icke, und du sowieso, meint Gottfried.

– Marie, is vielleicht besser so für die Kleene, sagt Lina.

Je tiefer ich in diese Geschichte vordrang, je näher ich den Kampf um das Kind, das Gerangel um Geld, die Vaterinteressen und Muttergefühle ausleuchtete, desto mehr konnte ich hin und wieder meinen Bestseller-Ehrgeiz vergessen. Ich bemerkte nicht einmal, wie der Wunsch nach Erfolg von den Sympathien für meine Figuren überlagert wurde. Das Personal, obwohl vorläufig nur wie Strichfiguren gezeichnet, weckte bereits Empfindungen, und genau da, wo sie verboten sein sollten: beim Autor selbst.

Ich bedauerte das Ende der Liebschaft zwischen Willem und Marie, obwohl klar war, dass eine *amour fou* mit solch extremen Standesunterschieden nicht länger als ein paar Jahre halten konnte, nicht einmal in der Literatur. Es war leicht zu ahnen, wie das Kind gelitten haben muss bei dem ständigen Hin und Her zwischen der Jacobstraße und den Linden. Vielleicht verfolgte ich diesen Kampf um Minna schon wie ein Kindeskind von ihr, das die Spuren uralter Ängste und Risse in sich nachwirken fühlt. So wurden meine Emotionen stärker, als mir lieb war. Ich wehrte mich gegen die schleichenden Identifizierungen und schlug mich doch mehr auf Willems als auf Maries Seite, wahrscheinlich nur, weil es ein schöneres Selbstgefühl ist, von einem König abzustammen als von einer Bäckersfamilie.

Weiterhin strebte ich den Erfolgsroman an, mit dem ich mich aus allen Sümpfen ziehen wollte, und bemerkte nach und nach, dass mir meine Figuren bereits den ersten inneren Erfolg verschafften. Sie veränderten mein Lebensgefühl: Ich sah mich immer öfter als Königssohn Albert. Trotz aller Anstrengung gelang es der Vernunft nicht, die neu entdeckte Abstammung und den winzigen königlichen Anteil in meinem halbblauen Blut völlig lächerlich zu finden.

Bis dahin war mir die Unterscheidung zwischen adligen, bürgerlichen und proletarischen Herkünften ziemlich gleichgültig gewesen, nicht nur weil meine Mutter, geborene von Larisch, Anfang der fünfziger Jahre den Beamtensohn und Apotheker Günther Rusch geheiratet hatte. Die Geschichte der Larischs hatte mich bis dahin genauso gleichgültig gelassen wie die der Ruschs.

Nun mit einer äußerst dünnen Abstammungslinie konfrontiert, fing, fast gegen meinen Willen, ein magisches Denken an. Vorher war mir jeder Hinweis auf irgendein sogenanntes Blut ideologisch oder rassistisch oder albern erschienen – plötzlich mochte ich dieser Meinung nicht mehr sicher sein. Schon spürte ich körperliche Veränderungen. Der König in mir regte sich und wuchs. Es kam mir vor, als flössen mir dank der Entdeckung der hohen Verwandtschaft neue Energien zu, als weiteten sich die inneren Horizonte, als wüchsen die Absätze unter den Füßen. Meine Temperatur stieg, das Königsfieber begann.

Das merkte ich nicht nur beim Arbeiten und wenn ich Jutta und Schoppe darüber berichtete. Ich sah die Schlösser Schönhausen und Sanssouci mit anderen Augen, seit ich wusste, dass Urvater Willem da einmal gewohnt oder seine und meine Verwandtschaft besucht hatte. Ich ging stolzer Unter den Linden entlang, seit ich den Standort des Niederländischen Palais rekonstruiert hatte, wo Willem und Minna zu Hause gewesen waren.

Sogar wenn ich die Treppen zu meiner Wohnung hinaufstieg, wurde ich von Gedanken an die königliche Herkunft überfallen. In einer der schönsten Straßen Berlins wohnte ich und hatte nichts davon. Am Ufer der Spree, an einer ruhigen Einbahnstraße, standen, nach Süden und Südwesten zum Charlottenburger Schlosspark gewandt, solide renovierte Häuser der Gründerzeit, die Wohnungen für Leute mit geringem Einkommen nicht zu bezahlen. Ich musste mich mit zwei Zimmern, dazu Küche und Kammer, in einem der Hinterhäuser begnügen, vierter Stock, ohne Fahrstuhl, und statt des Südbalkons mit Aussicht auf Schloss, Park und Spree gab es vier Fenster zum Hinterhof. Immerhin, es war hell, die westliche City und die weitläufigen Grünflächen lagen nah, und doch pflegte ich meinen Neid auf die Bewohner des Vorderhauses, der sich jedes Mal einstellte, wenn ich, von Etage zu Etage mühsamer, die vielen Treppenstufen hinaufstieg und kurz vor meiner Tür zu keuchen begann.

Dann wuchs aus dem gewohnten Neid der Vorsatz: Mir steht ein besserer Platz im Leben zu als dieser! Ein Nachfahre eines Königs, dachte ich, anfangs mit aller Ironie, gehört in ein Vorderhaus, gehört in einen Fahrstuhl, das ist das Mindeste. Und wenn schon kein Schloss, dann wenigstens den Blick auf ein Schloss!

In dieser Stimmung schrieb ich an meinen Verlag in München, schickte ein Exposé und verlangte einen Vorschuss.

27

Berlin, April 1815. Wohnung der Hoffmanns. Mutter Hoffmann, Lina, Minna und Boyer. Marie in der dunkelsten Ecke des Zimmers, versucht sich so zu drehen, dass Boyer ihren gewölbten Bauch nicht sieht.

– Ich hab den Wagen draußen, das Wetter ist schön, lassen Sie uns gehen!, sagt Boyer.

– Sie nehmen dich mit, Minna! Sie wollen dich deiner Mama wegnehmen!, ruft Marie. Du willst doch bei Mama bleiben! Ja, du willst doch bei Mama bleiben! Sag ihm, dass du bei Mama bleiben willst!

Das Kind weint.

– Minna hängt an mir, das sehen Sie doch! Sie ist nicht mal drei Jahre!

– Ich weiß, dass sie an Ihnen hängt, Frau Hoffmann, aber ich bring sie Ihnen heute Abend um sieben zurück.

– Nein!

Das Kind weint.

Boyer hat eine Puppe mitgebracht, er spielt mit Minna und der Puppe. Er lässt sich Zeit, lockt sie mit Bonbons. Sie fällt ihm um den Hals, lässt sich gern hinausbringen.

28

Berlin, April 1815. Niederländisches Palais, Büro. Boyer schreibt:

… und dann fuhren wir hinaus nach Schöneberg. Minna war ausgelassen, fröhlich und wild, sie sang und sprang, sodaß meine Frau und ich Mühe hatten, ihr zu folgen. Sie war lieb und zart auch mit unserm Sohn, und was sie sprach, hat uns nur entzückt. Als wir jedoch zur Familie Hoffmann zurückkehrten, war sie wie verwandelt. Stumm und traurig saß sie in der Ecke, als wolle sie nicht hören, wie ich beschimpft wurde. Ich sei an allem schuld, wurde mir vorgehalten, ich hätte das Kind aufgewiegelt gegen seine Mutter, nur um meines eigenen Vorteils willen! Marie Hoffmann schrie mich

*an: Was der eine aus Missgunst und Neid tut, das tut
der andere aus Eigennutz! Ich musste alle meine Sinne
zusammennehmen, um die Fassung zu wahren. Die
Unterstellung, die gegen Seine Majestät gerichtet war,
habe ich sofort zurückgewiesen. Für die Kränkung meiner Person werde ich bei diesen niedrigen Leuten keine
Entschuldigung suchen. Ich verabschiedete mich mit
dem Satz: In dieser Woche noch werden wir die Sache
lösen!*
Der Hof wolle geruhen zu entscheiden ...

29

Berlin, April 1815. Niederländisches Palais, Wohnung der
Boyers. Die Eltern Boyer, ihr Sohn Jacob und Minna beim
Essen.
– Mama, bist du meine Mama?, fragt Minna.
– Ja, ich bin jetzt deine Mama, antwortet Frau Boyer.
– Dann hab ich Mama und Papa?
– Ja, wir sind für dich Mama und Papa.
– Ich hab aber noch eine Mama, die schlägt mich immer,
und die lässt mich nicht schlafen bei euch. Und einen ande-
ren Papa hab ich auch.
– Ja, wer ist denn das?
– Das ist ein Prinz mit einem Stern.
– Woher weißt du das?
– Hat Mama gesagt.

Später, die Boyers allein.
– Ich kann doch keine Gewalt anwenden, sagt Boyer. Wenn
ihre Schwester das Kind holt und hier rumschreit, kann ich
das Kind doch nicht einsperren!

– Du hättest der Mutter das Geld für dies Quartal nicht geben sollen.

– Ich hatte keine anderen Anweisungen. Ich muss mich korrekt verhalten, sonst gibt es noch mehr Radau. Ich bin gefangen zwischen Skylla und Charybdis. Ich steh ganz allein am Steuer.

– Mit mir. Schreib dem König sofort.

– Ja, aber er hat Ihn vor der Tür, er muss Truppen ausheben und Tag und Nacht mit Wien verhandeln.

– Trotzdem, wenn er hört, dass das Kind über seinen Vater spricht …

30

Brüssel, April 1815. Ratszimmer im Schloss. Der König im Sessel mit Briefen, Hofman am Sekretär.

– Was für ein Tag! Erst platzt uns die Verlobung in London, dann das! Dabei wollte ich alles tun, damit das Kind nichts von seiner hohen Abkunft erfährt, erst einmal. Jetzt plappert es da rum! Und die Mutter mit ihrem neuen Liebhaber. Ich kanns ihr nicht verdenken.

Leise, für sich:

– Ach Marie, was ist aus dir geworden! Hätten wir ein anständiges Theater hier und ein Ballett …

Laut:

– Also, schreiben Sie an Boyer, ab sofort bleibe das Kind …

31

Berlin, Mai 1815. Abend, Niederländisches Palais. Büro. Boyer und Maries Vater, angetrunken.

– Also, was wollt ich sagen, Herr Finanzrat, es ist so, näm-

lich Marie ist schwanger und wohnt auch nicht mehr in der
Jacobstraße.

– Wie lange schon ist sie …?

– War ja nich dabei, aber könnte bald soweit sein.

– Und wer ist der Vater?

– Na Maltzahn, mit dem is se doch schon ne Weile.

– Ja, weiß ich.

– Ich war ja immer schon dafür, dass Sie das Kind nehmen,
Herr Finanzrat. Ich und meine Familie, wir sollten natürlich entschädigt werden irgendwie.

– Das habe ich immer angeboten, Herr Hoffmann. Warten
Sie, ich schreibe einen Brief an Ihre Tochter, den geben Sie
ihr bitte gleich morgen. Das ist meine letzte Frist, noch drei
Tage, bis Samstag 6. Mai.

32

Berlin, Mai 1815. Niederländisches Palais. Büro, Boyer
schreibt:

*Heute abend ist das Kind uns übergeben worden. Ohne ei-
nen Koffer, ohne ein Nachthemd, als ob es nur über die
Straße zu uns gelaufen wäre. Ein neues Bett, neue Kleider
und ein neues Leben erwarten unseren kleinen Engel. Wir
danken Gott. Dies in Kürze, ich eile noch zur letzten Post.
Ut semper T. T. Q. N.*

33

Porträt eines Finanzrats: Rudolf Boyer können wir uns als
idealen Beamten vorstellen, rechtschaffen, ehrlich, korrekt.
So korrekt, dass er noch heute als der zuverlässigste Chro-
nist dieser Geschichte dient. Natürlich ist er Partei, in aller

Treue seinem königlichen Herrn ergeben. T. T. Q. N., Totus tuus, quantum novisti: Ganz der Ihre, wie Sie wissen. So unterschreibt er viele seiner weitschweifigen und beflissenen Briefe nach Den Haag. Den Prinzen von Oranien, den König der Niederlande sieht er wie einen allmächtigen Vater an und als Vertreter göttlichen Rechts. Er dient bedingungslos – wie sein Korrespondenzpartner Regierungsrat Hofman, der bereit ist, für das Königtum «in tiefster Verehrung zu ersterben». Boyer, aus hugenottischer Familie, hasst Napoleon. Ordnung kann es nur in einer absolutistischen Monarchie geben, da bleibt der Finanzrat ganz im Rahmen des Zeitgeistes des Ancien Régime. Unter den Reformen, die nach der Katastrophe von 1806 in Preußen durchgesetzt wurden (Bauernbefreiung, Gewerbefreiheit, Bildungsreform, Gleichberechtigung der Juden), wird den loyalen Monarchisten Boyer die Gleichstellung von Adel und Bürgertum beim Erwerb von Landbesitz am meisten irritiert haben.

Sein Glaube an den König und der Kampf um die Königstochter ist das eine, seine größte Sorge jedoch ist die erbärmliche Finanzlage. Die französische Besatzung hat die Stadtbewohner arm gemacht und die Preise in die Höhe getrieben. Boyer muss seinen Unterhalt und den der Gesandtschaft aus den Gütern bei Posen und in Schlesien bestreiten, die aus dem Erbe der Königin stammen. Von dort sind keine Einkünfte zu erwarten, im Gegenteil, die Schulden wachsen. Boyer kann sich und das Palais nur retten mit den Rücklagen aus der Invalidenkasse des Armen-Direktoriums. Die Sorgen nehmen zu, als der Berliner Polizeipräfekt verlangt, der Bürgersteig auf der Rückseite des Palais müsse gepflastert werden. Die Befreiungskriege sind noch nicht gewonnen, Napoleon rüstet wieder zur Schlacht, und mitten im Krieg verlangt die preußische Polizei ordentliche Bürgersteige! Dabei ist das Holz für den Winter kaum noch zu bezahlen. Die Kindermädchen, die üblicherweise zwei Taler im Monat erhalten, verlangen nun schon sechs Taler und ein großes Weihnachtsgeschenk, weil es sich herumgesprochen hat, dass im Niederländischen Palais ein besonderes Kind zu betreuen ist. Boyer rechnet nur diese sechs Taler ab, mit dem Weihnachtsgeschenk will er die Niederländische Staatskasse nicht belasten.

Boyer wirkt nie hart, sondern ergeben, vorsichtig und beflissen. Er liebt die Kinder. Neben seinem fünfjährigen Sohn scheint Minna das einzige Glück zu sein. Er schwärmt von ihrer Anmut, Fröhlichkeit, Lebendigkeit und Anhänglichkeit: «Es ist aber auch ein kleiner Engel.»

Er leidet mit dem Kind seines Herrn und er freut sich mit ihm. Als wäre die kleine Königstochter in die Hände des gemeinen Volks gefallen und sei nach schweren Gefechten mit mehreren Drachen endlich in Sicherheit. Ein seltenes Geschenk für einen Beamten: sich als Retter und Befreier zu fühlen.

34

Brüssel/Laeken, Mai 1815. König spricht mit dem englischen Gesandten.
– Wir sehen uns morgen zum Frühstück mit General Wellington.
– Sehr wohl, Majestät.
Diener begleitet den Gesandten hinaus.
Willem schreibt einen Brief an Marie, liest ihn noch einmal durch.

Das Kind kann keinen besseren Händen anvertraut

werden als denen des Herrn und der Frau Boyer. Ach,
wie wenig kennst Du mich, Marie. Wie kannst Du mir
vorwerfen, ich ließe mich von fremden Menschen auf-
hetzen? Lass Dein eigenes Gewissen sprechen und wol-
le wie ich das Beste für unser Kind ...

35

Berlin, Mai 1815. Niederländisches Palais. Boyer spricht
mit seinem Sekretär.
– Sind die Landkarten in Brüssel angekommen?
– Wir haben noch keine Bestätigung.
– Hier ist die Nachlieferung, Dünkirchen, Breda. Sofort
mit Eilpost.
– Jawohl.
– Ohne die Karten kann Wellington nicht beginnen.
Es klopft.
– Herein!
Lina tritt ein. Sekretär mit den Karten hinaus.
– Und, haben Sie ein wenig gespielt mit der Kleinen?
– Ja, und ich möchte jetzt gehen, Herr Finanzrat.
– Ich habe Sie rufen lassen, weil ich noch eine Frage habe,
Demoiselle. Wann erwarten Sie die Niederkunft Ihrer
Schwester?
– Niederkunft?
– Raus damit!
– Nun ...
– Heraus damit!
– Es war vor fünf Tagen ...
– Na, gratuliere! Ein Junge, ein Mädchen?
– Ein Junge.
– Und der Herr Vater?

– Darüber spricht Marie nicht.

– Und wann haben Sie von der Schwangerschaft erfahren? Auch erst vor drei Wochen?

– Das Kind ist zu früh geboren, Marie geht es sehr schlecht. Die ganze Aufregung mit dem Wegnehmen von Minna, das ist alles Ihre Schuld, Herr Finanzrat. Sie möchte Minna noch einmal sehen …

– Ich rede mit Ihnen nicht über Schuld. Verschwinden Sie!

Abends. Boyer schreibt.

Am ersten Tag erwähnte sie noch einige Male ihre Familie, am zweiten und dritten kaum noch. Zu unserem Erstaunen fragte sie nicht nach ihrer Mutter, sondern nach ihrer «Tante Lina». Nach einer Woche war sie völlig an uns gewöhnt und hat die Besuche der Tante Lina eher als unwillkommen erlebt.

Inzwischen ist Marie Hoffmann von einem gesunden Jungen entbunden und wohlauf. Ihre Schwester behauptete, es ginge ihr sehr schlecht, und gab uns die Schuld. Inzwischen habe ich erfahren, dass sie auch hier zu lügen sich nicht genierte …

«Wie die Geschichte zu mir gelangt ist? Am 5. Juni 1963 schreibt der Neuwieder Archivar an meinen Großvater, ein alter Priester und Familienforscher aus Belgien habe drei Fragen. Erstens, ob er, Konrad von Larisch, ein Urenkel der Wilhelmine von Jasmund, geborene von Dietz, sei. Zweitens, ob es außer ihm noch weitere Nachkommen der Wilhelmine gäbe, und drittens, ob er wisse, wo sich Bilder und andere Gegenstände von ihr befinden könnten.»

«Und teilt ihm mit: Hey Alter, du bist ein Königskind?»,
flachste Jutta.

«Nein, dass Wilhelmine eine Tochter König Willems ist,
erwähnt Herr Frowien nicht. Im ersten Brief noch nicht.
Mein Großvater antwortet sofort, zählt die weitere Verwandtschaft auf, es sind nur wenige Leute, berichtet von
dem Porträt-Gemälde der Wilhelmine in seinem Wohnzimmer und erhält eine Woche später den dreiseitigen Lebenslauf seiner Urgroßmutter.»

«Wie hat er reagiert?»

«Das war 1963, da war ich fünf, keine Ahnung. Den
Briefen lässt sich ablesen, dass er teils erleichtert ist über
die Aufklärung einer dunklen Geschichte, teils geschmei-
chelt von der königlichen Verwandtschaft, vor allem aber
beschämt über die uneheliche Abkunft. Er berät sich mit
seiner ältesten Tochter Marga und bittet darum, mit ihr das
Archiv besuchen und die Dokumente einsehen zu dürfen.
Frowien ist erfreut über das Interesse und lädt die beiden
ein, so schnell wie möglich zu kommen, da die Akten, wie
seit langem vereinbart, am 8. Juli nach Den Haag geholt
werden. Mein Großvater und die Tante sind also Anfang
Juli in Neuwied, überrascht von der Fülle des Materials, geordnet in verschiedenen Aktenbündeln. Etwa ein Dutzend
Menschen bestimmten Wilhelmines Schicksal, von allen
gibt es …»

«Schon wieder Schicksal», warf Jutta ein, «so oft hab ich
das Wort noch nie von dir gehört.»

«Man wächst mit seinen Aufgaben … Also, von allen
gibt es Briefe oder Notizen, bis hin zu Abrechnungen über
die Kosten ihrer Strümpfe, Kragen und Kämme. Nur Briefe von ihr finden sie nicht. Sie bestaunen das Testament, in
dem der König sich zu seiner Vaterschaft bekennt, und las-

63

sen sich eine Beglaubigung darüber ausstellen. Fotokopier-
geräte sind noch nicht erfunden, jedenfalls noch nicht in
Gebrauch. Fotografische Ablichtungen sind sehr teuer, also
bleibt den beiden nur, in größter Eile ein paar Notizen und
Inhaltsangaben der Ordner anzufertigen und die wichtigsten Urkunden und Briefe abzuschreiben. Später denken sie
auch an das viele Geld, das Wilhelmine einst bekommen
hat, lassen von Juristen prüfen, ob der Großvater noch Ansprüche aus dem königlichen Testament geltend machen
könnte, und geben die vage Hoffnung auf nachträgliche
Apanagen nach einiger Zeit auf.»

«Kein Landgut?»

«Leider nein. Die Geschichte der Vorfahrin, von der die
beiden nur Bruchstücke kennen, bleibt sagenumwoben, sie
wird nur im engsten Familienkreis und unter Erwachsenen
leise weitererzählt. Drei Jahre später besucht der Priester
Limhuyzen Tante Marga, bedankt sich für die Bilder und
bringt ein 65-seitiges Manuskript mit, seine Version des
Wilhelminen-Stoffes auf Niederländisch. Sie darf die Seiten ablichten. Sie beneidet den Priester, der jedes Detail
erforschen und sich monatelang mit dem Material beschäftigen konnte, für das sie nur zwei Tage hatte.»

«Und wo ist das Typoskript, hast du es?»

«Es war verschollen, aber das kommt später. Meine Tante hat übrigens selber daran gedacht, aus diesem Stoff einen Roman oder eine Erzählung zu machen. Nach einem
längeren Briefwechsel mit dem Königlichen Hausarchiv in
Den Haag wird ihr im Januar 1967 gestattet, die Akten
noch einmal drei Tage lang einzusehen. Offenbar musste
erst die Königin gefragt werden, ob sich jemand mit der
alten Schande beschäftigen darf.»

«Nach hundertfünfzig Jahren!»

«Und dann musste sie sich schriftlich verpflichten, ohne Erlaubnis des Archivs nichts über die ganze Geschichte zu veröffentlichen.»

«Und sie unterschreibt das?»

«Sie unterschreibt das», sagte ich. «Und sie hält sich daran. Sie sammelt nur das Material.»

«Dann bist du der Dritte, der darüber schreibt?»

«Schreiben will. Der dritte Versuch über Minna, so sieht es aus.»

«Und du hast als Kind nie was mitgekriegt von der Sache?»

«Bei meinen Eltern hörte ich ganz früher mal was, eher eine dunkle, anrüchige Anekdote von dem holländischen König und einer Bäckerstochter und der sagenhaft reichen Urmutter Wilhelmine. Aber ich kannte keine Details und keine Dokumente, habe mich auch nie interessiert dafür.»

«Warum so plötzlich? Wie fing das an?»

«Ich könnte behaupten: Mit einem Traum, witzigerweise.»

«Na, los! Den hast du mir verschwiegen.»

«Da war nicht viel zu verschweigen. Hatte irgendwie mit meinem Großvater zu tun, in Uniform, und er verfolgte mich mit einem Trupp Marinesoldaten. Ich war zivil gekleidet, das war mein Verbrechen. Und am nächsten Morgen lag in der Post eine Einladung eines seiner Söhne. Onkel H. lud zur Feier seines 75. Geburtstages und zu einem Familientreffen der Larischs auf die Burg Rheinstein. Ohne den Traum hätte ich diesen Brief wahrscheinlich nicht beantwortet. Aber ich sagte zu, obwohl ich solche Versammlungen immer gemieden hatte.»

«Mit deinen alten Eltern und zwei älteren Schwestern», sagte sie, «bist du ja verwandtschaftlich genug ausgelastet.»

Juttas Ironie widersprach ich nicht.

«Wie auch immer, auf der Burg, im Rittersaal, geriet ich irgendwann mit meiner Cousine Barbara ins Gespräch, die ich wie die meisten seit zehn oder zwanzig Jahren nicht gesehen hatte, und sie bringt mich auf Wilhelmine.»

«Hast du nicht eine ganze Menge Cousinen? Wieso bist du gerade auf die losgesteuert? Zufall, Zufall über alles?»

«Sie hatte den kürzesten Rock und die schönsten Beine, ganz einfach. Beim dritten Whisky erzählte sie mir die Geschichte, in aller Kürze. Viel wusste sie nicht, aber das reichte. Mein Instinkt war geweckt, und als ich hörte, es gebe da eine Mappe mit Briefen und Dokumenten, war die Entscheidung klar. Ich stand auf der Burgterrasse hoch über dem Rhein unter den Sternen und entschied mich – für Minna.»

«Das hast du mir nicht verraten, damals.»

«Wieso sollte ich? Außerdem warst du sauer wegen der *Fähre.*»

«Und die Tante?»

«Längst gestorben, das Material hatte Barbara. Alles Weitere war Sache der Post.»

«Und das Typoskript des Priesters?»

«Das fehlte. Ich fragte überall in der Verwandtschaft herum, schließlich meldete sich der jüngere Bruder von Barbara aus Würzburg. Er habe wegen seines bevorstehenden Umzugs viel alten Kram durchgesehen und in Kartons geworfen für den Sperrmüll, dabei seien ihm irgendwelche uralten Fotokopien begegnet, sowieso kaum lesbar, mit holländischem Text, altes Zeug, damit habe er nichts anfangen können, das wollte er nicht mehr ins neue Haus schleppen usw. Ich hab ihn angebrüllt: Halt die Kiste fest! Bin sofort zum Bahnhof, hab den nächsten Zug nach Würzburg genommen, zum Glück braucht der ICE nur noch vier Stunden. Alles durchgewühlt, dann hatte ich die Seiten. Tatsächlich schwer lesbar, mit ungeputzter Schreibmaschine eng getippt, das a vom e und o kaum zu unterscheiden. Die Ablichtungen vergilbt und angebräunt, außerdem fürchterlich schwülstig geschrieben und dann noch zu übersetzen. Aber der Ausflug hat sich gelohnt, endlos viele Details, Briefzitate, Nuancen der Intrigen, die ganze Ökonomie rund um das Kind.»

«Zum dritten Mal aus dem Müll gerettet, wenn das kein Glück bringt!»

«Es lebe der Zufall.»

«Aus dem Schutt von Berlin 1945, aus dem Schutt von Neuwied und aus dem Schutt von Würzburg.»

«Ich würde sagen, es lohnt sich immer, mit schönen Frauen zu reden. Was wär ich heute ohne Barbaras Beine, was wär ich ohne deine Fragen?»

36

Brüssel, Mai 1815. Willem bei Mimi im Schlafzimmer, sie liegt im Bett. Er sitzt auf der Bettkante, unentschlossen, ob er sich zu ihr legen soll.

– Sie sind so verschlossen, sagt Mimi.

– Das sagen Sie auch schon zwanzig Jahre.

– Und, welche ist es diesmal?

– Keine!

Er wird wütend oder spielt den Wütenden:

– Tag und Nacht denk ich daran, wie wir ihn packen! Und an die Schlacht, die uns bevorsteht, vielleicht genau hier, rund um Brüssel. Das wissen Sie doch! Eine Beratung jagt die andere, ich kriege kein Auge mehr zu, und Sie denken immer nur an das eine! Ich muss mich wieder mal um alles kümmern, sogar dass wir die guten Landkarten kriegen aus Berlin, nichts darf schief gehen! Wissen Sie eigentlich, wie schwer es ist, in unserm Bauern- und Kaufmannsvolk ein paar ordentliche Soldaten zu finden? Das können Sie sich als Preußin gar nicht vorstellen! Unser Sohn kann doch nicht allein kämpfen! Nein, das lasse ich nicht zu, dass sich das Königreich der Niederlande blamiert. Wenn es gut geht, kriegen wir siebentausend oder achttausend Mann, und ich komm mir vor, als müsste ich jeden einzeln anwerben! Und Sie kommen mir, mitten im Krieg, mit den alten Geschichten! Seien Sie froh, dass ich nicht so ein Schürzenjäger bin wie Ihr Vater und nicht so ein Holzkopf wie Ihr Bruder!

– Willem!

– Holzkopf ist nicht von mir, das wissen Sie.

Er geht.

37

Juni 1815. Niederländisches Palais. Stall. Lina und Stallmeister umarmen sich.

– Aber du saachst det nich weiter, Kutte.

– Vasteht sich, Lina. Aber der Prinz is ja ooch kein Kostverächter jewesen, dat weeß doch hier jeder im Haus. Vor deiner Schwester, hat er da nich schon mal eene jehabt, da solls ja ein Kind jejeben haben, wat man so hört, einen Jungen, der is aber jestorben dann. Nein, ick saach nüscht, ick red nur mit die Gäule.

Er küsst sie.

– Comtess Minna, sagt er, Comtess Lina.

Sie lacht.

38

Brüssel, Juni 1815. Schlafzimmer des Königs. Eine Dame, die als Napoleon verkleidet ist und dessen Pose nachahmt. Willem leicht bekleidet.
– Und jetzt noch einmal von vorn, Sire, noch einmal Ihr Waterloo!
Er fällt über sie her, sie sträubt sich nicht.

Für das Studium königlicher Seidentapeten in ausgewählten Schlafzimmern, für Schlossbesichtigungen in Den Haag und Amsterdam, für eine Reise nach Holland und Brüssel hatte ich kein Geld. Ich wartete auf einen Vorschuss, aber in München konnte man sich wieder einmal nicht entscheiden, wie viel ich dem Verlag wert war. Mein Kredit war mit der *Fähre von Caputh* verspielt, andererseits herrschte große Begeisterung über das Exposé, speziell bei meiner Lektorin, die ich hier Karla Peschken nenne:

Hier also schriftlich, schrieb Karla, *ich gratuliere zu Deinem Exposé! Das ist ein wunderbarer Stoff, ich kann Dich nur bitten zu schreiben, zu schreiben – und wir werden Dich nach Kräften unterstützen und aus der kleinen Wilhelmine eine große Sache machen. Ganz in der Ferne seh ich da ein mecklenburgisches «Vom Winde verweht».*

Du wolltest wissen, was ich zur Struktur meine. Ich würde dem Exposé folgen und in der Chronologie bleiben. Keine Experimente, wenig Rückblenden, keinen umständlichen Krimi über die Entdeckung der Story. Im Mittelpunkt immer das arme Kind-Mädchen-Frauenzimmer. Versuch es so konventionell wie möglich.

Über das Geld entschied Dr. Hemmerle, und das hieß: warten, warten, mindestens vier Wochen warten. Wieder einmal musste ich Schoppe anpumpen.

Als ich ihn anrief, klagte er über die Bank, die an der Stelle des alten Liebermann-Hauses am Brandenburger Tor residierte. Der Kulturbeauftragte der Bank hatte ihm zugesagt, tausend Exemplare seiner kleinen Liebermann-Biographie als Jahresgabe aufzukaufen.

«Und nun», sagte Schoppe, «sagen sie ab, jetzt ist ihnen das zu anspruchsvoll, zu intellektuell für ihre Kundschaft, jetzt wollen sie lieber Drogen verteilen.»

«Wie bitte?»

«Lieber verschenken sie tausend Flaschen Rémy Martin an ihre Geschäftsfreunde. Banausenbande! Sitzen auf dem Filetgrundstück, protzen mit Liebermann, aber für ein kleines bebildertes Buch kein Pfennig!»

Es war der ungünstigste Moment, Schoppe um einen Kredit zu bitten.

«Und ich soll ein mecklenburgisches *Vom Winde verweht* abliefern! Ich schlage gerade die Schlacht von Waterloo. Ich muss eine Königstochter zum Leben erwecken, und alles ohne Geld!»

39

Berlin, Juli 1815. Niederländisches Palais, Wohnung Boyer. Eltern, Sohn Jacob und Minna.
– Und, was hat dein Brüderchen gemacht?
– Es hat gar nicht geweint.
– Und, wie sah es aus?
– Eine Fleischpuppe.
Eltern Boyer lachen.

– Ein Junge war da.

– Ja, das Baby ist ein Junge.

– Ein großer Junge war da, und der hat gestreichelt.

– Gestreichelt?

– Auf dem Bauch.

– Dich hat er gestreichelt? Auf deinem Bauch? Hat er was gesagt?

– Kleid aus, Hose aus.

– Und hast du das Kleid ausgezogen?

– Nee.

– Und was hat deine Mama gesagt, hat sie ihn verprügelt?

– O nein, Mama hat recht gelacht!

– Wie heißt der Junge?

– Heinrich.

Später Boyer allein, schreibt.

> … die Ehre Seiner Majestät lässt es nicht zu, dass wir das Kind noch ein einziges Mal besuchsweise aus dem Haus geben. Und nicht weniger entsetzt müssen wir beklagen, dass Minna von der Demoiselle Lina Hoffmann mit ihrer hochadeligen Abkunft verwirrt und verhöhnt wird. Neulich sagte Minna zu ihren Spielkameraden: «Ich bin eine Gräfin und was seid ihr? Nichts, nichts! Dreck seid ihr, fasst mich nicht an, ich darf nur mit Offizieren umgehen!»
>
> Wir bitten um die gnädige Zustimmung, dass das Kind höchstens eine Stunde pro Woche Besuch von ihrer Familie empfangen kann, und zwar hier im Palais. Andernfalls wäre sie dem schändlichen Einfluss …

40

Berlin, Oktober 1815. Wohnung der Hoffmanns. Marie liest einen Brief. Sie schluchzt. Neben ihr das Baby.

Marie von innen: Werd ihm schreiben müssen – aber was kann ich schreiben, ich kann doch nicht – nicht schreiben, was ich will, außer das Kind sehn, nicht schreiben, was ich denk – und wie ich mich sehne nach ihm und nicht vergessen – immer so charmant der Holländer und nie ein Getue gemacht um seine Uniform und den Generalleutnant, ganz anders als Maltzahn – ein Offizier der Zärtlichkeit, hat er gesagt von sich oder hab ich das gesagt, weiß schon nicht mehr, wer wie und was – großzügig wie keiner – alle andern vom Ballett haben schlechtere Erfahrungen gemacht mit ihren Verehrern – und treu war er, wie es eben ging – oft hab ich ihn gefragt, warum er mich wollte, als ich neunzehn war, ausgerechnet mich, alle Damen und Mädchen von ganz Berlin hätte er doch haben können damals, und dann ausgerechnet mich, sind es die Beine, Wilhelm, nein, der Busen, nein, der Hintern, Wilhelm, nein, es ist deine Grazie, Marie, auch so ein Wort, das ich nie verstanden hab, Grazie, man tanzt eben, man dreht sich, man küsst eben und liebt drauflos so wie er – vielleicht weil ich sofort verstanden hab, dass er ganz wild darauf war, sich die Zehen küssen zu lassen und die Brust und stundenlange zärtliche Spiele – deswegen ist er geblieben, so was konnte ihm keine Prinzessin und keine Gräfin bieten, und verliebt und bereit wie er war sowieso zu jeder Stunde – meinetwegen hat er sogar die Scherereien mit dem Hof ertragen – immer nobel verhalten hat er sich, immer nobel, mir ein Zimmer gemietet, sich nicht mal von der Königin Luise seine Liebschaft ausreden lassen – nicht fortgerannt, als ich schwanger war, hat das Kind taufen lassen, er zahlt viel mehr als alle andern Kindsväter, da kenn ich ganz andere Geschichten – und will für die Kleine das Beste, das kann ich nicht anders sagen, ist das Beste für sie vielleicht, aber ich kann – ich vermisse sie – sie ist doch wie er – und ist er so gut, und deshalb kann ich nicht bös auf ihn sein – wenn er wenigstens bös wäre, dann könnt ich bös auf ihn sein, aber so – mein lieber, lieber Wilhelm …

41

Berlin, Oktober 1815. Niederländisches Palais, Stall. Lina und der Stallmeister, umarmen sich.
– Öfter darf ich nich kommen, weeßt de doch.
– Bist nicht mehr fein jenug für det Comtesschen, wat?
– Hab der Kleenen nur jesacht, wer se is.
– Weeß doch sowieso die janze Stadt, wer ihr Vatern is.
– Aber das wissen die Herrschaften nich. Kutte, könn wa nich mal aufn Sonntag, du und ich …
– Nee, det jeht nich.
– Haste noch ne andre, Kutte?
– Nee.
– Und warum jeht et dann nich?
– Jeht dir nischt an.
Er küsst sie, heftige Umarmung. Sie gehen auf den Heuboden.

42

Berlin, November 1815. Wohnung der Hoffmanns. Säugling in der Wiege, Marie schreibt:
Lieber Wilhelm dein Brief vom 22ten Oktober habe ich

erhalten u. er wahr ein großer Trost für mich denn ich glaubte mir von der ganzen Welt verlaßen und verstoßen daher wahr die Freude sehr groß von dir einige Zeilen zu erhalten doch all mein Bitten und Flehen hast Du nicht erhört mein Kindt öfters zu sehen u. Auguste wird oft abgewiesen so erfahre ich also selten was es macht die Kinderfrau ließ mir sagen das Minna so oft von mir spricht u. bei mir wünscht zu sein ich sollte doch zu das Kindt kommen sie weiß es aber nicht wie wehe mir das thut denn das mir das Haus untersagt ist ändert Sie nicht u. ich konnte es ihr nicht zur Antwordt geben Urtheile du darüber Ich soll nicht zu mein Kindt kommen weil es dem Könige Sein Ehre nicht Erlaubte u. zur Gesellschaft wehlt dein gütiger Finanz Rath der berüchtigte Madame Seifert ihre Kinder diese Kinder der Sohn (ich muß alles Schreiben du bist nicht beße ich kann es nicht unter drücken) der Sohn ist dem Herrn Wurm sein Freund u. die Mutter nimmt die geschenke die Wurm ihr giebt u. hat an gewissen Örtern gestohlen die Tochter ist beim Theater gewesen u. weil Sie ihrer Mutter ganz würdig ist so hat Sie den abschiedt erhalten u. nun ist Wurm wegen Sein lebens wandel eingezogen die Seiferten hat ihn angeklacht er hätte ihren Sohn verführt u. Sie wehre es sein Vater Schuldig ihr Kindt von diese Schande zu schützen denn der Vetter weiss du giebst jetzt eine Pension auf Ihn alsdann wolltest du Ihn zu dich nehmen dieser Sohn der vor die gericht aussagt er hätte mit seiner Schwester schon seit Jahren die möglichkeit getrieben u. seine Mutter wußte davon das für Minna ihre Spielgesellschaft mein Kindt das ich so Engelrein erzogen habe kann ich dieß alles gleich gültig mit anhören

Wilhelm die Weldt mag sagen was Sie will so kann Sie mir in betreffs meines Kindes ... nicht mehr beßes nachsagen ist wirklich der Seiferten ihr Sohn dein Sohn so sorge beßer dafür ich habe die früheren Verhältnisse nicht erfahren ist es nicht dein Kind bester Wilhelm was ich wirklich glaube so thu doch dafür alles u. laß nicht meine Minna dadurch leiden daß der Umgank Ihr nicht fortheilhaft ist das wirst du nach allem diesen selbst fühlen u. daß ich als Mutter darüber sprechen kann ohne daß du es beße aufnimmst bin ich überzeugt...

4 3

Den Haag, November 1815. Willem liest den Brief.

... Ob dir dieser Umgang zu deiner Ehre gereicht möchte ich wohl den Herrn Finanz Rath Boyer fragen du glaubst nicht wie dieser lerm die ganze Stadt erfüllt von der Wurmschen geschichte u. was da alles zu vorschein kommt davon hast du keinen begriff Wurm soll auf die Festung nun helt ihm ... die Stange unserer Königin ihr Bruder Prinz Carl soll auch so ein Freund wie Wurm sein u. das du bei dieser Geschichte in der Weldt die Mäuler kennen wirst ist mir sehr unangenehm das kannst du wohl glauben da alles was dich betrifft fühle ich mit was ist aber dabey zu tuhn wenn du was zu meiner beruhigung beitragen kannst bin ich gewiß überzeugt das du es tuhn werdest den Minna ist ja auch deine Minna für all sei also nicht beße mein Herz ist doch so Voll das ich niemahls ruhig werden kann mein schicksal ist zu hart lebe Wohl und Gott Erhalte dich und die deinigen

deine Unglückliche Marie

*Vor Neujahr darf ich dich nicht mehr Schreiben so
wünsch ich dir ein zufriedenes herz das ist das beste gut
das fühle ich zu sehr sei glücklich und Gott Erhalte deine mir so theure Gesundheit lebe Wohl
lieber lieber Wilhelm*

Willem erscheint gerührt, geht eine Weile auf und ab, ruft
Hofman herbei.
– Schreiben Sie dem Finanzrat Boyer, er habe an Marie
Hoffmann in Berlin folgende drei Sätze zu schreiben: Eine
Madame Seifert sei mir nicht bekannt. An der Regelung
mit Boyer werde nichts geändert. Sie, Frau Hoffmann, wer-
de weiter versorgt.

44

Porträt einer Verlassenen: Marie Hoffmann, am Küchentisch hockend, setzt mühsam Wort an Wort, ohne Punkt
und Komma. Sie ist die Feder nicht gewohnt, die Buchstaben sind spitz, dürr, eng und schwer lesbar. Da ihr offenbar
nur ein Brief pro Vierteljahr erlaubt ist, vor Neujahr darf
sie nicht mehr schreiben, muss sie alles hineinpacken, was
sie mit Wilhelm besprochen hätte, am liebsten direkt, hier
am Küchentisch oder nach einer fröhlichen Stunde im Bett.
Sie kann es immer noch nicht fassen, dass ihr Geliebter so
weit, so unerreichbar fort ist und ein richtiger König wie
der König Friedrich Wilhelm hinter den Mauern in seinem
Schloss, während sie sich von der ganzen Welt verlassen
und verstoßen fühlt. Zwei Kinder von zwei Vätern, schon
siebenundzwanzig Jahre, Herr von Maltzahn wird sein
Eheversprechen nicht halten, kein Offizier heiratet eine
Tänzerin, schon gar nicht eine mit zwei Bastardkindern,

das Leben ist gelaufen. Mit 50 Friedrichsdor im Quartal ist sie eine sehr gute Partie, damit hat sie mehr Geld als ein Handwerker oder mittlerer Beamter. Aber ihr Ruf ist hin, und das Unglück kerbt die ersten Falten ins Gesicht.

Wer schreibt wie Marie, so viel scheint klar, ist geliebt worden. Sie trauert ihrem Kind nach und ihrer einzigen Liebe. Die beiden Ureltern, so extrem verschieden, so unerhört verbunden sie waren, müssen eine Zeit lang glücklich miteinander gewesen sein. Romanze, Tragik, einszweidrei, und wenn der Walzer noch Schwung hat, folgen die bitteren Rechnungen. Und die größte Anstrengung: eine Liebe abtöten.

Wilhelm bleibt der Gute, obwohl sie das Kind nicht mehr sehen darf und ihr Flehen nicht erhört wird. Marie lenkt alle Wut auf den bösen Boyer. Der hat ihr Minna genommen, deshalb muss er angeklagt werden. Für ihre Trauer und die Bitte um eine Besuchsregelung wendet Marie weniger Worte auf als für den neusten Klatsch, mit dem sie Boyer in Verbindung bringt. Dieser herzlose Mensch, ein Heuchler, der von Ehre spricht und gleichzeitig mit den ehrlosesten Leuten verkehrt. Mit der lästerlichen Frau Seifert, die behauptet, ihren Sohn vom heutigen König der Niederlande zu haben, mit ihren verführten Kindern, mit Inzest, Betrug, Diebstahl, Prozess, Gefängnis – und mit dem Bruder der verstorbenen Königin. Alles Unterstellungen, dunkle Gerüchte, Zwielichtigkeiten (von denen in Boyers Briefen nie die Rede ist, ebenso wenig wie von Zahlungen an den Sohn der Seifert). Niemand weiß Genaues, und Marie umspielt den vagen Verdacht, den sie äußert, mit ihrer Entrüstung darüber. Ihre Raffinesse scheint naiv, ihre Naivität raffiniert. In einem hat sie mit Sicherheit Recht: Die höheren Stände kommen bei solchen

Affären besser weg und halten sich gegenseitig die Stange. Die einfachen Leute verlieren immer, Frauen sowieso. Die Schande bleibt bei ihr, der Verstoßenen, es ist die alte Geschichte, auch das weiß sie, auch daran ist nichts zu ändern.

Also hat sie keinen Grund, sich selbst anzuklagen. Sie trauert – und macht mit ihrer Trauer Politik. Sie schweigt über ihre zweite Mutterschaft und das Unglück mit Herrn von Maltzahn. Sie verschweigt die Vernachlässigung ihrer Tochter und warum sie das Kind abgegeben hat, sie erwähnt ihren Wohlstand nicht. Mit all den Vorwürfen, die Boyer ihr gemacht hat, will sie nun Boyer belasten. In der liederlichen Madame Seifert ahnt sie bereits ihr verzerrtes Spiegelbild. Mit dem Versuch, auf die Schande der anderen zu zeigen, hofft sie sich zu retten. Aber sie weiß schon, das Unglück wird wachsen, Geschichten wie ihre sind bekannt und wiederholen sich.

Am Küchentisch im schwachen Licht die junge schöne Frau, die weiter an die Liebe glauben will, obwohl nur noch der Schmerz des Abtötens der Liebe sie quält. Sie versucht ein letztes Mal von Herz zu Herz zu sprechen, über alle Standesgrenzen hinweg. Der Versuch kann nur misslingen. Am Ende die Liebeserklärung als Wehklage: lieber, lieber Wilhelm!

Diese beiden Briefseiten sind das einzige Zeugnis, das von Marie Hoffmann geblieben ist.

45

– Berlin, Februar 1816. Niederländisches Palais, Wohnung. Die Eltern Boyer, schwarz gekleidet.

– Ich geb es ja zu, dass es mir schwerer fällt mit Minna, sagt Frau Boyer. Seit unser Jacob heimgegangen ist, tut es mir weh, wenn ich Minna lachen und springen sehe, wenn sie singt und spielt.

– Aber wir können uns doch trösten an diesem Kind.

– Ich will ja gerne, aber ich kann es nicht. Ich werde nur noch trauriger über unsern Verlust.

– Schau mal, wie das Mädchen aufgeblüht ist, wie sie dich liebt und wie lebhaft sie ist.

– Sie ist mir zu lebhaft! Sie ist mir zu anstrengend.

– Dafür haben wir die Lore.

– Aber die ist genau so anstrengend, immer macht sie was falsch, immer was kaputt, und jede Woche will sie mehr Geld.

Das haben wir der Lina und dem Stallmeister zu verdanken, jetzt wissen es alle, dass sie eine Königstochter ist, und jedes Kindermädchen treibt die Preise hoch, weil sie denken, wir kriegen alles vom König doppelt und dreifach zurück.

– Bald kommen wir mit den 500 Talern im Jahr nicht mehr aus.

– Ich weiß, Else, ich werde nach dem Haag schreiben. Aber ich bitte dich, tröste dich an Minna. Besser dies Kind als kein Kind.

Nur eine Frau kann dich retten, eine Heldin wie Wilhelmine, dachte ich damals, allein auf der Terrasse der Burg Rheinstein kurz vor Mitternacht. Ich atmete durch und ließ den Postkartenblick auf mich wirken. Hoch über dem Rhein an diesem nachgemachten romantischen Ort war mir fast schwindlig, weniger von der Höhe als von der alten Familiengeschichte, die mir die Cousine Barbara eben erzählt hatte.

Die frische, kalte Nachtluft tat mir gut und die Aussicht, die Linie der schwarzen Berge, die sich gegen den helleren Nachthimmel abhoben. Unten, unsichtbar in der Tiefe, rauschte ein Zug über die Schienen. Hinter dem anderen Ufer des Rheins die Promenaden des Dorfes Assmannshausen, dazwischen schnelle Scheinwerfer einiger Autos, die Lampen und Umrisse der Schiffe, überall stehende und bewegliche Lichtpunkte. Hoch oben die Sterne in ihrem stillen statischen Tempo, alles war in Bewegung, obwohl nicht alles nach Bewegung aussah in der Mitte der Nacht, und meine Gedanken wurden immer wacher und heller.

Du solltest über diese Wilhelmine schreiben, sagte ich mir, die Tänzerin und der König, das alte Märchen will neu erzählt werden oder zum ersten Mal richtig erzählt. Der alte Konflikt zwischen Liebe, Moral und Macht, zwischen dem armen und dem reichen Adel, zwischen König und Volk, ja, Liebe, Tod und Leidenschaft, ein Drama, ein Märchen, ein Opernstoff, ein Filmstoff, in dieser Geschichte ist alles drin!

Es war albern, aber ich bildete mir ein oder wollte mir einbilden, die Sterne da oben nickten mir zu, unterstützten die Idee, mutig zurückzugehen bis ins tiefste 19. Jahrhundert. Hundertneunzig Jahre, was macht das schon, unendlich ist der Brunnen der Vergangenheit, oder wie heißt es bei Thomas Mann, tief ist der Brunnen und so weiter.

Am anderen Ufer die Dörfer, hinter einigen Fenstern noch Licht, und überall, wo Licht ist, dachte ich, sitzen oder liegen oder warten potentielle Leserinnen und Leser, und wenn nicht hinter jedem Fenster, dann hinter jedem zehnten, du kannst dir die möglichen Auflagen ausrechnen. Und was suchen sie, was brauchen sie, ja, sie gieren nach Königsgeschichten immer wieder. Diana ist tot, aber die Sehnsucht nach Dianageschichten ist lebendig, unsterblich, und die Wilhelminengeschichte ist auch eine Art Dianageschichte. Niemand will das wahrhaben, dass die Leute in diesen Weindörfern da unten, dass ganz Deutschland seit Jahrhunderten von Fürsten, Königen und Kaisern geprägt worden ist, nur in den letzten paar Jährchen seit 1918 nicht. Aber die Prägung sitzt tiefer, als wir meinen, die romantische Sehnsucht nach schönen und weisen, milden oder wilden Monarchen sitzt tiefer, als jeder Demokrat zugeben darf. Hier haben sie Geschichte gemacht, hier am Rhein und überall, ungebrochen ist die Neugier auf Prinzen und Königstöchter.

Allmählich begann ich zu ahnen, dass ich mit Wilhelmine mehr als einen dramatischen Königsstoff und mehr als einen reichhaltigen Sehnsuchtsstoff haben könnte. Hier lag eine Goldmine, das größte Kapital, mit dem sich literarisch und emotional wuchern ließ: eine weibliche Figur, eine richtige Heldin, tragisch gezeugt, erhoben und erniedrigt, Spielball und Subjekt, ein Opfer männlicher Macht und weiblicher Intrigen. Und das Kostbarste: eine Frau!

Achtzig Prozent der Leserschaft sind Frauen, und was kann ein Autor heute tun, der das Pech hat, nicht als Frau geboren zu sein, um das riesige Potential der Leserinnen zu erreichen, wenn er für eine Geschlechtsumwandlung zu alt, wenn es für ein weibliches Pseudonym zu spät ist? Ja, Frauen, die schreiben, haben es leichter, besonders wenn sie jung sind und mit raffinierten Fotos in die unschlagbare Aura der Attraktivität aufsteigen. Selbst wenn sie schon so alt sind wie ich, umschmeicheln die männlichen Kritiker die weiblichen Autoren immer noch gern und greifen ihnen mit lobenden Superlativen unter die Röcke, während die weiblichen Kritiker darin wetteifern, ihr Einfühlungsvermögen in die weibliche Seele vorzuführen und das Authentische zu bescheinigen, als seien Geschlecht, Hautfarbe, DNA-Code literarische Kriterien. Nur selten profitieren männliche Autoren von solchen erotischen Komponenten. Sogar die Riege der gesellschaftskritischen Autoren hat es besser, aber da zählen nur die alten Herren. Seit ich es einmal gewagt habe, über eine Brokdorf-Demonstration des Jahres 1977 zu schreiben, an der ich als neunzehnjähriger Schüler teilgenommen habe, galt ich manchen als kritisch, und das ist das Schlimmste, was passieren kann, weil die Linken und Grünen nicht lesen – und für alle andern bleibt man abgestempelt bis siebzig Jahre nach dem Tod. Aber den größten Fehler, dachte ich wieder einmal, habe ich mit der *Fähre von Caputh* gemacht, weil ich weder die Ost-Nostalgie noch die westliche Selbstverliebtheit bedient habe, darum konnte ich nicht einmal von den Ost-West-Reibungen profitieren und mich als Freund oder Feind einer der beiden geistigen Parteien bekämpfen oder feiern lassen. Mit einundvierzig bin ich auch als junger Autor nicht mehr zu verkaufen. All mein Kredit ist verspielt. Niemand bürgt für mich, niemand hofft auf mich, sogar mein Verleger hat anklingen lassen, dass ich mit einem Vorschuss nicht mehr rechnen kann.

Nur eine Frau kann dich retten, eine Heldin! Wilhelmine war ein Geschenk des Himmels, und ich blickte, mehr zweifelnd als dankend, nach oben in den Haufen der Sterne, bis mir schwindelte. Ich hielt mich an der Mauer fest, an den roh behauenen Steinen, die nach den Ideen eines romantischen Preußenprinzen aufeinandergesetzt waren und als mustergültige Vergangenheit in bester Höhenlage bestiegen, gefeiert, besungen wurden. Die Kühle der Steine erfrischte mich, die Steine belebten mich, in den Steinen schien Bewegung zu sein, überall war Bewegung, die Zeit floss dahin, zart wie die Kühle im Stein, langsam wie die Schiffe, schnell wie die Autos da unten und die Züge, rasend wie die Sterne. Und ich leistete mir den banalen Gedanken: Auch du darfst nicht stillstehen und nicht nein sagen.

Da lag sie, die einzige Chance: mit einer weiblichen Figur, einer Identifikationsfigur in den Markt der weiblichen Emotionen vorzustoßen. Ja, nur mit einer solchen zu Herzen gehenden Figur kannst du ein Erfolgsbuch schreiben, sagte ich mir. Nach drei bösen Niederlagen musst du dir und dem ganzen Zirkus endlich beweisen, was du kannst! Das ist die Chance, auf die du so lange gewartet hast. Jetzt heißt es zupacken, nur keine Angst vor dem Trivialen, nur keine Angst vor dem 19. Jahrhundert. Ja, das ist die Wende, diese Frau wird dich retten, nimm sie, die Königstochter!

46

Den Haag, Februar 1816. Thronsaal. Der König steht in vollem Ornat neben dem Thron, Purpurmantel mit Hermelinbesatz über der Uniform, mit Reitstiefeln, Degen, Schärpe. Der Hofmaler Paelinck bei der Arbeit. Willem diktiert Hofman Briefe an Kanalbauingenieure und Bankiers. Er schwitzt unter dem Mantel.

– Wie lange noch, Paelinck?

– Eine Viertelstunde noch, Majestät, wenn Sie erlauben.

– Ich schwitze, also zehn Minuten. Hofman, wo sind die Pläne für den Hafen?

– Welchen Hafen, Majestät?

– Rotterdam, die wollten doch im März anfangen mit dem Ausbau.

47

Thema und Variation:
Mitte März erhält der Finanzrat Boyer einen Brief aus Den Haag, er möge sofort einen anderen Aufenthalt für das Kind suchen. Die Königin der Niederlande plane im Mai nach Berlin zu reisen. Sie werde nicht, wie ursprünglich vorgesehen, im Schloss bei ihrem Bruder Friedrich Wilhelm wohnen, sondern, um die Unabhängigkeit der Vereinigten Niederlande zu unterstreichen, im Palais.

Boyer gerät in Panik. Die Königin weiß nichts von dem Bastard und darf unter keinen Umständen etwas erfahren. Minna und alle ihre Spuren müssen rechtzeitig beseitigt, das Personal muss zum Schweigen verdonnert werden. Er sucht in Berlin eine Familie, der man die Vierjährige anvertrauen könnte, sucht drei Tage und findet nichts. Er denkt an Familien außerhalb Berlins, aber im Handumdrehen und mit der gebotenen Heimlichkeit ist nichts zu machen.

Da schlägt Frau Boyer vor, Minna nach Weilburg in Nassau zu ihrer Mutter zu bringen. Die Witwe Schefer gilt als kinderlieb, Minna könnte auf dem Land aufwachsen – und es gäbe endlich keine Schererein mehr mit der Familie Hoffmann. Frau Boyer wäre entlastet und ihre Mutter könnte dank der Unterhaltszahlungen ein wenig besser leben. Der Finanzrat stimmt zögernd zu, er sieht einen neuen Umzug des Kindes nur mit Unbehagen, aber ihm fällt keine bessere Lösung ein. Die Zeit drängt. Eilbriefe mit diesem Vorschlag gehen nach Den Haag und Weilburg.

Variation 2:

Berlin, März 1816. Niederländisches Palais, Wohnung. Die Eltern Boyer.

– Drei Tage such ich nun schon ganz Berlin ab.

– Wir hätten uns früher darauf vorbereiten sollen, Rudolf.

– Konnte ich das ahnen?

– Natürlich, es war doch klar, dass die Königin irgendwann mal herkommt und ihren Bruder besucht und dass sie dann nicht über einen Bastard stolpern darf.

– Else!

– Verzeih. Aber wir kümmern uns hier Tag und Nacht um die Kleine und dann heißt es auf einmal, bis Anfang Mai hat sie zu verschwinden. Das hätten sie früher sagen sollen!

– Gewiss. Aber was tun wir jetzt? Von heut auf morgen find ich hier keine Familie, die so diskret ist …

– Weißt du, ich hab schon an meine Mutter gedacht.

– In Weilburg?

– Ja, das ist schön weit weg, meine Mutter liebt die Kinder, und wir werden nicht mehr erpresst von den Kindermädchen.

– Und Minna ist weg von all dem Gerede. Aber denk an die Kleine, für sie ist das nicht gut, wenn sie schon wieder zu fremden Leuten kommt.

48

Den Haag, März 1816. König Willem gibt Anweisungen an Hofman.

– Natürlich übernehmen wir die Kosten der Reise. Das Wohl der Königin steht obenan. Aber diese Mutter von der Frau Finanzrat, wie heißt sie?

– Frau Schefer.

– Diese Witwe Schefer darf nicht erfahren, wer die Kleine ist. Niemand in Weilburg darf es erfahren, schon gar nicht der Weilburg-Nassauische Hof. Diese Herrschaften haben mit Napoleon kollaboriert und sich das Herzogtum Nassau zuschanzen lassen, mit denen will ich keine Scherereien. Also, Befehl an Boyer, folgende Version: In Weilburg heißt das Kind Minna Boyer, ist seine Nichte, Waisenkind, unter dem besonderen Schutz der Königin, die den verstorbenen Eltern das Gelübde gegeben hat, sich um die Kleine zu kümmern. Ich erwarte vierteljährliche Berichte von dieser Frau Schefer samt Zeugnissen usw., die sie an Boyer zu schicken hat, der sie Ihnen zu schicken hat. Gut, und jetzt?

– Der Maler wartet.

– Der kann warten.

49

Berlin, März 1816. Wohnung der Hoffmanns, Familienrat. Alle reden, außer Marie.

– Det lassen wir uns nich bieten, sagt Lina.

– So schlau bin ick ooch. Wat willstn machen?, fragt Gottfried.

– Uns wird schon wat einfallen, so der Vater.

– Dir ist doch noch nie wat eingefallen, meint die Mutter.

– Aber mir, sagt Gottfried. Ick werd ihm schreiben.

– Wem?

– Na, dem Könich.

– Deine Krakelei kuckt der doch nicht an.

– Ick kenn jenug Leute am Theater, die mir helfen mit sonem feinen Brief, schöne Buchstaben und feine Sätze und so. Er soll mir wat jeben, dass ick seine liebe Schwester …

für meine Zukunft als Zimmermann, ick könnte mir ja selbständig machen und nich mehr jeden Abend da im Theater rumkrauchen als Maschinist.

– Du kannst doch gar nich zeichnen!, sagt Lina.

– Det lern ick, det lass ick mir bezahlen.

– Und wie viel?, fragt die Mutter.

– 2000 Taler, so als Grundlage, mit Ausrüstung und so. Oder er soll mir ne schöne Stelle besorgen in Holland, würd ick ooch machen.

– 2000, du spinnst.

– Probieren jeht über studieren.

50

Den Haag, April 1816. König vor dem Maler, stöhnend. Hofman kommt mit Briefen.

– Was gibts?

– Kanal bei Utrecht wurde gestern begonnen. Der große Straßenplan soll Ende der Woche fertig werden. Staatsanleihen steigen. Bürgermeister von Nijmegen bittet um Entlastung. Steuerausschuss hat den Bericht immer noch nicht fertig. Und in der Sache Berlin haben wir …

– Einen Moment. Herr Paelinck, könnten Sie bitte für einen Augenblick nach nebenan gehen?

– Zu Befehl, aber wann soll ich denn fertig werden, Majestät?

– Das Bild kann warten, der Staat nicht.

Paelinck geht hinaus.

– Jetzt kommt auch noch der Vater, sagt Hofman.

– Welcher Vater?

– Vater Hoffmann.

– Lesen Sie.

– Ich bin der Vater der Demoiselle Hoffmann, welcher Eure
Königliche Majestät so viel Gunst erwiesen haben. Ich bin
nun dreiundsechzig Jahre alt und kann nichts mehr verdienen …
– Und so weiter. Dem Sohn haben wir doch gerade 1000 Taler gegeben für seine Zimmerei. Wie viele Bettelbriefe
kommen denn jetzt noch? Was raten Sie?
– Nichts. Das ist ein Fass ohne Boden. Demoiselle Hoffmann hat ja auch nicht wenig …
– Das geht Sie nichts an, Herr Regierungsrat! Selbst wenn
sie so viel kriegt wie ein Minister, sie hat es verdient. Darüber will ich nie wieder eine Andeutung hören, verstanden!
– Zu Befehl, Majestät.
– Und der Alte ist schließlich der Großvater meiner Tochter. Ich will, dass die Leute gut von mir denken. 5 Taler pro
Monat.
– Wie Sie befehlen, Majestät.
– Rufen Sie den Künstler wieder rein!

Ich lebte so karg, wie ich schrieb. Wartete auf Geld
und geniale Einfälle. Aus den Suchmaschinen des Internet
und den Bibliotheken zog ich Informationen über die niederländischen Herrscher und ihre Schlösser, doch über Willem erfuhr ich nicht viel. Ich rief meinen Freund H. in Amsterdam an, ein Gitarrist, Jurist und Antimonarchist, der
schallend lachte, als ich ihm von meiner Verwandtschaft
mit seiner Königin erzählte. Nur weil wir einst in einer
Band zusammen gespielt haben, er Bassgitarre, ich Schlag-
zeug, tat er mir den Gefallen und machte sich auf den Weg
in die ihm verhasste Festung des Monarchismus, ins Kö-

nigliche Palais am Dam. Was er dort fand, schickte er, eine
Broschur mit Kurzbiographien, die nichts Neues enthielt.
Willem I. war nicht populär, trotz seiner Verdienste als «Kanalkönig» und «Kaufmannkönig». H. hatte drei Postkarten
beigelegt mit drei verschiedenen Regenten namens Willem.

Eine der Karten zeigte ein verkleinertes Gemälde von
Joseph Paelinck aus dem Besitz des Rijksmuseums: Koning
Willem I. (1772–1843). Die beiden anderen waren Porträts
von Willems Vater, dem sogenannten Statthalter Willem V.,
und Willems Sohn, König Willem II. Der Vater wirkte fett,
töricht und debil, der Sohn ehrgeizig, militärisch und debil.
Ich hatte Glück, unter allen drei Willems sah mein Willem
am besten aus, männlich, souverän.

Zugegeben, ich zögerte nicht lange, mich mit dem Königsbild vor den Spiegel zu stellen. Von oben bis unten
musterte ich den Mann, der im Hermelinmantel neben seinem Thron posierte. Allein der Mantel oder Umhang, der
außen mit rotem Samt besetzt und mit goldenen Löwen
bestickt war und sich am Boden zur Schleppe weitete, hätte
mit seiner Pracht und seinem Faltenwurf alle Aufmerksamkeit verdient. Ich aber tat nichts anderes, als unsere
Gesichtszüge zu vergleichen und die Insignien der Macht
wie Degen, Orden, Schärpe und Krone wegzudenken. Je genauer ich schaute, desto zufriedener wurde ich. Nach Ähnlichkeiten brauchte ich nicht zu suchen, so offensichtlich
waren sie. H. hatte seinem Brief ein PS angefügt: Er sieht
Dir tatsächlich ähnlich. Eine Bemerkung, die ich zuerst für
plumpe Ironie halten wollte, aber nun, nach wenigen Minuten vor dem Spiegel, musste ich zustimmen. Nase, Stirn,
Augenbrauen, Gesichtsform, sogar der Mund und die Falten um den Mund, fast alles war ähnlich.

Vergleiche zwischen einem gemalten, dann fotografierten und auf Briefmarkengröße geschrumpften Porträt eines Unbekannten und dem eigenen Gesicht, das man viele tausendmal spiegelverkehrt und viele hundertmal auf Fotos gesehen hat, sind fragwürdig, aber das war mir egal, mein Spiel war einfach: Natürlich gab es so viele Unterschiede wie Ähnlichkeiten, aber ich wollte möglichst viele Ähnlichkeiten entdecken.

Woran mag Willem gedacht haben, als er vor dem Hofmaler stillstehen musste, dreimal eine halbe Stunde pro Nachmittag vielleicht, und das über einige Wochen? In seinen Augen lag ein Schatten, ein etwas glasiger, dunkelglühender Blick, den ich, weil ich einiges von der intimen Geschichte des Königs wusste, als selig-starren Orgasmusblick deutete. Lenkten ihn seine Phantasien eher zu Staatsgeschäften oder zu Frauen? Warum soll der König beim endlosen Stillstehen sich nicht etwas Schönes vor die Augen gezaubert haben, ein paar Erinnerungsblitze mit einer Liebsten? Eine fröhliche Vögelei mit Marie oder im vorausfliegenden Begehren mit der neuen Hofdame Julie von der Goltz, die er im Bett noch nicht erprobt hatte? Anders wollte ich diesen leicht nach unten und halb nach innen gewandten Blick nicht verstehen.

Ansonsten sah er tatendurstig aus, der Kopf erinnerte an den eines Rennpferdes vor dem Start. Die sportliche Figur in den weißen Hosen und Reitstiefeln mit Sporen, das vorstehende rechte Spielbein und der auf die Karte der Niederlande zeigende rechte Arm wirkten, als wolle er den Pelzmantel, unter dem er gewiss fürchterlich zu schwitzen hatte, so rasch wie möglich abwerfen und sich in die Arbeit stürzen oder in die Arme einer Frau.

Es war nicht nur meine aus seiner Biographie gespeiste Phantasie, die ihn immer wieder zu irgendwelchen Damen scheuchte. Ich kam darauf, weil der Maler auch das Gemächt das Königs angedeutet hatte durch eine Ausbuchtung in der eng anliegenden weißen Hose, mit geschickt gemalten Falten an der entscheidenden Stelle. Auffälliger noch war eine tiefe, dunkle Falte, die den kaum verborgenen Hodensack teilte und dadurch wie eine weibliche Spalte in einem prächtigen Venushügel wirkte. Trotz der Steifheit der Figur und des Arrangements war also gleichzeitig etwas erfrischend Obszönes zu sehen. Der König schien mit zwei Geschlechtsteilen ausgestattet, ein weibliches über dem männlichen, und das exakt in der Mitte des Bildes.

Auf der Postkarte des Rijksmuseums war kein Datum vermerkt, das Gemälde wird am Anfang der Königskarriere entstanden sein, also 1815 oder 1816. Also muss Willem 43 oder 44 Jahre alt gewesen sein, zwei, drei Jahre älter als ich. Wir waren beinah Doppelgänger, im Gesicht sehr ähnlich, und schon mehr als Doppelgänger. Denn ich spürte, als wir da beide vor dem Spiegel standen, auf einmal eine Nähe, es klingt verrückt, aber ich spürte unsere körperliche Nähe, als wären die paar Gene, die ich von Willem mit mir herumtrage, durch die Inspektion vor dem Spiegel eben erwacht oder erwärmt und regten sich nun in mir. Für einige Augenblicke fühlte ich, dass ich aus lauter Teilchen, lauter ererbten Elementen bestand und wie Milliarden dieser Einzelteile zusammenkommen mussten, um diese merkwürdige Einheit Albert Rusch zustande zu bringen.

Ich hörte sie durch meine Adern, Nerven, Muskeln, Knochen jagen, und auf einmal erfasste mich eine seltsame Dankbarkeit diesen Vorfahren gegenüber, die mich mit ihren Erbinformationen gespeist und geformt hatten, die endlos vielen Vorfahren, von denen Willem vielleicht der bekannteste, und Marie, mit der er sich gepaart hatte, vielleicht die unbekannteste war. Auch ich bin nur etwas Zusammengesetztes, etwas Krummes, aus tausend Zufällen und Absichten der Annäherung und Befruchtung gewürfeltes Wesen, dachte ich und bildete mir ein, dass Willem es war, der mir diese Gedanken eingab. Ein banaler Gedanke, wie ich zugeben muss, aber es gibt diese schönen Momente, wo einen die Banalitäten mit einer solchen Wucht und Feierlichkeit ergreifen, dass der Gehalt der Erkenntnisse völlig nebensächlich wird. Ich ertappte mich dabei, wie ich vor dem Spiegel die Lippen schürzte zu einem Kuss, mit dem ich ihm zeigen wollte, dass er lebte und sich freuen konnte, wieder für einige Zeit erweckt zu werden.

Ja, ich war sicher, dass er mit mir sprechen wollte oder schon sprach. Ich sah seinen Mund sich bewegen. Ich hörte seine Stimme leise im Ohr. Er forderte mich auf, es war kein Befehl, es war eine Bitte, ihn noch einmal nach Berlin zu versetzen ins Jahr 1810. Und ihn wandeln zu lassen Unter den Linden. Bin schon dabei, sagte ich. Und er wollte immer mehr, er wünschte seine schönste Zeit zurück, er wünschte seine Wiederbelebung, und er sprach wie ein Kumpel zu mir und sagte: Und dann schaun wir mal wieder nach den Weibern!

In dieser intimen Situation wurden wir gestört vom Telefon. Nach drei Minuten kehrte ich zum Spiegel, zu Willem zurück und versuchte die Spur unseres Gesprächs wieder aufzunehmen. Du kriegst deine Marie wieder, sagte ich, aber er schwieg. So viele Nächte, so viele Zärtlichkeiten, wie du willst, sagte ich, aber er schwieg. Die Linden im Sommer, das Schauspielhaus im Winter, Ausritte, Bälle, Fechtstunden, deine holländische Küste, deine Schlösser und Kamine, alle Wünsche kann ich dir erfüllen, lieber Uropa. Er schwieg weiter. Oder willst du beschimpft werden? Weil du Marie hast sitzen lassen und dann Minna? Oder weil du kein Demokrat gewesen bist? Er zeigte sich stur. Ich konnte so viel schmeicheln und flüstern, wie ich wollte, er blieb der weit entfernte Vorfahr. Er hatte sich wieder zur Königspuppe im Königsmantel versteift, er schrumpfte ins Postkartenformat zurück, alle Distanzen und Urururgenerationen lagen wieder zwischen uns.

51

Weilburg, Mai 1816. Fachwerkhaus der Frau Schefer, Garten. Minna spielt im Garten, Frau Boyer und Frau Schefer.
– So schön, wieder bei dir zu sein! Wie früher.
– Das ist aber ein fröhlicher Schmetterling.
– Sie ist froh, dass sie nicht mehr den ganzen Tag in der Kutsche sitzen muss. Obwohl sie es sehr gut ausgehalten hat, das Fahren und Schütteln, ohne zu klagen, ohne überdrüssig zu werden. Eine so schlimme Reise hab ich lange nicht erlebt, aufgeweichte Straßen überall, der Regen dazu, und dauernd Umwege.
– Wenigstens eine schöne Kutsche hattet ihr.
– Das ist die englische Kutsche, damit wurde die Prinzessin Marianne früher immer ausgefahren, die Tochter des Königs, seine einzige Tochter. Aber der Wagen hat viel gelitten unterwegs.
– Wie lange war sie bei euch?
– Minna? Ein Jahr.
– Und ihre Eltern?
– Die sind schon lange tot, das hat dir Rudolf doch geschrieben.
– Die Waisenkinder, die ich kenne, sind irgendwie trauriger als Minna.

– Sie wird es gut bei dir haben, Mutter.
– So wie du.
– Noch besser.
– Und alle drei Monate ein Bericht?
– Ja, so ausführlich, wie du kannst. Und pünktlich, bitte, Rudolf ist da sehr genau.
– Ich werd es versuchen.
– Dein Geld kommt auch pünktlich, halbjährlich im Voraus.

52

Den Haag, Juni 1816. Schlafzimmer des Königs. Julie von der Goltz mit Willem im Bett.
– Endlich kann ich den Fellmantel ausziehen. Endlich ist der Maler fertig. Das ist die schwerste Arbeit, die man als König zu leisten hat. Stillstehen wie ein Soldat, bis diese Künstler sich endlich für den richtigen Pinsel entschieden haben. Was denken Sie, Julie?
– Nichts.
– Sie müssen bei mir nicht lügen, junge Frau. Ich weiß, was Sie denken. Sie denken, ich hätte nur gewartet, bis die Königin in Berlin ist.
– Nein, Majestät, ich wusste …
– Sie sind eine kluge Frau.
– Danke, Majestät.
– Lassen Sie die Majestät weg, solange wir in diesem Raum allein sind.
– Zu Befehl.
– Ich befehle Ihnen nichts. Wenn Sie nicht freiwillig in mein Bett kommen, will ich Sie nicht.
– Ich bin gern bei Ihnen, Majestät.

– So gehört es sich für eine Freifrau mit so schönen Brüsten.

– Sehr gern.

– Küssen Sie mich. Zuerst die Zehen bitte.

Sie tut es, sehr schüchtern.

– Sie müssen noch viel lernen.

– Zu Befehl, Majestät.

53

Weilburg, Dezember 1817. Frau Schefer am Tisch mit Minna, fünfeinhalb. Frau Schefer schreibt ihren Bericht.

– Weißt du was, Minna, und jetzt darfst du auch einen Brief schreiben. Du hast schon ein paar Buchstaben gelernt in der Schule, pass auf, ich schreib es dir vor: Ich grüsse Sie, lieber Vater und Mutter, Minna.

Minna schreibt es nach, mit Fehlern.

– Sehr gut, Minna, aber mach es noch mal.

Minna schreibt den Satz noch einmal, liest ihn laut: Ich grüsse Sie, lieber Vater und Mutter, Minna.

– Sehr schön, Minna! Der erste Brief deines Lebens. Den schicken wir jetzt mit meinem Brief zusammen nach Berlin.

54

Berlin, Juni 1818. Niederländisches Palais, Wohnung. Die Eltern Boyer.

– Jetzt ist sie ein Jahr bei deiner Mutter und nicht einmal hat sie nach ihrer Mama gefragt oder ihrer Tante Lina.

– Kinder vergessen schnell.

– Aber doch nicht die Mutter.

– Mutter und Vater sind wir. Guck mal, sie hat einen hellen Verstand, sie hat sich auch bei uns schnell gewöhnt.

– Zum Glück. Übrigens hab ich heute wieder von der honetten Familie gehört. Jetzt hat sich auch noch die Amme gemeldet, die Schneidersfrau Brammer, und Marie Hoffmann hat ihr eine Bestätigung geschrieben, dass die Frau damals ein Jahr lang eine zuverlässige Amme für Minna gewesen ist. Der König hat ihr zwanzig Taler angewiesen, ein für alle Mal.

– Unser guter König.

– In Holland gelten Seine Majestät als äußerst sparsam.

55

Den Haag, August 1818. Königliches Palais, Zimmer der Königin. Die Königin und Frau von der Goltz.

– Nein, Sie müssen nichts gestehen, liebe Goltz. Ich weiß das schon lange. Ich kenne meinen Willem. Als ich nach Berlin gereist bin, da musste es anfangen. Ganz offen gesagt, es ist mir lieber, dass er mit meiner Hofdame schläft als mit einer anderen Person. Sie sind meine Dienerin, vorher und nachher. Halten Sie ihn bei Laune. Ich mag das nicht mehr, das Gezappel im Bett.

– Zu Befehl, Majestät.

– Fünfundzwanzig Jahre sind genug, und über Untreue reg ich mich schon lange nicht mehr auf. Einen treuen König gibt es höchstens alle hundert Jahre einmal, mein Bruder ist so einer. Er liebt seine Luise sogar heute noch, acht Jahre nach ihrem Tod. Aber Willem ist anders. Und wir sind Cousins, was wollen Sie da erwarten, ich habe ihm sechs Kinder geboren, drei sind am Leben. Sie sehen, wir wohnen immer noch unter einem Dach, und die Niederlande und

Preußen sind Verbündete geblieben. Ich habe meine Pflicht erfüllt und den Ehevertrag auch. Tun Sie, was Sie nicht lassen können, wenn Sie es mit Ihrem Gewissen vereinbaren können. Aber wahren Sie die Heimlichkeit und passen Sie auf, dass Sie nicht schwanger werden!
– Zu Befehl, Majestät.
– Oder sind Sie schon schwanger?
– Nein, Majestät.

56

Weilburg, August 1821. Garten der Frau Schefer. Minna hüpft herum. Spielt mit einem Toilettentischchen mit Spiegel, Schere und drei Spieluhr-Melodien. Springt wieder herum.
– Ich hab das große Los! Ich hab das große Los gewonnen! Ich bin die Glücklichste von allen! Ich bin die Glücklichste von allen!
Stellt die Spieluhr-Melodien wieder an und tanzt dazu.
– Ich hab das große Los! Ich bin die Glücklichste von allen!
Frau Schefer kommt hinzu.
– Ja, Minna, du bist die Glücklichste von allen. Wer so viel Glück hat wie du bei der Tombola und den Hauptgewinn kriegt, der wird es später weit bringen im Leben.
Minna lässt immer wieder die Spieluhr-Melodien laufen.

Abends. Frau Schefer schreibt:
So wie im vorigen Vierteljahr genoss unsere liebe Minna auch im letztverflossenen einer recht dauerhaften und guten Gesundheit. Sie wächst und nimmt zu an Leib und Geist – nur bitte ich Gott!, dass er mir auch meine größte Freude noch vergönnen möge, ihren

*etwas starken Leichtsinn zu bekämpfen. Ich gebe die
Hoffnung dazu nicht auf, wenn sich das Kindische bei
ihr verliert und sie dann selbst mehr einsieht, was gut
für sie ist.*

57

Brüssel, Dezember 1822. Hofman sitzt am Sekretär, der
König liest.
– Minna Boyer. Mit der Aufmerksamkeit während des
Unterrichts, wie auch mit dem Fleiße in Handarbeit zufrieden. Hingegen mit dem Privatfleiße insbesonders in
Aufsätzen und Hausarbeiten durchaus unzufrieden: alle
werden mir, noch immer gehaltlos und unsauber und mit
sehr vernachlässigter Handschaft vorgelegt. Blumme,
Lehrerin.
Nun ja, strenge Lehrer schaden nicht. Die andern Zeugnis-
se sind besser, sogar Französisch. Nach allem, was wir hö-
ren, blüht sie auf und lernt eifrig und hat eine vornehme
und freundliche Natur. Sechs gute Jahre hat sie schon im
lieblichen Weilburg. Es sieht so aus, als ginge es ihr besser
als den meisten Königskindern.
– Was ist mit dem Wunsch der Frau Schefer nach einem
Klavier?
– Natürlich kriegt Minna ein Klavier.

58

*Wie ein Drama sich zuspitzt oder Die bösen Folgen des gu-
ten Willens:* Die Witwe Schefer, eine Frau mit christlichen
Grundsätzen, sorgt sich um die religiöse Erziehung des
Kindes und liest mit ihr jeden Abend in der Bibel. Minna

wird bald elf Jahre alt, da ist es Zeit, an die Konfirmation zu denken und sie für den Konfirmandenunterricht anzumelden. Die Protestanten sind gespalten in lutherische und reformierte Gemeinden, aber auch die Boyers wissen nicht, zu welcher Fraktion das Pflegekind gehört. Beide Pfarrer in Weilburg sind bereit, Minna zu unterrichten, wenn ein Taufschein vorliegt. Im März 1823 fragt Frau Schefer über Boyer in Berlin und Hofman in Den Haag den König nach dem Taufschein. Der König lässt zurückfragen, ob solch eine Bescheinigung unbedingt nötig sei. Frau Schefer verhandelt mit den Pfarrern, doch die lassen sich nicht erweichen: Ein Taufschein muss her.

Der Taufschein fehlt. Der König berät sich mit Hofman. Soll er Boyer zur Jerusalems- und Neuen Kirche schicken und den Auszug aus dem Taufregister holen lassen? Aber wie soll Boyer sich dort legitimieren? Oder kann man auf diplomatischen Wegen den Schein besorgen? Oder fälschen? Willem fürchtet, bei jeder Variante werde ein Verdacht losgetreten. Der religiöse Eifer der Witwe Schefer missfällt ihm. Der König fühlt sich in die Enge getrieben.

59

Den Haag, April 1823. Schloss. König und Königin.
– Ich danke Ihnen, Willem, dass Sie mir alles gesagt haben. Und, da wir einmal dabei sind, haben wir noch mehr Bastardkinder?
– Nein.
– Ich hätte noch zwei oder drei erwartet.
– Mimi, ich …
– Bemühen Sie sich nicht, Vetter. Ich werde mich kümmern um die Kleine, dass sie erzogen wird, wie es sich ge-

hört. Das Beste wäre, wenn wir sie hier hätten, in der Nähe des Hofes.

– Das wäre mein Wunsch. Aber unsere Räte werden das ablehnen. Unsere Niederländer sind ein arg puritanisches Volk.

– Gott seis geklagt. Aber lassen Sie uns das besprechen. Wenn Hofman und Borghoven nein sagen, dann soll die Goltz die Fürsorge übernehmen, schlage ich vor. Sie wird eingeweiht, anders geht es nicht, sie ist tüchtig und verschwiegen.

– Ja, das ist sie.

– Und sie soll eine adlige Familie suchen. Oder Boyer soll suchen.

– Am besten beide.

– Einverstanden. Ich danke Ihnen, Mimi.

– Da sehen Sie mal, wozu Taufurkunden alles gut sind.

Ja, es hat mir gefallen, in die Vergangenheit abzutauchen, in die Schlafzimmer vergessener Könige und in die Küchen verlassener Tänzerinnen zu steigen. Es hat eine Weile gedauert, bis es selbstverständlich wurde, die Paläste und Hütten des frühen 19. Jahrhunderts zu betreten und mit wenigen gesprochenen Sätzen die Seelen von Beamten, Stallmeistern und arbeitslosen Bäckersfrauen kurz anzuleuchten. Die Bilder und Berichte aus dem alten Berlin zogen mich in ihren Bann, meine Nachhilfestunden über die Napoleonischen Kriege und das alte Preußen waren äußerst unterhaltend, und bald sah ich meine Figuren immer deutlicher aus dem Nebel der Geschichte hervortreten und sicherer von Szene zu Szene schreiten.

Ja, es ist richtig, dass ich diese Seiten mitten im Balkankrieg entworfen habe. Die Nato trieb mich nach Jena und Waterloo. Als in Jugoslawien Bomben fielen und Raketen einschlugen und in den ruhigeren Landstrichen Europas die verbalen Gefechte zwischen Befürwortern und Gegnern des Krieges tobten, las ich, wie die Deutschen über Napoleon gestritten hatten und darüber zu Nationalisten geworden waren. Mit Vergnügen desertierte ich aus der kriegerischen Gegenwart.

Meine Ansichten wollte sowieso niemand hören. Jutta war gegen die Nato, ich für diese Angriffe, jedenfalls halb dafür. Wir stritten schon wieder, und ihr großartiger Satz «Die Nato treibt dich nach Jena und Auerstedt» war leider nicht versöhnend gemeint. Unser politischer Streit riss die alten Wunden wieder auf, ich zog mich zurück in die alten Zeiten. Die verbittert geführten Meinungskämpfe der Politiker und Medienritter wurden mir von Tag zu Tag gleichgültiger, während die zweihundert Jahre alten und längst entschiedenen Streitfragen, die ich wie eine Parade an mir vorbeiziehen ließ, alle Aufmerksamkeit verlangten.

Was für ein Paradies kann die Geschichte sein! Es ging immer tiefer, es ging immer weiter. Wer einmal Blut leckt mit Napoleon, wird bald in den Schlund der Fragen über Preußen gezogen. Auch das ein einziges Schlachtfeld von Meinungen, wie sie kontroverser nicht denkbar sind. Hier leistete ich mir einen Adjutanten, nach kurzer Suche hielt ich mich an den souveränsten Betrachter, den Publizisten Haffner. Mit seinem Preußenbuch rührte er alle meine Vorurteile über den Militärstaat, Gehorsam und Starrheit auf, prüfte und widerlegte sie zum großen Teil. Ich merkte, wie mir ein bequemes Klischee nach dem andern auf elegante Weise aus dem Kopf gefegt wurde. Kritisch und nüchtern, jedes Für und Wider präzise und unparteiisch ausleuchtend, so zog dieser Haffner mich auf die Seite der alten Preußen. Die Konflikte der Herrscher im 18. Jahrhundert, die Bündnisfragen zwischen 1806 und 1813 erschienen mir spannender als die Konflikte über Menschenrechte, Moral und Milosević.

Immer neue, buntere Bilder tauchten aus der Vergangenheit auf, ein farbenprächtiges historisches Panorama. Gern hätte ich mich weiter da hinein vertieft, die ausgestandenen und abgeschlossenen Dramen noch einmal nachgespielt. Aber ich musste meine Geschichte schnell voranbringen, musste zu Geld kommen und konnte die Droge Vergangenheit nur nebenbei genießen.

Einmal an den Napoleonischen Kriegen geschnüffelt, schon sah ich mich an Willems Seite gegen die Franzosen kämpfen. Maries Tränen, sie glänzten viel schöner als Juttas Tränen, wenn sie sich in Wut redete. Einmal die Halluzinationen eines liebeshungrigen Königs nachempfunden, schon identifizierte ich mich mit seinem Phantombild im Hermelinmantel. Ich sah mich in Schlössern wohnen, Unter den Linden im Palais, ich war ein Kind in einem Fachwerkhaus von Weilburg. Einmal den Schnee einer Kutschfahrt auf holprigen Wegen genossen, schon verfing ich mich in dem Wunsch, möglichst viel von meiner Realität abzustreifen und die guten schlechten alten Zeiten zu vergolden. Die süße Sünde: abtauchen, weg von allem Dreck der Gegenwart!

60

Berlin, Juni 1823. Niederländisches Palais. Wohnung, beide Boyers.

– Ich fass es nicht, Else. Wir warten auf den Taufschein oder irgendeinen Rat für deine Mutter wegen der Konfirmation, und dann kommt dieser Brief! Fünf Sätze! Schluss, unwiderruflich!

– Kein Brief, ein Befehl.

– Die Kleine tut mir Leid, die hat doch schon genug Trennungen hinter sich.

– Meine Mutter tut mir auch Leid. Die ist richtig aufgeblüht.

– Minna liebt deine Mutter, das darf man doch nicht zerstören! Ich habe doch auch eine Verantwortung als Vormund, mich hätten sie wenigstens fragen müssen. Ich versteh nicht mehr, was da los ist im Haag. Und ab morgen muss ich wieder auf die Suche gehen. Wo alles so trefflich war in Weilburg!

61

Brüssel/Laeken, Juli 1823. Im Schloss Julia von der Goltz und Regierungsrat Hofman.

– Ich habe endlich eine Familie gefunden, wie Ihre Majestäten sie suchen, sagt Frau von der Goltz. Von Adel, weit entfernt von Berlin, viele Kinder.

– Gut.

– Es gibt nur einen Nachteil, der aber genau besehen ein Vorteil ist.

– Erklären Sie sich.

– Es ist die Familie meiner Schwester. Von Jasmund, mecklenburgischer Uradel, jetzt haben sie ein Gut in Hinterpommern, acht Kinder, eine wunderbare Familie. Ich hätte von hier aus natürlich einen gewissen Einfluss auf das Kind.

– Darin werden Ihre Majestäten einen Vorteil sehen.

– Aber ich kann diesen Vorschlag nicht selbst unterbreiten.

– Verstehe. Dann werde ich das tun.

– Darum hatte ich Sie bitten wollen, Herr Regierungsrat.

– Und die anderen Möglichkeiten?

– Ich habe die vier Familien, die mir empfohlen wurden, überprüft. In der einen waren die Kinder schon zu alt, in der andern soll der Vater ein Schürzenjäger sein, die dritte hat zu enge Beziehungen zum preußischen Königshaus, die vierte ist katholisch.

– Und bei den Jasmunds ist alles wie gewünscht?

– Ja. Ich werde den Majestäten ausführlich Bericht erstatten.

62

Fragen zur Karriere einer Hofdame: Wie ist Julie von der Goltz aus Neustrelitz an den holländischen Hof gelangt? Wie stieg sie aus dem mittleren Adel zur Vertrauten des Königs und der Königin auf? Welche Ausbildung? Welche Beziehungen? Ist sie bereits in Berlin zur Oranier-Familie gestoßen? Was waren ihre Aufgaben als eine von drei Hofdamen, war sie eher persönliche Referentin oder Beraterin der Königin oder Monarchen-Managerin? Wenn selbst ein königsfreundlicher Archivar noch 150 Jahre später betont: Julie von der Goltz «wurde intimer Verkehr mit dem König nachgesagt» (aber nicht: dem König wurde intimer Verkehr mit der Hofdame nachgesagt), wie offen oder offiziell ist dann ihr Status als Geliebte oder Mätresse des Königs gewesen? Stieg sie dank der Bett-Beziehung zur Hofdame auf oder war sie es bereits vorher? Warum hat die Königin den Bettschatz ihres Gemahls nicht entlassen? Entschied allein der König über das Personal der Königin? Oder gab es keine größere Eifersucht? War es der Königin lieber, dass ihr Mann eine Mätresse nahm, die zugleich ihre enge Vertraute und erste Dienerin war? Nebenfrage: Hatte Willem auch deswegen immer wieder andere Frauen, weil der Inzest mit seiner angeheirateten Cousine ihm und vielleicht auch ihr auf die Dauer nicht behagte, und war die Königin deshalb besonders nachsichtig? Wuchs Julies Ansehen mit ihrem Status als Beischläferin des Königs? Wie weit reichte ihr Einfluss am Hof?

So viel steht fest: Seit dem Frühjahr 1823 kennt Julie von der Goltz das private Staatsgeheimnis. Ihr Wissen ist Macht, ihre Anordnungen gelten wie königliche Befehle. Der König, der bekannt dafür ist, nicht delegieren zu können, übergibt ihr die Federführung in der Sache Minna von Dietz. Seit er der Königin gebeichtet hat, trägt er die Sorge um die deutsche Tochter nicht mehr allein. Sein Sechzehnstundentag dauert an. Was soll er da fragen nach den Interessen der Frau, die ihm gern zu Willen ist?

63

Berlin, August 1823. Niederländisches Palais. Wohnzimmer, Boyer und Frau.
– Da hab ich gestern endlich die Familie Splittgerber überredet, und jetzt schreibt Hofman: Kommando zurück, sie soll zu einer Familie von Jasmund. Ich weiß nicht mal, wo die wohnt, ich weiß nicht, was das für Leute sind, ich weiß nicht, wer das entscheidet. Ich weiß gar nichts mehr, und das als Vormund! Und du, lies mal, hier, du sollst sofort nach Weilburg zu deiner Mutter, bis Oktober dort bleiben und dann das Kind nach Berlin bringen, wo es die Jasmunds abholen sollen.
– Was für ein Unglück!

Wie könnte Frau Boyer in diesen Minuten aussehen?

Frau Boyer stieß den Satz wie einen leisen Schrei aus und ließ sich in den Sessel nah bei dem geöffneten Fenster sinken. Die Sonne stand schon tief, ihre Strahlen fielen nicht mehr auf das Haus, aber die Reflexe des Abendscheins drangen von den Linden ins Zimmer und warfen einen feinen rötlichen Schatten auf Frau Boyer. Den Brief, den ihr der Mann hinstreckte, wollte sie nicht lesen. Die Haltung ihres Körpers und die Stellung der vorgestreckten Füße verrieten die ganze Niedergeschlagenheit eines Menschen, der unter seelischer Anstrengung leidet. Ihre Hände hingen von den Armlehnen des Sessels herab, der Kopf ruhte, als wäre er zu schwer, an der Rückenlehne. Ein einfaches Kleid aus blauem Perkal ließ die Proportionen des Körpers nicht recht erkennen, und der Oberkörper verbarg sich unter den Falten eines über der Brust gekreuzten und locker gebundenen Umhängetuches. Ihre stark gewölbte Stirn mit den schmalen Schläfen war gelblich, aber darunter funkelten zwei schwarze Augen. Ihr Gesicht, hell und schwach gerötet … usw.

64

Weilburg, August 1823. Garten der Frau Schefer. Frau Schefer liest einen Brief. Tränen, die sie wegwischt. Minna spielt mit einer Freundin.
– Warum weinst du?
– Ich wein doch gar nicht.
– Doch. Du sollst nicht schwindeln.
– Ich hör ja schon auf.
– Was steht in dem Brief?
– Nichts.
– Nichts steht in keinem Brief.

65

Den Haag, September 1823. Schloss. König, Hofman, Goltz.

– Was noch?, fragt der König.

– Die Splittgerbers in Berlin, sagt Hofman, die Boyer schon fast engagiert hat, 500 Taler, damit sie still sind. Witwe Schefer jährlich 400 Taler Pension. Boyer soll mitfahren, schlage ich vor, obwohl das die Reise nicht billiger macht.

– Gut. Aber ich hab das Gefühl, wir reden nur noch über Geld, wenn mir von der Kleinen berichtet wird. Immer nur Geld, Geld! Und ich habe nicht mal einen Scherenschnitt von ihr! Ich hätte nicht übel Lust, sie einmal zu sehen, wenigstens einmal nur, bevor wir sie nach Hinterpommern schicken, meine schöne Tochter.

– Wollen Majestät …

– Nein, ich will gar nichts. Es geht nicht.

– Aber vielleicht, Majestät, sagt die Goltz, kann einer von uns …

– Ich, sagt Hofman, ich hab doch eine Schwester in Dillenburg, ich könnte einen Umweg nach Weilburg machen und Ihrer Majestät einen genauen Bericht …

– Ich werd das mit der Königin besprechen.

66

Weilburg, September 1823. Haus der Frau Schefer. Minna spielt mit ihrem Lehrer Klavier vierhändig, dann allein. Der holländische Regierungsrat Hofman und Frau Schefer hören zu.

67

– Den Haag, September 1823. Schlafzimmer. König und
Frau von der Goltz, bekleidet.

– Lesen Sie!

– Nachdem ich zu Dillenburg im Schatten der Linde geses-
sen, wo Willem von Oranien 1558 den Kampf für die Be-
freiung der Niederlande aufnahm, reiste ich am nächsten
Morgen nach Weilburg. Die Witwe Schefer empfing mich
aufs freundlichste, und auch die junge Dame machte sogleich den artigsten Eindruck. Schlank und zart von Figur,
dunkelblond und von durchaus aristokratischem Wesen,
wirkt sie älter als elf Jahre. Sie führte mir ihre Fertigkeiten
beim Lesen, Schreiben, Rechnen und am Piano vor, und ich
fand nichts an ihr auszusetzen. Ihr scharfer Verstand hat
mich überrascht, und das Launenhafte, das die Witwe
Schefer für ihren größten Makel hält, ist mir nicht sonder-
lich aufgefallen. Selbst das Zeichnen und die Handschrift,
die von ihren Lehrern so wenig befriedigend befunden
wurden, machten einen guten Eindruck. Ihr ganzes Wesen
ist sanft und gutmütig, und sie soll sehr mildtätig sein. Am
meisten aber bewegte mich die Ähnlichkeit des Kindes mit
Ihrer Majestät. Das Gesicht der jungen Dame, ja ihre an-
mutigen Bewegungen, in allem waren die Merkmale ihres
königlichen Vaters nicht zu übersehen.

– Ach, Marie!

– Darf ich mich zurückziehen, Majestät?

– Bleiben Sie!

Er zieht sie auf die Bettkante. Sie fügt sich.

Lieber alter Bastard, begann ein Brief meines Freundes H. aus Amsterdam. Er schickte mir ein «Biografisch Woordenboek» mit 272 Biographien der kompletten Oranje-Nassau-Sippe, das er für mich entdeckt hatte, und einen langen Brief. Nach einigen Scherzen über das Königshaus berichtete er von einer Geschichte, die ihm ein Bekannter erzählt hatte, auch ein Musiker, Saxophonist und Historiker an der Universität Leiden:

Noch Anfang dieses Jahrhunderts gab es hier im Land richtige Treibjagden auf Mädchen und Frauen. Der Gemahl der Königin Wilhelmina, ein Mecklenburger, Hendrik, Prinz der Niederlande, ging gern mit einigen hohen Herren auf die Jagd. Aber es war mehr als die normale Jägerei. Nachdem sie Hirsche und Rehe erlegt hatten, ließen sie von ihren Treibern ganze Dörfer absperren und fielen über Mädchen und junge Frauen her. Das war der Höhepunkt der Jagd. Die Vergewaltigten konnten auf keine Hilfe und Entschädigung rechnen, ihre Nöte wurden nicht gehört, man sprach nicht darüber. Prinz Hendrik wurde bekannt für «Eskapaden», er galt als Trottel und Faulpelz. Er war, wie Du in dem Biographien-Buch nachlesen kannst, Vorsitzender des Niederländischen Roten Kreuzes und der Pfadfinder.

Auch bei uns kennt keiner diese Geschichten. Ein Mann, selbst Spross einer solchen prinzlichen Vergewaltigung, recherchierte die Einzelheiten dieser Mädchenjagden und schrieb ein Buch darüber. Als er das dem Königshaus schickte (in den 60er Jahren, glaube ich), bot man ihm ein kleines Landgut, wenn er darüber schweigen und das Buch vernichten werde. Er nahm das Landgut, das Buch wurde nicht publiziert. Aber der Mann gab einen Durchschlag seines Typoskripts über einen Historiker an die Universi-

tätsbibliothek Amsterdam. Professor P. G. Kluiver in Leiden weiß mehr darüber. Ich habe seine Adresse und E-Mail-Nummer.

Die illegitimen Kinder sind den Herrschaften also immer noch peinlich.

onderdaanig: H.

Die Geschichte schien unglaublich. Das war mehr als die übliche feudale Knechtung, mehr als das jahrhundertelang geltende Recht der ersten Nacht, mehr als die gewöhnliche Willkür der brutaleren Monarchen. Das war etwas Neues: Der Gemahl einer guten und beliebten Königin reitet zum Vergewaltigen aus. Seine Biographie war in dem Buch über die Oranier-Sippe nachzulesen, sie enthielt, wie alle diese Texte, kein negatives, kein kritisches Wort, war diplomatisch gewunden und klang trotzdem nicht schmeichelhaft. Dieser Prinz Hendrik muss ein außerordentlicher Nichtsnutz gewesen sein. Aber als Großvater der heutigen Königin bleibt er tabu.

Auf einmal fürchtete ich, mit dem Nachspüren der königlichen Verwandtschaft unbewusst nur die guten Seiten jener Herrschaften zu sehen und zu suchen. Vielleicht hatte ich mich schon so weit ins Königsfieber verstiegen, dass ich ihnen die üblichen Schikanen, von denen die Geschichtsbücher berichten, nicht mehr vorwerfen mochte. Ich fühlte mich ertappt. Wenn mich die Gruppenvergewaltigungen eines niederländischen Königin-Gemahls aufregten, eines Deutschen, eines Mecklenburgers, hatte ich dann schon ein zu rosiges Bild von diesen Herrschaften? War Ähnliches nicht immer die Regel gewesen, vielleicht weniger krass und weniger offen? War der Uropa Willem wirklich besser als dieses Schwein namens Hendrik?

Ich ging zum Telefon, um H. nach den Adressen des

Historikers zu fragen und der Sache weiter nachzugehen, aber ich zögerte und legte den Hörer wieder hin: Nein, bleib bei deinem Thema, sagte ich mir, bleib bei deinem Willem, verlier dich nicht in den Irrgärten der Geschichte. Wenn du jedem funkelnden Skandal, jeder Vergewaltigung, jedem krummen Detail nachgehst, wirst du dich kaputtrecherchieren, nie zu Geld kommen und den Roman nie zustande bringen!

Schon lockte die Ironie des Gedankens: Mach rasch weiter, dann kriegst du am Ende für dein Manuskript wenigstens ein Landgut. Einfach diese Skizzen so knapp und netto lassen, keine Mühe mit Ausarbeitungen und Ausschmückungen, dann alles an das Königliche Haus nach Den Haag schicken, mit der Veröffentlichung drohen – mal sehen, was sie bieten. Wenn sie für eine alte Schandgeschichte ein Landgut stiften, vielleicht reicht ihr Wunsch nach genealogischer Sauberkeit noch achtzig Jahre weiter zurück.

Ob ich bestechlich bin, hängt von der Summe ab. Was würde ich wählen: Ein Landgut, ein Haus an der Nordsee oder ein hübsches Paket mit Shell-Aktien?

68

Weilburg, Oktober 1823. Haus der Witwe Schefer. Boyers, Frau Schefer und Minna.
– Und dann machen wir eine große schöne Reise mit dir, sagt Boyer.
– Mit der Kutsche?, fragt Minna.
– Natürlich mit der Kutsche, sagt Boyer. Und wir fahren mit dir, eine richtige Reise wie in die Ferien.
– Und dann hab ich Ferien?

– Ja, das ist dann wie Ferien.

– Und Ommi fährt mit uns?

– Nein, Ommi bleibt hier, Ommi muss sich auch mal ein bisschen ausruhen.

69

Braunschweig, Oktober 1823. Ein Zimmer im Hotel zur Post, nachts. Minna schläft, Eltern Boyer flüstern.

– Das liebe Kind, sagt Frau Boyer.

– Wenigstens sind die ersten Tage gut gegangen.

– Sie reist gern, sie liebt die Kutschen.

– Und die Pferde. Aber es bedrückt mich, dass wir ihr nicht die Wahrheit sagen.

– Es geht nicht, Rudolf, wir dürfen ihr nicht vorher Angst machen. Erst mal sehen, wer diese Jasmunds sind.

– Wenn wir wenigstens erst mal zu uns fahren könnten ins Palais! Aber nein, da dient man seinem König fünfzehn Jahre und muss dann einen Befehl von einer Hofdame lesen: Die Jasmunds können Minna nicht abholen, fahren Sie bis Brutzen weiter, meiden Sie Berlin bei Tage, wechseln Sie nachts das Gespann und fahren Sie weiter, ohne die Kutsche zu verlassen! Und das mit Eilbrief drei Stunden vor der Abfahrt! Wie Verbrecher sollen wir uns davonstehlen mit Minna! Entschuldige, aber das regt mich immer noch auf. Niemand soll sie sehen, warum denn, außer uns kennt sie doch niemand! Wir können nicht mal die Wäsche wechseln! Minna darf das Haus nicht sehen, wo sie glücklich gewesen ist! Und ich alter Finanzrat und Ritter werde herumgescheucht durch Preußen wie der letzte Domestike!

– Sei leise.

– Endlich schläft sie, da muss ich mich auch mal ausspre-
chen, Else. Für meinen König tu ich alles und für sein Kind,
aber dieser Ton seiner Hofdame, diese ganze neumodische
Art gefällt mir nicht.
– Der König kann sich nicht um alles kümmern.
– Ich weiß.
– Morgen machen wir eine Ruhepause, dann geht es auch
dir wieder besser. Was macht der Arm?
– Nicht besser, nicht schlechter.

70

Landstraße bei Stargard in Pommern, November 1823.
Eintönige Gegend. Minna und Boyers in der Kutsche.
– Wie viele Tage fahren wir noch?, fragt Minna.
– Zwei oder drei.
– Und dann fangen die Ferien an?
– Ja, dann fängt eine schöne Zeit für dich an.
– Fahren wir ans Meer?
– Nein, ans Meer fahren wir nicht. Da ist es jetzt zu kalt.

Landschaft und Wetter als Zugabe gefällig?
Der Morgenfrost hatte die aufgeweichte Erde erstarren
lassen. Erst nach vier Stunden Fahrt, am späteren Vormittag, war alles wieder getaut, und die Räder schmatzten
durch flache Pfützen. Gestern hatte noch eine dünne
Herbstsonne geschienen, heute war die einzige Bewegung,
die sich in der Luft wahrnehmen ließ, das langsame Nieder-
gleiten kleiner feuchter Nebeltröpfchen. An den kahl ge-
wordenen Zweigen der Bäume hingen durchsichtige Was-
serperlen und tropften auf die erst vor kurzem gefallenen
Blätter. Schwarz und feucht glänzte auf den Äckern die Erde

und verschwamm in Minnas Blicken mit den entfernten hellen Nebelschleiern. Sie seufzte, sie schwieg.

71

Porträt eines belogenen Kindes: Ein elfeinhalbjähriges Mädchen, blass, erschöpft von langen Fahrten auf holprigen Straßen, vom schlechten Schlaf in Herbergsbetten und vom Schweigen der beiden Erwachsenen, die sie mit Mutter und Vater anredet. Die Lust am Reisen, die sie in den ersten Tagen noch zeigte, ist einer stillen Gleichmut gewichen. Sie hat immer noch nicht verstanden, weshalb sie nicht mehr bei Ommi sein darf. Sie merkt nur, dass Ommi und das Haus und der Garten und das Klavier immer weiter wegrücken. Ferien waren einmal etwas Schönes, ein Sommer bei Verwandten von Ommi auf dem Dorf. Aber mit diesen Ferien stimmt etwas nicht, es ist Herbst, der immer kälter wird, und die Dörfer, durch die sie fahren, sind nicht so schön wie bei Weilburg. Ans Meer geht es auch nicht, sie wollte doch so gerne das Meer sehen. Und was war los in Berlin, wo Mutter und Vater wohnen? Es war ganz dunkel, sie schlief halb, da hielten sie an einer Poststation, nicht vor einem schönen Haus, sofort ging es weiter mit neuen Pferden und einem neuen Kutscher, und die Eltern sehen so traurig aus seitdem.

Minna weiß nichts mehr vom ersten Riss ihrer Kindheit, dem Gezerre zwischen ihrer Mutter und den Boyers, und fast nichts von dem zweiten Riss, der Verfrachtung von Berlin nach Weilburg, aber sie spürt, dass sie nicht zum ersten Mal von unbekannten Mächten hin und her geschoben wird. Eine tiefe Wehmut erfasst sie, der Blick auf die rollenden Räder wird ihr zur Qual. In den Städtchen und

Dörfern, die sie durchfahren, überall sieht sie Kinder, die nicht reisen müssen, die ein Haus haben und Eltern und einen Ort, an dem sie wohnen, und nicht auf die Landstraße müssen und in die Poststationen.

Sie merkt, dass mit ihr etwas nicht stimmt, aber sie kann die richtigen Fragen nicht stellen. Sie merkt, dass ein falsches Spiel mit ihr gespielt wird, aber sie hat nicht die geringste Ahnung, was ein falsches Spiel ist. Sie spürt die Lügen, aber sie hat gelernt, dass Erwachsene nicht lügen und Lügen strengstens verbieten. Seit sie auf dieser langen Reise ist, mag sie abends keine Märchen mehr vorgelesen hören. Ich bin schon groß, sagt sie, aber die Mutter liest ihr trotzdem jeden Abend ein neues Märchen vor.

Fünfzehn Tage lang wird sie von der Lahn in das hinterste Hinterpommern verschleppt, fast tausend Kilometer. Ein reiches Kind, das nicht wissen kann, dass es eine wandelnde Finanzhilfe ist. Ein aufblühendes Mädchen, das davon träumt, eine Prinzessin zu sein, und nicht die geringste Ahnung hat, dass es eine ist.

72

Brutzen/Hinterpommern, Landgut der Jasmunds, November 1823. Mittagessen. Eltern Jasmund und acht Kinder, Boyers und Minna am Tisch. Minna neben der elfjährigen Henriette, die mit ihr tuschelt.

– Henriette!, ruft Mutter Jasmund.

Minna erschrickt über den Ton, die anderen Kinder offenbar nicht.

– Sitz gerade, Carl!, ruft Mutter Jasmund.

– Und, Minna, was war das Schönste auf eurer Reise?, fragt Vater Jasmund.

– Wie mich die Ommi in den Arm genommen hat.

– Wer ist die Ommi?

– Ommi ist meine Mutter, Herr von Jasmund, sagt Frau Boyer.

– Dann war das in Weilberg? Also vor eurer Reise? Ich meinte auf der Reise, sagt Vater Jasmund.

– In Weilburg, sagt Herr Boyer.

– Weilburg oder Weilberg, das spielt keine Rolle.

– Doch, Weilburg, da wohnt meine Ommi, wirft Minna ein, und zur Ommi fahren wir bald wieder zurück.

– Kinder sprechen bei Tisch nur, wenn sie gefragt werden, Minna, sagt Mutter Jasmund. Bei uns jedenfalls.

– Warum?

– Habe ich dich gefragt?

Minna schüttelt den Kopf. Mutter Jasmund lächelt überlegen.

– Sitz gerade, Carl!, sagt der Vater, sei ein Vorbild für deine Geschwister. Und für Minna!

73

Brutzen, November 1823. Eltern Boyer in ihrem Zimmer.

– Und, was denkst du?, fragt Frau Boyer.

– Es wird nicht einfach.

– Sie behandeln uns sehr von oben herab, finde ich.

– Die sind ebenso. Wir sind für die nur Bediente des Hauses Nassau und hergelaufene Hugenotten dazu. Aber wie werden sie Minna behandeln, das macht mir Sorgen.

– Warum hat uns eigentlich niemand erzählt, dass die Frau von der Goltz eine Schwester ist von Frau von Jasmund?

– Das ist Politik, Else. Da sollten wir uns nicht mehr einmischen. Wenigstens versteh ich jetzt endlich, weshalb Minna in diese Wüste geschickt wurde.

– Die Schwestern halten zusammen.

– Die Schwestern und das Geld. Du siehst doch, wie ärmlich es hier zugeht. Und was für Augen die machen, wenn es um die Erziehungskosten geht und die Abrechnungen und alles. Ich hab da einen Blick für, ich wette, dass die hier schwer verschuldet sind mit ihrem Gut. Aber was geht uns das Geld an. Minna geht uns was an, am liebsten würde ich sie gleich wieder mitnehmen.

– Und die Mutter ist schwerhörig und kränklich, was soll sie denn dem Kind Besseres beibringen als meine Mutter?

– Jetzt sieht man erst, wie gut deine Mutter sie erzogen hat. Sie wirkt richtig vornehm und gebildet und höflich gegen diese Kinder hier, beinah wie eine junge Dame. Sie tut mir so Leid. Was soll das nur werden.

74

Brutzen, November 1823. Henriette und Minna.

– Und Französisch kann ich auch, sagt Minna.

– Dann kannst du mir das beibringen. Was heißt: Das Pferd ist braun?

– Aber wir fahren doch bald wieder.

– Nein, du bleibst doch bei uns.

– Nein, wir fahren wieder zu Ommi.

– Herr Vater und Frau Mutter haben aber gesagt, du bleibst hier.

– Ich bleibe nicht hier!

Minna rennt weinend davon.

75

Den Haag, November 1823. König und Königin beim Tee.
– Ich sollte allmählich mein Testament schreiben, sagt Willem.
– Sie wollten das schon länger. Fühlen Sie sich nicht gut?
– Ich fühle mich sehr gut. Aber Willem Frederik muss wissen, woran er ist. Ich muss ihn sowieso mehr einweisen.
– Also noch mehr Streit.
– Ich hab mich mit meinem Vater doch auch nur gestritten.
– Der war ja auch ein Weichling.
– Das Problem hat der Kronprinz mit mir nicht.
– Immer wollen die Söhne ganz anders als die Väter sein, in meiner Familie war das immer so.
– Deshalb lieb ich die Töchter, Mimi.

76

Brutzen, November 1823. Abschied im Haus Jasmund. Eltern Boyer in Reisekleidung. Minna schluchzend, klammert sich an Boyer.
– Minna, sei lieb, es geht nicht anders, sagt Boyer, wir müssen jetzt los.
– Ich will mit euch, ich will zu Ommi!
– Minna, schau, du kriegst auch eine ganz wunderbare neue Lehrerin, die kommt übermorgen und die freut sich schon auf dich, sagt Mutter Jasmund. Und du kannst mit ihr musizieren und spazierengehen und lernen, wie ihr wollt, und die ist dann nur für dich da.
– Wie deine Ommi, sagt Mutter Boyer.
Minna klammert sich schreiend an Boyer.
– Und du lernst reiten bei uns, sagt Vater Jasmund.

– Und du hast hier Henriette, eine richtige Freundin, sagt Boyer, du hast dir doch immer eine richtige Freundin gewünscht.

– Und wenn Sommer ist, vielleicht fahren wir dann ans Meer, sagt Mutter Jasmund. Du willst doch so gern ans Meer, stimmt's, Minna?

Minna weint nur noch lauter.

– Ich will nicht ans Meer!

– Und bald ist Weihnachten, was wünschst du dir denn zu Weihnachten?

Minna schluchzt.

– Weißt du, Minna, sagt Boyer, du musst nicht weinen. Wir kommen ja wieder. Du bleibst hier bei Jasmunds und alle sind lieb zu dir, so lieb wie Ommi zu dir, und in einer Woche kommen wir wieder, und dann sehen wir, wie gut es dir hier geht.

Minna beruhigt sich, lässt los. Die Eltern Boyer eilen zur Kutsche, fahren ab. Minna beginnt wieder laut zu weinen.

77

Landstraße bei Stargard, November 1823. Boyers in ihrer Kutsche.

– Ich mache mir Vorwürfe, sagt Boyer.

– Lass, Rudolf, es ging nicht anders.

– Das wird sie uns nie vergessen. Die letzte Lüge war die schlimmste.

– Eines Tages wird sie verstehen, warum wir das machen mussten.

– Ich weiß. Aber wir hätten das anders …

– Hätten, hätten.

– Ich werde an den König schreiben, irgendwann, es darf

nur nicht zu früh sein, im Augenblick wird er keine Entscheidung umstoßen. Hauptsache, mein Brief kommt direkt zum König.

– Der Hof ist stärker als wir.

– Aber König Willem ist ein guter König.

«Stammbäume sind Drogen», sagte ich zu Schoppe, als ich ihm von dem Buch mit den Biographien der Oranier erzählte, das H. aus Amsterdam geschickt hatte. Sehr nützlich, alphabetisch geordnet die ganze Sippe, und über Willem und Mimi gab es zwei engbedruckte Seiten mit Daten, Charakteristiken, Neigungen, Konflikten. Auch ihre Kinder wurden ausführlich vorgestellt, Minnas Halbgeschwister.

«Wenn du so ein Buch einmal in der Hand hast, kommst du schwer davon los. Obwohl es eigentlich langweilig ist. Ein Prinz von Oranien zeugt den nächsten, die sogenannten Statthalter, da wird einfach durchnummeriert von Willem dem Schweiger bis zu meinem Willem. Und dann fängt der als König wieder mit der römischen Eins an, die Söhne Willem und Enkel Willem machen weiter, bis endlich die tüchtigen Wilhelminas an der Reihe sind. Nur wenn du genauer hinschaust, in alle spannenden Verzweigungen hinein, da kannst du süchtig werden.»

«Vor ein paar Jahren», sagte Schoppe, «hättest du noch getönt: Stammbäume sind etwas für geknechtete Naturen, die es nötig haben, sich an berühmte Vorfahren zu klammern.»

«Ja, hätte ich. Und mit Recht. Aber wer sagt dir denn, dass ich keine geknechtete Natur bin? Und es nicht nötig habe, mich an berühmte Vorfahren zu klammern? Ich habe es nötig!»

«Na schön, dann tob dich aus auf deinem Ahnenfriedhof!»

«Ja, ich habe das nötig», sagte ich. «Wenn mich keiner aufwertet, wenn mich alle im Stich lassen, muss ich es eben selber machen, und wenn mir dabei ein paar degenerierte Aristokraten helfen, auch gut!»

«Bäcker sind da nicht so geeignet.»

«Du sagst es. Für die tägliche Portion an Selbstbeweihräucherung ziehe ich neuerdings den Hochadel vor. Mehlstaub hilft da nicht. Soll ich mir das verkneifen, nur weil die Nazis uns die Faszination an den Ahnen versaut und verpestet haben? Und selbst wenn du Recht hast, wenn die Fingerfahrten auf den Stammlinien nur ein Sport für den autoritären Charakter sind, mir gefällts. Ich kann mich selber zum König machen, wenn die Phantasie mitspielt.»

«Ich beneide dich.»

«Und zum Bastard, Schoppe, vergiss den bastaard nicht, wie die Holländer sagen.»

«Und mit diesem hübschen Gegensatz schaukelst du dich hoch?»

«Das würdest du genauso machen, wenn du könntest.»

«Ich hab nur Max Liebermann.»

«Der war vielleicht wichtiger als Willem», sagte ich.

«Aber ich bin nicht verwandt mit ihm. Und bei dir hängen sicher noch sämtliche europäischen Herrscherhäuser mit drin. Die waren doch alle irgendwie verkuppelt und verschwägert.»

«Na ja, die Zaren, die Engländer aus Hannover, Franzosen, jede Menge deutsche Fürsten, und irgendwo am Rand taucht sogar Maria Stuart auf. Und immer wieder die Preußen. Und weißt du, was das Schönste ist, was ich gestern erst entdeckt habe?»

«Sprich dich aus.»

«Alle Königsfamilien waren versippt und verschwägert, das ist ja nichts Neues, so war die Politik.»

«Deshalb musste Wilhelm II. auch den Ersten Weltkrieg anzetteln, weil er Komplexe hatte gegenüber seinen englischen Vettern.»

«Das ist bekannt. Aber was davor war, der doppelte und dreifache Inzest, das hätt ich nie gedacht. Die Oranier und die Preußen, bei denen wurden hundert Jahre lang in jeder Generation Cousins und Cousinen miteinander verheiratet, Nichten und Neffen. Mein Willem zum Beispiel, hab ich jetzt rausgefunden, war durch seine Mutter, eine preußische Prinzessin, schon zur Hälfte ein Hohenzoller und ehelicht dann diese Mimi, eine preußische Prinzessin, seine Cousine. Damit nicht genug: Während er seinem ersten Sohn eine Zarentochter genehmigt, werden seine anderen beiden Kinder, die schon zu drei Viertel Preußen sind, noch einmal mit königlich preußischen Cousins und Cousinen gepaart.»

«Politik und Inzest, schön und gut. Aber keine sensationelle Entdeckung.»

«Nein, meine Sensation kommt noch: In diesem Oranier-Buch schaue ich mir Willems Mutter an. Und was find ich da? Sie ist, wie gesagt, eine preußische Prinzessin gewesen mit dem originellen Namen Wilhelmine. Ihr Vater war August Wilhelm, der Bruder von Friedrich dem Großen, der bekanntlich keine Kinder hatte. Dieser August Wilhelm sicherte die Thronfolge, sein Sohn wurde Friedrich Wilhelm II., der Weiberkönig, seine Tochter, wie gesagt, Willems Mutter.»

«Ich steig nicht mehr durch bei diesen vielen Wilhelms, Willems und Wilhelminen, sorry. Dieser preußische Einfallsreichtum mit den Namen ist ganz schön anstrengend, hör auf!»

Ich zeichnete ihm eine Skizze in mein Notizbuch.

«Na schön. Und?», sagte er.

«Nun kommt der Vater von Friedrich dem Großen und August Wilhelm. Das war …»

«Ich bin Schweizer, verschone mich.»

«Der Soldatenkönig, Friedrich Wilhelm I., und die weitere Linie abwärts findest du in jedem Geschichtsbuch, Friedrich I. mit Sophie Charlotte, der Große Kurfürst und so weiter.»

«Und?»

«Verstehst du nicht?», sagte ich. «Auch König Willem stammt in direkter Linie von den preußischen Königen ab, er war nicht nur über Mimi, seine Cousinen-Frau und Königstochter, mit ihnen verbunden. Dieser Willem war ein Urenkel des Soldatenkönigs.»

«Jetzt komm mal langsam zum Punkt.»

«Der Punkt sitzt vor dir. Wenn Willem vom Soldatenkönig abstammt, dann ich auch, verstehst du?»

Und nun lachte Schoppe das lauteste, herrlichste Lachen, das ich je von ihm gehört habe.

«Albert, der Wehrdienstverweigerer, der Brokdorf-Mitläufer, der Schlagzeuger, ein Spross des Soldatenkönigs!»

Lange noch belustigten wir uns an der lückenlosen Ahnenreihe zu den wilden und schlappen Regenten der Preußen-Sippe und tranken länger als sonst. Das Einzige, was ich von den späteren Stunden jener Nacht behalten habe, ist eine Formulierung von Nabokov, die Schoppe irgendwann, vielleicht auch erst Tage später, anzubringen wusste: *Der glitzernde Schauer genealogischen Bewusstseins.*

123

78

Brutzen, Dezember 1823. Eltern Jasmund abends, allein.

– Jetzt sind es drei Wochen, und ich finde, sie macht sich ganz gut, sagt Vater Jasmund mit lauter Stimme.

– Jedenfalls heult sie nicht mehr jeden Tag.

– Abends schon.

– Aber sie geht mir nicht mehr so auf die Nerven damit.

– Abschiede tun immer weh.

– Das schadet nicht, sagt Mutter Jasmund, wenn ein Kind solche Erfahrung macht. Abschiede sind Anfänge.

– Wenigstens hat sie Henriette, die ist rührend mit ihr. Und das Reiten wird ihr auch bald gefallen.

– Sie hält sich an die Pferde, das ist doch schon was.

– Schade nur, dass es so viel geregnet hat, dass man nicht richtig rauskommt mit ihr.

– Lass mal, Carl, sie hat Frau von Donop den ganzen Tag um sich. Welches Kind hat das schon, eine eigene Erzieherin, unsere nicht. Man darf solche Kinder auch nicht verwöhnen. Julie hat ausdrücklich gesagt, wir sollen sie nicht anders als unsere Kinder behandeln.

79

Berlin, Dezember 1823. Niederländisches Palais. Boyers in ihrer Wohnung.

– Vorhin hab ich erfahren, was die Jasmunds kriegen. Du glaubst es nicht.

– Sag schon.

– Tausend Friedrichsdor im Jahr.

– Tausend? Du meinst Taler, nicht Friedrichsdor?

– Friedrichsdor. Dazu noch extra alle Kosten für Kleidung,

Bücher und die Gouvernante, bis maximal 400 Friedrichsdor, in vierteljährlichen Vorschüssen. Das müssen sie dann mit mir abrechnen.

– Kaum ist das Kind beim Adel untergebracht, wird in klingendem Gold bezahlt.

– So viel kriegt kein preußischer Minister. 5000 Taler! Vielleicht nicht mal der Oberbaurat Schinkel. Da steckt die Schwester dahinter, die Freifrau Goltz.

– Und wofür kriegen sie das viele Geld aus der Staatskasse, wenn sie noch alle Kosten extra ersetzt kriegen? Für die Kartoffeln, die Mehlschwitze und ein altes Federbett?

– Für den guten Namen, Else.

– Meine Mutter hat sie besser versorgt, jedenfalls gab es da besseres Essen, für ein Zehntel des Geldes! Aber meine Mutter hat eben kein verschuldetes Landgut!

– Reg dich nicht auf, wir müssen uns darauf einstellen. Die neuen Verhältnisse.

80

Brutzen, Dezember 1823. Frau von Jasmund und Frau von Donop, Minnas Gouvernante.

– Da haben Sie Minna einen sehr schönen Brief schreiben lassen, Frau von Donop, aber solche schönen Briefe können wir leider nicht gebrauchen.

Sie zerreißt den Brief und wirft die Fetzen in den Papierkorb.

– Aber Frau von Jasmund, das ist Minnas Weihnachtsbrief!

– Sprechen Sie etwas lauter, bitte!

– Das ist Minnas Weihnachtsbrief!

– Wir haben ausdrückliche Anweisung, dass der Kontakt Minnas zu den Personen ihres vorigen Lebens auf ein Minimum zu beschränken ist. Das heißt, die Boyers brauchen nicht mehr zu wissen, als dass es ihr gut geht. Keine Gefühlsbeschreibungen oder Auslassungen über unsere Familie, sorgen Sie bitte dafür.

– Sie schreibt so schöne Briefe.

– Wie bitte?

– Sie schreibt so schöne Briefe.

– Sie darf ja auch schöne Briefe schreiben. Nur werden wir sie nicht weiterbefördern, nach Berlin schon gar nicht.

– Was soll sie dann schreiben?

– Das wird Ihnen schon einfallen. Irgendetwas wie: Mir geht es gut, wie geht es euch? Ich wünsche euch ein schönes Weihnachtsfest und ein gutes neues Jahr, in der Art.

81

Den Haag, April 1824. Der König diktiert Hofman sein Testament.

– Also, nächster Punkt:

22. Aan mijne onechte dogter verwekt bij Maria Dorothea Hoffmann en genoemd Wilhelmine von Dietz word verzekert een kapitaal van 100 000 fls. waneer zij trouwd met toestemming van de Koningin …

– So viel wie die Prinzessin Marianne, Majestät?

– Warum denn nicht! Sie ist eine halbe Prinzessin, und deshalb hat sie es doppelt schwer. Schreiben Sie! … Waneer zij trouwd met toestemming …

82

Berlin, April 1824. Niederländisches Palais. Boyers in ihrer Wohnung.

– Musste heute wieder an Herrn von Jasmund schreiben, seine Abrechnung stimmte hinten und vorne nicht, für ganze achtzig Taler gab es keine Quittungen und Kassenzettel. Ich hab meine Anweisungen für die Buchhaltung, es sind schließlich staatliche Gelder. Der König will saubere Rechenschaft. Bisher hat noch nicht eine Abrechnung gestimmt bei den Jasmunds.

– Sag mir lieber, warum schreibt Minna nicht? Alle paar Wochen zwei Zeilen von Frau von Jasmund unter den Abrechnungen: Minna geht es gut. Das ist doch unverschämt. Und seit Weihnachten nur der eine Satz von ihr: Ich grüße Euch, mir geht es gut.

– Sie wird nicht schreiben dürfen.

– Du meinst, die verbieten ihr zu schreiben?

– Das vielleicht nicht, aber sie entscheiden, welche Post sie befördern und welche nicht.

– Und du meinst, dass sie ihr unsere Briefe gar nicht geben?

– Was weiß denn ich?

Rich times for historical fiction. Fast vier Wochen hatte ich warten müssen, bis Dr. Hemmerle endlich anrief und einen Vorschuss versprach.

«Offen gesagt, Herr Rusch, nach der *Fähre von Caputh* sah es ja etwas düster aus, aber bei Ihrem neuen Projekt sollten wir nicht kleinlich sein. Ich teile ausnahmsweise oder sagen wir ansatzweise den Optimismus von Frau Peschken. Ich war gerade eine Woche in New York, da reden alle Agenten und Verleger mit leuchtenden Augen über den Boom der historischen Romane. There are rich times for historical fiction, hört man bei jedem Gespräch.

Und Sie haben ja schon die richtige Mixtur beisammen. Die höchsten und niedersten Kreise, König und Königin, Adel und Bürgertum. Die Macht des Geldes und die Ohnmacht der Liebe. Die Interessen der Männer und die Intrigen der Frauen. Arm und Reich, Tod, Liebe, Leidenschaft – und in der Mitte das unglückliche Mädchen, zu diesem Stoff kann ich Ihnen nur gratulieren!»

«Und wie viel ist Ihnen die Sache wert?»

«Ich dachte, 25 000, aber nach meinem Besuch in New York bin ich großzügiger, 30.»

«Das ist nicht viel.»

«Eine enorme Steigerung gegenüber dem letzten Vorschuss, und das nach der, entschuldigen Sie, Pleite mit der *Fähre.* Ich handle da gegen jede kaufmännische Logik, wenn ich Ihnen so viel biete.»

Wir fochten noch eine Weile, aber ich konnte ihn nicht bewegen, die Summe zu erhöhen.

Eine Woche später kam der Vertrag. Da stand, wie vereinbart, 30 000 DM, verrechenbar mit dem Vorschuss für *Die Fähre von Caputh.* Ein Drittel bei Vertragsabschluss, ein Drittel bei Abgabe, ein Drittel bei Erscheinen.

Erst beim zweiten Lesen schreckte ich auf. 30 000 Mark, das war mager, andererseits kein schlechter Betrag für einen erfolglosen Autor, aber was bedeutete das tückische Wort verrechenbar?

Für *Die Fähre von Caputh* hatte ich 18 000 DM bekommen, aber bei 1439 verkauften Exemplaren waren die Schulden so hoch gewesen, dass ich sie sofort verdrängen musste. Ich suchte den Ordner mit den Abrechnungen. Die krumme schändliche Minussumme war schnell gefunden: «Guthaben zu unseren Gunsten DM 13 222,14». Die sollten jetzt angerechnet, also abgezogen werden? Folglich würde ich bei Vertragsabschluss gar nichts bekommen? Und bei Abgabe des Manuskripts in ein, zwei Jahren nicht viel mehr als 6000 Mark?

Entsetzt, wütend griff ich zum Telefon. Sie geben mir den Auftrag, einen Bestseller zu schreiben, und lassen mich verhungern dabei! Karlas Apparat war besetzt. Sie reden von einem Erfolg wie *Vom Winde verweht* und schicken mir kein Geld! Sie lassen sich in New York bestätigen, dass ich den richtigen Riecher habe, und unterschreiben eine solche Gemeinheit!

Als ich nach zehn Minuten wieder anrief, war Karla in einer Sitzung, ich solle eine Stunde warten, sagte die Sekretärin. Ich bat um sofortigen Rückruf. Hemmerle war auf Reisen.

Nein, dachte ich, das ist nie zu schaffen. Von den paar Lesungen, den wenigen Einladungen und zwei alten Hörspielen, die ab und zu wiederholt werden, kannst du nicht leben. Zwar schickt meine Schwester jeden Monat 800 Mark gemäß Vertrag für die Übernahme der väterlichen Apotheke in Bad Hersfeld, aber das reicht kaum für die Miete! Ich rannte durch die Wohnung und schrie: Geld her! Ich will Kohle sehen, sofort!

Auf die Arbeit konnte ich mich nicht konzentrieren, aber ich brachte es noch weniger fertig, hinauszugehen und mich im Laufen zu beruhigen. Ich störte noch einmal die Sekretärin auf und verlangte, sofort zurückgerufen zu werden. Nach zwei Stunden versuchte ich es zum vierten Mal in München und bekam zu hören, die Lektorin habe ein wichtiges Gespräch mit einem Autor.

Es wurde Abend. Selbst das dunkle Timbre in Karlas Stimme besänftigte mich nicht.

«Vergiss nicht, Hemmerle wollte dir gar nichts mehr

vorschießen … ich habe tagelang gekämpft wie eine Löwin für dich … mehr war nicht drin … außerdem ist das durchaus legal, das steht in deinem Vertrag.»

Ihr Mitleid blieb kühl, auch als ich brüllte. Dabei brauchte ich sie als Verbündete. Hier konnte sowieso nur Hemmerle etwas ändern.

Also beschäftigte ich mich die halbe Nacht mit einem Entwurf für einen Faxbrief an den Verleger, den ich um 3 Uhr nach München jagte:

… es freut mich, dass Sie große Hoffnungen in mein nächstes Buch setzen. Aber ich sehe nicht, wie ich es unter den Bedingungen, die Sie mir anbieten, schreiben kann.

Vorschüsse werden für einzelne Projekte bezahlt und abgerechnet. Noch nie habe ich gehört, auch von Kollegen bei anderen Verlagen nicht, dass Honorare (und nichts anderes sind Vorschüsse doch) für Titel B nicht ausgezahlt werden, weil die für Titel A sich nicht oder noch nicht amortisiert haben. Vorschüsse werden gezahlt, um das Autorenrisiko zu reduzieren und die Arbeit, die anders nicht entstehen könnte, vorzufinanzieren. Vorschüsse gehören zum verlegerischen Risiko – und nun soll das Risiko ganz allein auf den Autor abgewälzt werden? Ich gebe zu, dass ich in meiner Naivität einen solchen Nebensatz im letzten Vertrag übersehen und unterschrieben habe. Die Frage ist aber: Wollen Sie den mecklenburgischen Vom Winde verweht-Bestseller, den Karla Peschken erwartet, oder nicht?

Selbst wenn die Honorare nicht verrechnet werden: 10 000 Mark von heute bis zur Abgabe des Manuskripts frühestens in einem Jahr, schon das ist beleidigend wenig (833 Mark pro Monat oder 416, falls ich zwei Jahre brau-

che!). Ich fordere: 20 000, unverrechnet, bei Vertragsunter-
zeichnung, plus 20 000 bei Abgabe plus 10 000 bei Erschei-
nen. Das sehe ich als Minimum an – sonst muss ich mir
ein anderes Haus suchen, in dem Autoren nicht geknebelt
werden.

Erschöpft und hellwach lag ich im Bett bis in den frühen Morgen, hatte vier oder fünf Whisky getrunken, trotzdem war das Gefühl der Kränkung auch auf den schwankenden Höhen des Alkohols nicht verflogen. Im Gegenteil, ich fühlte mich so tief gedemütigt wie lange nicht mehr, das war schlimmer als die 1439 Exemplare. Denn diesmal kam die Kränkung nicht anonym, vom Markt, den Lesern, den Buchhändlern, diesmal kam sie von meinen Leuten. Da hatte ich endlich einen Stoff für einen Bestseller, endlich die Chance, aus dem Elend der Dreitausenderauflagen auszubrechen! Sie bestätigen das auch noch und holen sich den Segen aus New York, wo die Trends gemacht werden und die Daumen gesenkt oder gehoben, und flöten mir was vor: *Rich times for historical fiction!* Und behandeln mich, den Nachfahren der alten Könige, wie den letzten Hausknecht, nein, viel schlechter, ein Hausknecht kriegt wenigstens jeden Tag seine Suppe und ein Stück Brot. Diese Leute mit ihren festen Gehältern und Absicherungen und Aussichten auf Abfindungen kommen sich noch gnädig dabei vor, wenn sie einem 10 000 Mark für ein Jahr bieten, fast die Summe, die sie in einem Monat kriegen, und merken es nicht mal, wie sie einen beleidigen: rich times, rich times!

So wütete ich vor mich hin mit leisen und laut gedachten Sätzen und warf mir vor, schon beim Telefonieren mit Hemmerle zu wenig verlangt zu haben. Wenn sie von reichen Zeiten sprechen, wenn sie schon an *Vom Winde ver-*

weht denken, dann hätte ich das Doppelte, Dreifache fordern sollen. Dann hätten sie mich ernst genommen, dann hätten sie ernsthaft nachdenken müssen. Oder ich hätte das Schlachtfeld mit Stolz verlassen und mir einen anderen Verlag gesucht.

Heute kann ich sagen, was mich damals am meisten kränkte: Gerade hatte ich mich als Urenkel des Soldatenkönigs auf den Höhen des Ruhms, in Schlössern und Parks und Talkshows gesehen, nun wurde ich wie der letzte Schreibknecht behandelt. Mit den alten Monarchen auf du und du – und die hielten mich in München immer noch für den armseligen Fährmann von Caputh.

Draußen wurde es hell, als ich mir schwor: Das wird mir nie wieder passieren, nie wieder! Ich, der Urenkel von König Willem und vom Soldatenkönig, ich lasse mich nicht kujonieren, nicht von einem Herrn Lothar Hemmerle aus München!

83

Brutzen, Juni 1824. Minna und Frau von Donop.
– Ich weiß, Minna, aber ich kann doch auch nichts ändern.
– Aber wer denn?
– Niemand. Aber du weißt doch, dass wir alle dein Bestes wollen. Deine Pflegeeltern genauso wie ich. Du hast ja Recht, es gibt nicht viel Abwechslung hier auf dem Land, aber denk an deine Zukunft. Lernen ist wichtig, lernen ist alles und wohlerzogen sein, und dann wirst du bald ein junges Fräulein sein, und das Leben steht dir offen.
– Aber das dauert so lange.
– Ich helfe dir, dass diese Jahre schnell vergehen.
– Ich will wenigstens ein Tagebuch schreiben.

– Ich werde noch einmal mit deiner Pflegemutter sprechen. Aber jetzt weiter. Lektion 26.

Frau von Jasmund kommt herein, ohne anzuklopfen.

– Ich habe eine große Neuigkeit.

– Für mich?, fragt Minna.

– Für dich und für Frau von Donop und für die ganze Familie. Für uns alle. Wir ziehen um!

– Wir ziehen weg?

– Ja, ich wusste, dass dich das freut, liebe Minna. Wir verlassen unser schönes Brutzen. Wir verlassen Pommern, wir ziehen nach Mecklenburg, nach Dobbin.

– Wo liegt das?

– Wie bitte?

– Wo liegt das?

– Am Krakower See, nicht weit von Berlin. Da wird Vater im Januar Gutsverwalter von Tante Doros Gut werden.

– Nicht weit von Berlin, sagt Minna.

– Wie bitte?

– Ach, nichts.

– Und ich hoffe, Sie begleiten uns und Minna, Frau von Donop.

– Ich werde Ihnen zu Diensten sein, Frau von Jasmund.

84

Den Haag, August 1824. Schloss. König und Julia von der Goltz im Bett.

– So, die Königin wollte Sie nicht mitnehmen nach Scheveningen?

– Es gibt andere Hofdamen, die älter sind als ich und die Seeluft eher brauchen können.

– Diese kleinen Frechheiten mag ich an Ihnen, Julia.

– Verzeihen Sie, Majestät.

– Sie lernen es nie.

– Nein, ich lerne es nie, die korrekte Anrede zu vergessen.

– Sie sind eine perfekte Hofdame.

– Ich gebe mir Mühe, Majestät.

– Würden Sie, geschätzte Hofdame, sich bitte die Mühe geben wollen und Seine Majestät mit Ihren Küssen erfreuen.

Beide lachen.

– Majestät!

Lachen.

– Das heißt: Zu Befehl, Majestät.

85

Dobbin, Mai 1825. *Szene mit zwei jungen Mädchen zum Ausmalen:*
Minna: *dunkle Haare, rotbrauner Rock, karierte Jacke, weiße Bluse, weiße Schürze.* Henriette: *mittelblond, blaues Kleid, weiße Schürze.* Am Krakower See: *nebeneinander auf einem Steg sitzend.* Beine: *baumelnd.* Nah am Ufer: *Kastanienbaum in frischem Grün. Wiese mit Blumen, viel Wiesenschaumkraut.* Der See: *kühles, silbriges Blau.* Der Himmel: *klarblau mit wenigen weißen Wolken.* Der Wind: *still.* Die Sonne: *warm.* Gefühle: *Frühling, wie leicht mir ist!*
Und was wird gesprochen?
– Und ich würde ins Ägypterland ziehen und einen Prinzen heiraten und neben den Pyramiden ein Schloss bauen, und ich brauche keine Kutsche, nur einen fliegenden Teppich.

– Und ich würde am liebsten eine Kutsche mit vier Pferden haben und fahren, wohin ich will, und ich würde zuerst nach Weilburg fahren zu meiner Ommi und dann nach Berlin zu Vater und Mutter …

– Aber Vater und Mutter sind doch hier.

– Meine früheren Eltern, weißt du doch, die wohnen in Berlin. Und dann würde ich wieder nach Weilburg fahren und immer an lauter Schlössern vorbeifahren, und in allen Schlössern gibt es Prinzen, und einen werde ich heiraten, einen Prinzen mit einem Stern, aber nur, wenn meine Ommi auch bei uns wohnen darf, und dann will ich ganz viele Kinder haben und Ommi soll auf sie aufpassen.

– Warum denkst du immer an Ommi und deine früheren Eltern?

– Weil ich ein Waisenkind bin, weißt du doch. Und als ich bei der Ommi war, habe ich das noch nicht gewusst.

– Aber das Ägypterland ist trotzdem schöner.

86

Den Haag, Oktober 1825. Julia von der Goltz und Regierungsrat Hofman.

– Er beschwert sich schon wieder! Jede Woche beschwert er sich, dieser Herr Finanzrat, sagt Frau Goltz.

– Buchhaltung ist eine ernste Sache, Frau von der Goltz, wenn nur ein halber Taler fehlt, stimmt die ganze Rechnung nicht. Es geht um viel Geld, um Gold, Sie wissen, das wird alles vom Konto Seiner Majestät abgerechnet, und die Familie Jasmund scheint nicht immer sehr sorgfältig zu sein mit Belegen und Quittungen.

– Das meine ich nicht. Aber wie kommt er dazu, meiner Familie vorschreiben zu wollen, wie sie ihre Sommermonate verbringt!

– Zeigen Sie.

Hofman liest.

– Das finde ich nun auch etwas merkwürdig, sagt Hofman, die Familie hat also ein Haus gemietet in Güstrow, für das Sommerhalbjahr, und nun soll Boyer die ganze Miete bezahlen, weil der Aufenthalt in Güstrow für Minnas Bildung gedacht ist?

– Bezweifeln Sie das?

– Nein, aber die Familie mit acht Kindern fährt ja auch mit …

– Mit sechs Kindern, die beiden ältesten dienen bereits.

– Gut, die ganze Familie Jasmund wohnt einige Monate in Güstrow, dafür sollen die Vereinigten Niederlande die ganze Jahresmiete übernehmen? Da hat Boyer Recht, das ist unbillig.

– Genau dafür gibt es die Regelung mit den Extrakosten. Es geht um das Wohlergehen und Fortkommen der Wilhelmine von Dietz, und da hat Herr Boyer sich nicht einzumischen. Er hat zu zahlen, was zu zahlen ist.

– Liebe Frau von der Goltz, ich sehe, wir sind hier verschiedener Ansicht. Sie werden Ihre Ansicht wieder einmal durchsetzen bei Ihren Majestäten. Aber nehmen Sie bitte zur Kenntnis, dass ich das nicht korrekt finde.

– Ihre Majestäten wünschen, dass alles für das Wohl der jungen Dame getan wird, und in diesem Sinne werde ich die Miete von Güstrow befürworten. Übrigens gibt es auch einen Beschwerdebrief der Familie von Jasmund über Boyer. Hier.

Hofman liest.

– Nun ja, die wollen Boyer übergehen, das verstehe ich.

– Sie sind dafür, Herr Regierungsrat?

– Nein, ich habe nur gesagt, dass ich Herrn von Jasmund verstehen kann, Boyer ist ihm lästig mit seiner Genauigkeit. Nur deswegen schlägt er einen Berliner Bankier vor für die ganze Rechnerei. Das wird der König nicht zulassen, Boyer ausschließen und Berliner Bankiers in sein größtes Geheimnis einweihen, niemals. Boyer ist ein zuverlässiger Beamter, und er hat viel für das Kind getan. Und was soll sich ändern, wenn das Bankhaus der Gebrüder Arons die Quittungen für Schuhe, Schleifchen und Schürzen sammelt! Machen Sie Ihre Familie nicht lächerlich! Ich kann Ihnen nur raten, Frau von der Goltz, diesen Brief Seiner Majestät nicht vorzulegen, in Ihrem Interesse.

87

Berlin, Dezember 1825. Niederländisches Palais, Büro. Boyer und der zweitälteste Jasmund-Sohn Hellmuth, Fähnrich im 1sten Garderegiment zu Fuß.
– Ich komme, den Vorschuss für das neue Quartal zu holen, sagt von Jasmund.
– Das habe ich mir gedacht, Herr von Jasmund. Aber das neue Quartal hat noch nicht begonnen.
– Wir haben Anfang Dezember, Herr Finanzrat, und meine Eltern haben mich gebeten, hier ist die Vollmacht, das Geld schon einmal mitzunehmen, es ist doch einfacher so.
– Ich weiß, aber ich habe immer noch nicht alle Belege für das zweite Quartal, und Sie sind schon wieder voraus im Jahr 26.
– Ich kann die Bitte meiner Eltern nur wiederholen. Vor Weihnachten sind immer so viele Kosten …
– Herr von Jasmund, wenn Ihre Eltern ein wenig sorgfältiger mit der Rechnungsführung wären, wäre alles kein Problem.

– Herr Finanzrat, es steht Ihnen nicht zu, die Ehre meiner
Eltern anzuzweifeln!
– Beruhigen Sie sich, Fähnrich, an der Ehre Ihrer werten
Eltern habe ich nie gezweifelt. Ich muss mich an die An-
weisungen halten. Übrigens, wie geht es Minna?
– Minna geht es gut.
– Wie gut?
– Sehr gut. Ich wünschte, ich hätte es so gut gehabt wie sie.
Ein eigenes Zimmer, eine Gouvernante, einen Schreib-
sekretär und alle Bücher, die sie lesen will.
– Grüßen Sie sie bitte herzlich von mir und meiner Frau.
– Ja.
– Versprochen?
– Versprochen.
– Also, 50 Friedrichsdor. Hier ist die Quittung. Ganz herz-
liche, liebe Grüße. Bitte!
Jasmund unterschreibt.

88

Minna geht es gut. Alle wollen, dass es Minna gut geht.
Der König, die Königin, Frau von der Goltz, Herr Hofman
in Den Haag. Herr und Frau Boyer und die Mutter Marie
in Berlin, Ommi in Weilburg. In Dobbin oder Güstrow
kümmern sich Vater und Mutter Jasmund und die Gouvernante um das Kind, zu diesen elf Personen kommen ein
Musiklehrer, ein Rechenlehrer, ein Zeichenlehrer.

Minna hat in Henriette eine Freundin gefunden, in den
anderen Jasmund-Kindern Spielgefährten. Das Dorf Dobbin wäre ein großer Spielplatz, wenn die Gouvernante ihr
das Toben erlauben würde, und im Krakower See könnte
sie schwimmen, wenn ihr jemand das Schwimmen bei-

brächte. Im Sommer kann sie die Abwechslungen der Stadt in Güstrow genießen, allerdings wäre sie gerade im Sommer lieber auf dem Land.

Aus Holland schickt ihr Tante Julia Bücher, Bastelbogen, Malsachen und Farben. Minna kann stricken, sticken, Spitzen klöppeln und auf Glas malen. Sie ist Mitglied einer Lesegesellschaft, und unter ihren Büchern findet sie 33 Bände der Werke von Madame de Ségur, die *Studien der Andacht*, *Die Weltgeschichte* von Beckers. Außerdem Shakespeare-Übersetzungen von Schlegel und Tieck, Herders Werke, einiges von Goethe und Schiller, Ossians *Poems*, Byrons *Childe Harold*, Coopers *Red Rover* und die *Elegant Extracts*. Sie verfügt über ein eigenes Zimmer mit sechs Stühlen, einem Schreibsekretär, zwei Kommoden und einem Arbeitstisch.

Alles wird getan, damit eine höhere Tochter unter besten Bedingungen gebildet aufwächst. Die Eltern Jasmund sind nicht viel strenger als die meisten Eltern ihres Standes. Minna hat sogar ein Tagebuch bekommen, aber sie traut sich nicht zu schreiben, weil ihre Pflegemutter gelegentlich hinter ihrem Rücken das Zimmer und den Sekretär inspiziert. Da geht es Minna nicht anders als den meisten Mädchen ihres Alters.

Sie hat sich abgewöhnt, nach ihren Eltern zu fragen, zu oft ist sie gegen Mauern des Schweigens gestoßen. Ob in Brutzen, Dobbin oder Güstrow, überall bekommt sie zu spüren, dass sie nicht richtig dazugehört. Je älter sie wird, desto deutlicher vernimmt sie das Getuschel, die Sticheleien unter den Kindern. Sie ahnt, dass sie etwas Besonderes ist. Sie ahnt, dass sie von Lügen umgeben ist. Also arbeitet sie an ihrem Panzer der Gleichgültigkeit.

Als sie aber im Juni 1826, an ihrem vierzehnten Geburtstag, ein Halstuch auspackt, das ihr Ommi aus Weilburg geschickt hat, bricht sie in Tränen aus. Keines der anderen Geschenke vermag sie zu trösten. Sie hört mit dem Weinen nicht auf, sie flieht in ihr Zimmer, und weder Frau von Donop noch Henriette können sie beruhigen, Frau von Jasmund ohnehin nicht. Erst nach zwei Stunden ist sie wieder in der Lage, die Geburtstagsfeier über sich ergehen zu lassen.

Am nächsten Abend beginnt sie Tagebuch zu schreiben. Jedes Mal, wenn sie das dicke Heft aufschlägt, brechen die Fragen hervor, die sie nicht mehr stellen wollte.

Warum durfte ich Ommi nie wieder sehen? Warum hat sie mich nie besucht? Warum sind Vater und Mutter Boyer nie wiedergekommen? Sie hatten das doch versprochen, oder habe ich das nur geträumt? Warum haben sie mich aus Weilburg weggeholt? Warum haben sie mir nicht erzählt, wohin sie mich bringen? Warum habe ich in Weilburg Minna Boyer geheißen und warum heiße ich bei Jasmunds Minna von Dietz? Warum weiß ich nicht einmal meinen Namen genau? Warum sagt mir keiner etwas über meine Eltern? Warum habe ich keine Geschwister? Und wenn ich ganz allein übrig geblieben bin, wo sind dann meine Großeltern und meine Onkel und Tanten? Warum wird es immer still, wenn die Erwachsenen über mich sprechen? Warum schließen sich die Münder, schon bevor ich etwas fragen will? Warum diese geheimnisvollen Stimmen um mich herum? Warum sagen sie manchmal, dass die holländische Königin für mich sorgt, weil sie es meinen Eltern versprochen hat? Warum schreibt mir die holländische Königin dann nicht und sagt mir etwas über meine Eltern? Und warum darf ich sie nicht besuchen? Warum träume ich so oft davon, wie Vater und Mutter Boyer nachts mit mir durch Berlin fahren und ich nicht aussteigen darf aus der Kutsche? Warum weiß ich nicht mehr, ob ich das geträumt habe oder ob das wirklich so war auf der schrecklichen langen Reise? Und warum gehen alle so vorsichtig mit mir um und behandeln mich anders als die anderen Kinder? Warum betonen Vater und Mutter Jasmund immer, wie schön es ist, dass ich bei ihnen sein darf? Warum sollen alle immer nett und honett zu mir sein? Was ist denn anders an mir? Warum habe ich eine Gouvernante und die anderen nicht? Und warum werde ich nicht konfirmiert wie die anderen? Welche Sünde habe ich denn an mir, dass ich keine Konfirmation feiern darf? Warum antwortet mir keiner, wenn ich einmal frage? Warum darf ich Vater und Mutter Boyer keine langen Briefe schreiben? Warum darf ich ihnen keine Fragen stellen und darf nichts anderes schreiben als: Mir geht es gut?

Minna versteckt das Tagebuch unter der Matratze.

89

Güstrow, Juli 1826. Karges Mädchenzimmer, draußen Sonnenschein. Frau von Donop und Minna lesen Byron.

– Warum werde ich eigentlich nicht konfirmiert wie die anderen Kinder?

– Du wirst konfirmiert wie alle.

– Aber Henriette wird nächstes Jahr konfirmiert und ich nicht. Und sie ist jünger als ich.

– Ich weiß es nicht, warum es bei dir länger dauert, aber sprich doch mal mit deiner Mutter darüber.

– Es ist nicht meine Mutter.

– Minna!

– Ich kann nicht …

– Minna! Bitte!

– Ich kann mit meiner Pflegemutter nicht sprechen.

– Gewiss kannst du das.

– Da, da muss ich immer so schreien.

– Schreien musst du nicht, nur sehr laut sprechen. Das musst du sowieso üben, deine Stimme ist noch viel zu leise.

– Aber sie versteht mich nicht.

90

Berlin, Dezember 1826. Niederländisches Palais. Herr und Frau Boyer.

– Fünf Zeilen wieder nur, sagt Boyer. Jetzt ist sie vierzehneinhalb, ein junges Fräulein, und darf immer nur diese verstümmelten Briefe schreiben: Fröhliche Weihnachten, gutes neues Jahr. Wie eine abgerichtete Puppe! Das Kind ist so klug und hat so viel Herzenswärme, aber nichts davon darf sie uns zeigen. Wie ein Vögelchen sperren die Jasmunds sie in den Käfig, in diesem öden Dobbin, und auch in Güstrow kommt sie nicht unter Leute. Das ist Gefangenschaft, nichts anderes. Wie ein königliches Pfand wird sie gehalten. Und dafür diese Summen! Jetzt muss ich wieder die Jahresmiete für Güstrow überweisen. Es ist eine Schande, das viele Gold, das die Vereinigten Niederlande in diese Familie werfen! Für ein Gefängnis! Für Minnas Unglück!

– Reg dich nicht auf, Rudolf, dein Herz.

– Am Ende werden sie sie noch mit einem ihrer Söhne verheiraten!

– So verwegen werden sie nicht sein.

– War ja nur ein Gedanke. Der Herr Gutsverwalter ist sehr geschäftstüchtig.

– Und die Gutsverwalterin. Aber ich kann mir nicht vorstellen, dass unsere Minna für Soldaten zu haben ist.

«Dann lassen Sie mal die Winde wehen», scherzte Dr. Hemmerle, nachdem wir das Gefecht in einigen Briefen und Telefonaten fortgesetzt und uns auf 40 000 Mark geeinigt hatten, unverrechnet. «Das tollste Angebot, das wir einem deutschen Autor in dieser Saison machen», behauptete er. Drei Kapitel oder fünfzig Seiten, dann käme die erste Rate sofort.

Karla flog aus München heran, um mich auf die Methode des einfachen Erzählens, wie sie es nannte, einzuschwören. Wir speisten in einem teuren Restaurant, und während sie immer wieder zu einem grauhaarigen Minister schielte, der fünf Tische entfernt zu Abend aß, sagte sie: «Stell dir einen Film vor, Breitwand, schreib Breitwand, Genrebilder, hab keine Scheu vor nostalgischen Schilderungen. Die schöne Tänzerin, der galante Prinz, das ungleiche Liebespaar. Die derben Sprüche der Bäckersleute, Sex im Palais, Spaziergänge Unter den Linden, Hoftratsch, die Schreie des Kindes. Sex in Den Haag, der korrekte Beamte Boyer, das Fachwerk von Weilburg. Die Räder der Kutschen auf schlammigen Wegen, das geschüttelte Gesicht eines ängstlichen Mädchens, der ärmliche Alltag auf dem Land, mecklenburgische Sommerlandschaften, Jungmädchenträume mit Wetter, viel Wetter. Der König, der ins Bett steigt mit wechselnden Damen, mit wechselnden Stellungen, und der König, der allein aus dem Bett steigt und angekleidet wird. Die Königin, die für alles Verständnis hat und kränkelt. Die Hofdame Goltz als Drahtzieherin. Minna schwärmend im Schlosspark von Ludwigslust, dann ihre beiden Liebhaber, der blöde Charmeur, der schüchterne Verehrer und so weiter. Stör dich nicht daran, dass alle Figuren irgendwie bekannt, die Szenen dir schon vertraut sind, wenn du sie schreibst. Genau das macht den Erfolg.»

«Mal sehen, was sich machen lässt», sagte ich, «aber *Vom Winde verweht* auf mecklenburgisch, das war deine Idee. Ich will nicht, dass ihr wieder zu viel von mir erwartet. Bei der *Fähre,* erinnere dich, habe ich genau das geliefert, was ihr wolltet. Eine Ost-West-Geschichte, einen Liebesroman, einen Roman zur deutschen Einheit, alles, was ihr wolltet in einem Buch, auf 218 Seiten. Aber als ich fertig war, hieß es hinter vorgehaltener Hand: Wenn schon Osten, dann brüllend komisch wie B. bitte. Dann sagten die Vertreter: Wenn schon Osten, dann brüllend komisch wie B. bittschön. Dann sagten die Buchhändler: Wenn schon Osten, dann lässt sich nur der brüllend komische B. verkaufen. Endlich die Kritiker: Ganz nett, aber an den brüllend komischen B. kommt Rusch natürlich nicht heran. Die Maßstäbe hatten sich verschoben innerhalb von ein, zwei Jahren, irgendeiner hat Erfolg, und die Branche fixiert sich auf den Erfolg und will nun Kopien des Erfolgs sehen und nichts sonst. Prompt habt ihr mich fallen lassen, und *Die Fähre von Caputh* ist abgesoffen.»

Karla protestierte, ich behielt das Wort.

«Dabei habe ich alles getan, was die Kritiker wollten, habe versucht, die Ostklischees ebenso zu vermeiden wie die Westklischees und nichts zu karikieren. Der Westmann ist nicht der Macher und Leistungsjäger, die Ostfrau ist nicht das Anpassungs- und Unterwerfungsweibchen, aber genau das nehmen sie mir heute wieder übel. Die Westler wollen ein Buch mit hässlichen Ostlern, weil sie ihre eigenen Verbiegungen nicht sehen wollen, und die Ostler ein

Buch mit hässlichen Westlern, weil sie ihre eigenen Verbiegungen nicht sehen wollen, so sieht es doch aus. Wenn einer kommt und eine einfache Geschichte vorlegt mit dem Finale in einem Haus am See, mit Landschaftsbeschreibungen und feinsinnigen Blicken auf das herrliche und hässliche Brandenburg, nicht brüllend geschrieben, sondern leise, nicht komisch, sondern mit einiger Ironie, dann zählt das nicht. Das hat man davon, wenn man nicht brüllt. Und wenn man nicht jammert. Das hat man davon, wenn man auf gute Ratschläge hört.»

«Meine Ratschläge sind andere. Vergiss den alten Groll.»

«1439 Exemplare, das ist kein alter Groll. Aber egal, ich schreibe erst einmal eine schlichte Dialogfassung, kurze Szenen, knappe Sätze. Rein netto.»

«Netto?»

«Ich sage dir, Minimalismus, das ist der Stil der Zukunft. Dramatik durch Reduktion, nicht durch Breitwand.»

«Witzbold.»

«Keine Sorge, später geb ich dann die Sahne drauf, wenns denn der Nachfrage dient, den ganzen nostalgischen Klimbim.»

91

Den Haag, Juni 1827. Schloss, Julia von der Goltz und Hofman.

– Das ist jetzt die zweite Anfrage aus Dobbin wegen der Konfirmation, sagt Frau Goltz. Das Kind ist fünfzehn, wir können wirklich nicht länger warten.

– Wieder ein Problem mit dem Taufschein?

– Der König hat mir versichert, dass er bei der Taufe in Berlin zugegen gewesen ist. In der Jerusalems- und Neuen Kirche. Also wird man auch einen Taufschein kriegen, den soll Boyer besorgen.

– Warum haben wir das damals nicht gemacht, vor drei Jahren, als die Frage in Weilburg auftauchte?

– Das waren andere Umstände. Weilburg war nicht der richtige Ort für Minna. Nein, es gibt jetzt ein anderes Problem. In Dobbin sitzt kein Pfarrer. Deshalb schlage ich vor, dass wir Minna zu einer Nichte von mir, Frau von Bülow, nach Ludwigslust schicken für ein halbes Jahr.

– Aber die Kosten …

– Meine Nichte ist sehr bescheiden. Sie wird mit sechs Friedrichsdor im Monat zufrieden sein.

– So wenig?

– Was haben Sie gegen Bescheidenheit, Herr Regierungsrat?

– Ich erlaube mir nur, mich zu wundern. Ihre Frau Schwester erhält immerhin mehr als das Zehnfache für …

– Das ist nicht das Thema! Haben Sie einen anderen Vorschlag für das Kind?

– Nein. Fragen Sie aber erst einmal in Ludwigslust an, bevor wir das Ihren Majestäten vortragen.

92

Dobbin, August 1827. Bank vor dem Haus. Eltern Jasmund.

– Und was machen wir mit Frau von Donop, wenn Minna nach Ludwigslust geht?, fragt Vater Jasmund.

– Die bleibt, sie kann ja in diesem halben Jahr unsere Kinder unterrichten.

– Aber das können wir uns doch nicht leisten.

– Carl, stell dich nicht so an. Guck mal, wir können ihr doch nicht kündigen und sie ein halbes Jahr später wieder einstellen, sie muss also weiterbezahlt werden. Und da in Ludwigslust kein Platz für sie ist, bleibt sie bei uns. Und da sie nicht faul herumsitzen kann für ihr gutes Geld, soll sie unsere Kinder unterrichten.

– Und du meinst, das macht der Hof mit?

– Julia versteht das, nur der Boyer wird sich wieder mal beschweren.

– Bist du sicher, dass sie uns die Unterhaltsgelder nicht kürzen werden? Es ist immerhin ein halbes Jahr, die sie nicht bei uns ist, 500 Friedrichsdor.

– Ich weiß, Carl. Aber bisher hat noch niemand davon gesprochen, dass wir nicht das Übliche kriegen.

– Die gute Julia.

93

Ludwigslust. Oktober 1827. Im Schlosspark gehen Minna und Frau von Bülow spazieren.

Es muss immer wieder gesagt werden, was Herbst ist:

Die niedrigstehende Sonne spendete eine milde Wärme, und in der reinen, dünnen Luft glänzte alles so stark, dass den Spaziergängern fast die Augen weh taten. Die würzige Herbstluft verlieh jeder atmenden Brust ein Gefühl von Kraft und Frische, und …

– Ich finde es wunderschön in Ludwigslust, sagt Minna. Die Straßen, wo man so viel kaufen kann, das Schloss und der Park …

– Es ist auch ein besonders schöner Tag heute, sagt Frau von Bülow.

– Ich liebe den Herbst.

– Aber noch lieber wärst du jetzt im Frühling, würdest auf

dieser Wiese liegen in den Blumen und Ossian lesen und träumen.

– Woher wissen Sie das?

– Ich war so ähnlich wie du früher.

Sie gehen weiter, plötzlich bleibt Minna stehen.

– Das stimmt nicht.

– Ich denke schon, Minna, ich war ein Mädchen wie du.

– Nein, es stimmt nicht.

– Warum nicht?

– Sie wussten, wer Ihre Eltern waren. Ich weiß gar nichts von mir.

Frau von Bülow nimmt sie in den Arm.

– Eines Tages, und es dauert vielleicht gar nicht mehr lange, wirst du es wissen.

– Aber wer soll es mir denn sagen?

– Das weiß ich nicht.

«Die Schlösser machen mich verrückt», gestand ich Jutta, als wir in Ludwigslust mit schwingenden Schritten durch den Park liefen. «Wenn ich ein Schloss sehe, selbst wenn es mir nicht besonders gefällt wie dies hier, fängt so ein Jucken im Hirn an, so ein Knistern, und dann ist der Gedanke da: Ich will im Schloss wohnen, ich gehöre in ein Schloss.»

Sonntagstour nach Ludwigslust im frühen September, auf der Autobahn hatte ich Jutta zum ersten Mal von der Verwandtschaft mit den preußischen Königen erzählt. Auch sie hatte erst gelacht und mich dann mit skeptisch-ernsten Blicken gemustert, als erwarte sie jeden Augenblick den Ausbruch eines monarchistischen Wahnsinns. Aber den Gefallen tat ich ihr nicht.

Eine andere Spannung beherrschte uns, die Frage, ob aus der Fernliebe zwischen Berlin-Charlottenburg und Berlin-Schöneberg eine Fernliebe Berlin-Schwerin werden sollte – Jutta war zu einem Vorstellungsgespräch bei der Zeitung in Schwerin eingeladen, die erste Chance, aus dem Archivgefängnis auszubrechen. Zwei Stunden statt zwanzig Minuten Abstand, was macht das schon, hatte ich etwas flapsig gesagt. Wieder schwelte ein Konflikt zwischen uns, also sprachen wir über die Schlösser. Wie Touristen waren wir durch die schöneren Straßen der alten Residenz gelaufen, hatten das Schloss besichtigt und schlenderten durch den weitläufigen Park.

«Früher hatte ich solche irrsinnigen Gedanken nie, aber seit ich von König Willem und vom Soldatenkönig weiß, seit ich mich mit den alten Preußen und den alten Zeiten befasse, kann ich mich nicht mehr gegen mein Schlossfieber wehren. Es ist idiotisch, viel zu hohe Räume, kalt, scheußlich oder viel zu prächtig ausgestattet, kein Komfort, jede städtische Sechszimmerwohnung, jedes bescheidene Herrenhaus auf dem Land wäre mir lieber, und trotzdem geht bei diesen Schlössern irgendein Film ab.»

«Vielleicht die Gene», meinte Jutta.

«Vielleicht die Gene, die Königsgene, vielleicht schlagen die einfach aus, so wie Geigerzähler. Wenn meine Augen ein Schloss sehen, dann fixiert sich was, dann zucken sie, kreiseln durch die Nervenbahnen oder durchs Blut, was weiß ich. Ich kann mich dagegen sträuben, wie ich will, sie teilen und vervielfachen sich und schicken ihre miesen kleinen Wünsche ins Hirn: Her mit dem Schloss! Besitzen will ich es sowieso nicht, nur bewohnen, drei, vier Zimmer in einem hübschen Seitenflügel besetzen.»

«Probier es mal. Hier ist bestimmt ein Zimmer frei, und mit deinem Stammbaum geben sie dir das sicher zum Vorzugspreis. Und ich komm dann runter von Schwerin und besuch dich.»

«Bewahre! Ludwigslust ist mir zu wuchtig, barockig, nachgemachtes Versailles.»

«Aber die Innenausstattung alles aus Pappmaché, das ist doch die Attraktion, das ist einmalig! Und in der Eingangshalle sogar eine Venus von Medici aus den alten Akten der Schreibstuben, was willst du mehr.»

«Ach, Jutta, deine Ironie.»

«Ich will dich ja nur kurieren.»

«Ich will aber gar nicht kuriert werden! Ich will die Königsgene doch nicht ausmerzen, im Gegenteil, sie sollen blühen, wachsen und gedeihen. Mal sehn, was dabei rauskommt. Und wenn sie mich verrückt machen, lass sie mich doch verrückt machen. Jeder hat seinen Spleen, lass mir den Königsspleen!»

Ich nahm ihre Hand. Der Park war das Schönste in Ludwigslust, Teiche und Wege, Sichtachsen und prächtige Baumgruppen, ein Fest für die Augen. Zwischen Eichen, Scheinzypressen und Mammutbäumen lagen Grotten, Mausoleen, Brücken, Kanäle. Die Künste des Herrn Lenné waren selbst in den sozialistischen Jahrzehnten nicht völlig niedergemacht worden. Wir dachten an Minna, ohne über sie zu sprechen. Die Anmut des Parks stimmte uns versöhnlich, mehr muss ich an dieser Stelle nicht sagen.

«Und vorhin», fragte Jutta auf dem Rückweg zum Schloss, «als wir in der Bäckerei Kaffee getrunken haben, hast du da auch was gespürt?»

«Der Kaffee war schwach.»

«Ich meine die Gene, deine Bäckergene.»

«Nein, die Bäckereien machen mich nicht verrückt. Gibt offenbar doch mehr Königsgene als Bäckergene.»

94

Dobbin, Dezember 1827. Eltern Jasmund. Eine Kerze auf dem Adventskranz brennt.
— Das finde ich ziemlich dreist von Melanie, dass sie ihr solche Briefe erlaubt. Dass sie solche Fragen überhaupt zulässt! Weihnachten gehört das Kind nach Hause, zu seinen Eltern!
— Ja, ich schreibe ihr, dass wir sie hier zu sehen wünschen, wie immer.
— Wir müssen aufpassen, dass sie uns Minna nicht abspenstig macht. Sie scheint sie ja sehr zu verwöhnen. Sag ihr, dass wir der Vormund sind und dass sie die Zügel nicht so schleifen lässt.

95

Ludwigslust, Januar 1828. Minna schreibt.
Eine Bitte erlauben Sie mir, liebe Eltern, und die besteht darin, mir Aufschluss über meine näheren Verhältnisse zu geben; ich bin schon 15 und ein halbes Jahr alt und ich weiß nichts als meinen Namen von mir. Daher wende ich mich an Sie, denn ich glaube, daß Sie mir am besten Auskunft geben können.

96

Berlin, Februar 1828. Niederländisches Palais, Boyer kommt in die Wohnung.

– Hier, sieh!

Frau Boyer liest.

– Hat mir eben der Herr von Bülow aus Ludwigslust übergeben, sagt er. Sie hat offenbar nicht einmal unsere Adresse gewusst. Vor vier Wochen geschrieben, dann hat sie warten müssen auf einen Boten! Und wer weiß, wie lange sie gewartet hat, um diese Zeilen zu schreiben!

– Ein Hilfeschrei.

– Das ist mehr als ein Hilfeschrei, das ist ein Alarmbrief, das ist eine Anklage an uns, an mich. Auch ich habe meinen Anteil an dieser Geheimnistuerei und den Lügen. Lies den letzten Satz noch mal: Minna weiß, dass wir alles wissen und dass auch wir sie belügen.

– Du hast getan, was dir befohlen wurde.

– Ja, aber dabei habe ich sie verraten, das arme Kind.

– Wir haben immer nach königlichem Befehl …

– Ja, aber wir sind trotzdem schuldig.

– Das ist doch jetzt nicht wichtig, Rudolf. Was tun wir?

– Das ist wichtig, lies den letzten Satz: Auskunft geben können, schreibt sie, und was sie meint, ist: Auskunft geben wollen …

– Wir wollen und können gar nichts.

– Ich weiß nichts als meinen Namen von mir! Wie viel Leid steckt in diesem Satz!

– Schreib sofort nach dem Haag.

– Natürlich, Eilpost.

97

Ludwigslust, Februar 1828. Minna und Frau von Bülow.

– Und noch eine gute Nachricht, Minna. Wenn Henriette hier ist am Ende nächster Woche, wird uns auch ihr Bruder besuchen am Sonntag, Carl ist jetzt in Schwerin stationiert. Die braven Soldaten brauchen ab und zu einen Tag mit Familie und einem guten Braten.

– Ich wäre lieber mit Henriette allein.

– Aber Carl ist auch ein guter Kerl.

– Ich habe ihn lange nicht gesehen.

– Es ist gut, wenn du ein bisschen unter Leute kommst.

– Lieber gehe ich in den Schlosspark.

– Ich weiß, Minna, aber du musst nicht immer so traurig sein. In zwei Monaten ist die Konfirmation, dann bist du erwachsen, so gut wie erwachsen und ...

– Aber dann muss ich wieder nach Dobbin.

– Es geht nicht anders. Aber ich werde noch mal mit deiner Mutter sprechen, vielleicht kannst du ja den Sommer hier bei uns sein.

98

Brüssel/Laeken, Februar 1828. Schloss, König und Hofman.

– Und dann ist da noch ein Eilbrief von Boyer.

– Auf welchem schlesischen Gut brennt es denn jetzt?

– Ihre Tochter, Majestät.

König liest den Brief.

– Minna ist von hellem Verstand und man kann ihr so leicht nichts vormachen ... Mir sei nur erlaubt zu bemerken, daß jenes Schreiben der Minna wohl nicht zur ferneren – sapienti sat – Mitteilung geeignet sein dürfte, wenn nicht requirirt werden soll, dass dem armen Kinde, bei dessen Rückkunft in dem öden Dobbin die ihm daselbst so sparsam blühenden Rosen sich etwa vollends entblättern möchten.

Sapienti sat, er möchte also nicht, dass Jasmunds und Frau von der Goltz von diesem Brief erfahren?

– Ja, so verstehe ich das auch, Majestät.

– Der Privatkrieg zwischen Boyer und der Goltz und ihrer Familie interessiert mich nicht. Hier macht er wieder so eine Anspielung: In dem kleinen Weilburg fehlte es ihr wenigstens nicht an freudigem Umgang mit guten rechtlichen Leuten. Finden Sie nicht, Hofman, dass er da zu weit geht?

– Ja, Majestät. Wenn ich auch sagen muss, dass die Familie von Jasmund …

– Keine Details! Ich habe diese Angelegenheit der Königin und der Goltz überlassen, da es schließlich um ein Mädchen geht, und ich dachte, vorerst damit nicht behelligt zu werden. Doch mein Kind scheint klug zu sein, eine Klugheit, die belohnt werden muss. Aber noch ist es zu früh. Klug und traurig, aber im Augenblick können wir ihr nicht helfen. Oder was raten Sie?

– Es fällt mir schwer, Majestät, in diesen persönlichen Dingen einen Rat zu geben.

– Ich werde bei nächster Gelegenheit mit der Königin sprechen.

99

Was tut ein König, der auf dem Schlachtfeld so mutig wie auf dem Parkett gewandt sein muss, als Unternehmer weitsichtig kühl und als Regent warmherzig streng? Was für ein Mann, der Bankier und Kirchenherr, weltgewandter Kavalier und gnadenloser Manager, Pädagoge und Liebhaber, Sportsmann auf dem Pferd und Kenner der Ingenieurskunst, der Landwirtschaft, der Architektur, des Militärs, der Gesetze und des Finanzwesens, Stratege, Taktiker und Machtmensch in einer Person sein muss?

Außerdem ist er Patriarch. Er hat eine kränkelnde Frau, die sich nach Berlin sehnt, und eine Mätresse in Den Haag und eine in Brüssel. Seinem Ältesten, Kronprinz Willem, traut er nicht viel zu, schon weil der Sympathien für seine ärgsten Feinde hegt, die Franzosen. Wenigstens hat ihm der Kronprinz mit der Zarentochter Anna Paulowna vier Enkelsöhne beschert, und Willem I. sieht den künftigen Willem III. lieber als den künftigen Willem II. auf dem Thron. Sein zweiter Sohn Frederik hat nur das Militär im Kopf, seine Tochter Marianne, eigenwillig und intelligent, fürchtet er bald zu verlieren, ihre Verlobung mit dem schwedischen Thronfolger wird vorbereitet.

Schon im Morgengrauen, melden die Chronisten, sitzt er in seinem Arbeitszimmer, auch an Sonntagen und Feiertagen. Auf seinen Tischen stapeln sich Entwürfe, Zeichnungen, Akten. Täglich prüft er die Berichte der Nederlandssche Bank und der Nederlandssche Handelsmaatschappij, mit denen er die Wirtschaft ankurbeln lässt. Jede Woche sind neue Aufträge zu beschließen für Kanäle und Straßen in allen Ecken der Vereinigten Niederlande. Alles muss, alles will, alles soll König Willem allein regeln, entscheiden, befördern. Er kann nicht delegieren. Die Politik: hier lächeln, da posieren, da zürnen, dort befehlen. Seine Minister stöhnen unter ihm und haben nichts zu sagen, die Presse ist zensiert und mürrisch, der Kirche ist er nicht streng genug.

Ungelöste Probleme überall. Am meisten machen ihm die Untertanen in Belgien zu schaffen, sie wollen, weil sie weniger wohlhabend sind, nicht so viele Steuern zahlen wie die Holländer, sie sind gegen den Freihandel, sie wollen entsprechend ihrer etwas größeren Bevölkerung mehr

Mitglieder im Parlament als die Holländer haben. Die Wallonen lehnen die niederländische Amtssprache ab, sie unterwerfen sich lieber ihren Erzbischöfen und dem Papst. Es passt ihnen nicht, dass er die Universitäten dem Staat unterstellt und der Kirche entzogen hat. So geht es jeden Tag, jede Woche schlechte Nachrichten aus den belgischen Provinzen.

Da soll er sich nebenher um sein fünfzehnjähriges Bastardkind kümmern?

So viel Geld, so viele Briefe, so viele Staatsaktionen wegen Minna – und im entscheidenden Augenblick fasst der absolutistische Willem, der als Beschluss-König verrufen ist, keinen Beschluss.

100

Ludwigslust, März 1828. Wohnung der Bülows. Carl von Jasmund jr. (21, in Leutnantsuniform, schlank, gut gebaut, gefällige Manieren), seine Schwester Henriette, Minna, Herr und Frau von Bülow am Esstisch. Sie beten:
– Dem Herrn sei Dank für Speis und Trank. Amen.
Sie stehen auf, rücken die Stühle an den Tisch.
– Ich danke Ihnen noch einmal, liebe Cousine, für das ausgezeichnete Mahl, sagt Jasmund.
– Ausgehungerte Soldaten sind die angenehmsten Gäste, sagt Frau von Bülow.
– Darf ich die Damen nun zu einem Spaziergang auffordern?
– Sie dürfen gern.
– Ich würde mich lieber hinlegen, sagt Minna.
– Das können Sie mir nicht antun, sagt Carl. Das schönste aller Mädchen darf nicht fehlen.

– Carl!, ruft Henriette.

– Dann schlag ich vor, sagt Frau von Bülow, Minna zieht sich jetzt zurück, und wir gehen nach dem Kaffee hinaus.

Das schönste aller Mädchen: Sie hat ein ebenmäßiges, volles Gesicht, kastanienbraunes, über der Stirn glatt anliegendes gescheiteltes Haar, schwungvolle Lippen und große, aber nicht sehr tief liegende graue Augen mit einem Schimmer von Grün. Ihre hohe, glatte Stirn deutet eine Festigkeit an, die sich hinter dem äußeren Schein von Sanftheit und Ängstlichkeit verbergen mag. Die groß gewachsene Nase, der ein wenig dick geratene Hals und die schmalen Schultern über einem schmalen Oberkörper würden Wilhelmine von Dietz bei einem Schönheitsvergleich mit ihren Altersgenossinnen benachteiligen und sie bestenfalls auf einen mittleren Rang heben. Ihr sparsames Lächeln allerdings lässt eine reiche, milde Seele ahnen.

101

Berlin, März 1828. Aus dem Tor des Niederländischen Palais kommt Marie Hoffmann und geht Unter den Linden Richtung Charlottenstraße und Friedrichstraße. Sie ist gutbürgerlich gekleidet, eine stattliche Erscheinung, sieht aber verhärmt und verlebt aus, ihre fast grauen Haare sind unter dem Haubenhut geschickt versteckt. An der Ecke Friedrichstraße betritt sie die Konditorei Kranzler, sitzt allein an einem Tisch, trinkt Schokolade und möchte beachtet werden. Ein Herr ihres Alters, der einen freien Platz sucht und sich ihrem Tisch nähert, dreht im letzten Augenblick ab. Niemand spricht sie an.

102

Außen. Tag.

Weg im Schlosspark Ludwigslust. Frühjahr: Bäume und Sträucher noch ohne Knospen.

Herr und Frau von Bülow, beide Mitte dreißig, Arm in Arm, laufen auf die Kamera zu. Hinter ihnen, im Abstand von zehn, zwölf Metern Minna und Carl. Minna mit kindlichem, schüchternem Ausdruck. Carl in Leutnantsuniform mit lässig überlegener Miene.

CARL: Wir haben früher immer du gesagt. Darf ich weiter du sagen, Minna, wie früher, als Bruder?

MINNA: Nun …

CARL: Darf ich oder darf ich nicht?

Minna geht an der Kamera vorbei.

MINNA *(off)*: Ja.

Beide entfernen sich von der Kamera, folgen den Bülows.

CARL *(off)*: Ich wollte … Ich wollte dir schon neulich sagen, wie schön ich dich finde und …

MINNA *(off)*: Das hast du gesagt, ich habe mich sehr gewundert …

CARL *nah, bleibt stehen. Spricht seine Worte stockend und betont:* Ja, du hast dich gewundert, über mich? Meine Worte haben dich bewegt, Minna?

MINNA *nah, stehend. Spricht kindlich trotzig:* Ja, ich habe mich gewundert.

CARL *holt tief Luft, schaut Minna an, dann wieder weg, dann wieder zu ihr:* Minna, du bist, ich weiß nicht, wie ich das sagen soll, wir haben uns so lange nicht gesehen, aber früher schon habe ich dich immer so gerne angeschaut.

Schwenk durch den Park, entfernt das Schloss.

CARL *(off)*: Und jetzt bist du ein junges Fräulein und so schön und klug und bescheiden, und seit meinem Besuch neulich kann ich nicht anders als nur noch an dich denken, Minna.

Schwenk endet auf Minnas ratlosem Gesicht. Sie schweigt. Carl räuspert sich. Sie schweigt. Sie geht weiter, Carl folgt ihr.

CARL: Warum sagst du nichts?

MINNA *geht schneller. Leise:* Ich bin noch nicht konfirmiert.

Totale. Herr und Frau Bülow stehen unter einem Baum und warten auf die beiden. Ca. dreißig, vierzig Meter entfernt Minna und Carl. Er läuft langsam, als versuche er Minna zu bremsen.

CARL *(off)*: Aber in vier Wochen wirst du konfirmiert. Und ich werde wiederkommen, jeden Urlaub möchte ich dich besuchen und kein anderes Fräulein anbeten als dich!

MINNA *(off)*: Carl!

Minna erreicht die Bülows zwei Schritte vor Carl.

FRAU VON BÜLOW: Kommt, Kinder, wollen wir hinüber zur Grotte?

103

Berlin, April 1828. Niederländisches Palais. Boyer kommt mit einem Brief in der Hand zu seiner Frau in die Wohnung.

– Schweigen, sagt der König, hier, von Hofman geschrieben: Besser ausweichende Antworten geben und Minna darin bestärken, dass sie über ihre nächsten Verwandten keinerlei Unruhe hegen muss.

– Armes Ding.

– Sie sei versichert, dass Ihre Majestät die Königin sich für sie einsetzt und so weiter. Und um ihre Liebe und Fürsorge zu unterstreichen, hat Ihre Majestät bereits ein goldenes Kreuz als Konfirmationsgeschenk nach Ludwigslust gesandt. Und Hofman versichert, dass die Familie nichts von Minnas Geheimbrief erfährt.

– In zwei Wochen wird sie konfirmiert, also schreib gleich.

– Natürlich. Sie muss Antwort haben, bevor sie wieder ins Gefängnis kommt.

– Ich würde sie so gerne einmal sehen, im Konfirmationskleid, das junge Fräulein.

– Sogar den Brief von deiner Mutter haben sie zurückgehen lassen.

– Minna ist ihr Besitz.

«Früher waren mir Stammbäume peinlich», erzählte ich Jutta. «Manchmal, an Sonntagnachmittagen nach der zweiten Tasse Kaffee begannen die älteren Verwandten meiner Mutter mit Anekdoten von längst verstorbenen Tanten, Onkeln und sonstigen Ahnen aufzutrumpfen und um die genaue Bestimmung eines Verwandtschaftsgrades oder einer Jahreszahl zu wetteifern. Sie wirkten so komisch entrückt dabei, mit dem Fieber des Ernstes von Briefmarkensammlern oder Schmetterlingsjägern, mit kindlicher Zufriedenheit und einem schmalen unerschütterlichen Stolz in ihrer geschlossenen Welt, in der ein Gott namens Gotha als höchste Autorität galt. Schon als Zwölfjähriger kam mir das ziemlich bizarr vor.

Ich gehörte sowieso nur halb dazu, weil meine Mutter es vorgezogen hatte, sechs Jahre nach dem Krieg einen soliden Apotheker zu heiraten und nicht einen der besitzlosen Herrenreiter. Das sollte kein Makel sein, auch andere aus der Familie von Larisch hatten bürgerlich geheiratet, bürgerlich mit spitzen Lippen gesprochen. Natürlich lehnten sie jeden Dünkel ab. Aber allein mit dem bemühten sachlichen Ton, in dem sie ihre Vorurteilslosigkeit behaupteten, drückten sie etwas anderes aus. Sie hatten, wie ich heute sagen würde, die Mentalität von Burgherren, obwohl sie nicht mal mehr ein Gut besaßen. Sie waren, ohne das betonen zu müssen, die Besseren, Stärkeren, politisch Weitsichtigen, daran gab es keinen Zweifel. Wer, wenn nicht sie, wusste, was sich gehört.

Gegen Ende solcher Kaffeetafeln», berichtete ich Jutta, «kam hin und wieder die Rede auf Karl den Großen, und meistens war es Onkel Curt, der sich herabließ zu sagen: ‹Auch du, Albert, stammst von Karl dem Großen ab.› Mit dem ‹auch du› wurde ich einbezogen, fühlte ich mich geehrt, aber ich wusste nicht, ob ich nun an Karl den Großen glauben sollte wie früher an den Weihnachtsmann und den Osterhasen.

Später wurde ein Durchschlag einer maschinengeschriebenen Stammreihe herumgereicht, die mit dem großen Karl begann und mit meiner Mutter und ihren Geschwistern endete, eine gerade Linie über Ludwig den Frommen, Karl den Kahlen und so weiter, die Grafen von Luxemburg und Limburg bis zur Familie meiner Großmutter. Die lückenlose Reihe mit allen Geburts- und Sterbejahren war beeindruckend, aber bald wunderte ich mich doch, dass die Väter Karls des Großen nicht aufgeführt waren, die im Geschichtsbuch standen, Pippin der Kurze und Karl Martell. Das passte nicht zu dem Ehrgeiz, eine möglichst lange, möglichst bis Adam und Eva reichende Reihe vorzuweisen. Pippin der Kurze als Stammvater wurde von den adelsstolzen Verwandten verleugnet, weil er diesen hübschen Namen trug, über den wir in der Schule die üblichen Witze machten.

Noch später, als mir ein neu getipptes Exemplar dieser Linie geschenkt wurde, ergänzt mit meinem und meiner Schwestern Namen, fand ich alles nur noch peinlich und lächerlich. Mittlerweile wusste ich, dass die Ahnenforschung von den Nazis aufgeblasen, zur Ideologie erhoben und für ihre Verbrechen benutzt worden war. Und dann erfuhr ich, dass ein entfernter Onkel diese Liste um 1940 erstellt hatte. Also war alles klar. Seitdem lag ein unsichtbares Hakenkreuz über der illustren Reihe, obwohl ich irgendwelchen Herzögen von Lothringen oder westfälischen Landdrosten nicht die Vorwürfe machen konnte, die den Nazis zu gelten hatten. Trotzdem war damit alles diskreditiert.»

«Da siehst du mal, was mir die DDR alles erspart hat.»

«Heute weiß man, dass Karl der Große der fleißige Beischläfer von vier Frauen und mindestens sechs offiziellen Konkubinen gewesen ist und gewiss ungezählte Jungfrauen geschwängert hat, der heilig gesprochene Karl. Also sind wir Mitteleuropäer nach rund vierzig Generationen sowieso fast alle seine Kindeskinder.

Der ganze Kleinstolz auf die Abstammung vom Herrscher Europas», sagte ich, «war lächerlich und verdächtig, selbst wenn er mit Augenzwinkern vorgebracht wurde. Deshalb hab ich mich seit der Schulzeit nicht mehr für Familiengeschichten interessiert, für Stammbäume schon gar nicht. Wenn man was über die Eltern und Großeltern wissen will, gut, aber was weiter zurückgeht, ist Nekrophilie, nicht viel mehr, so dachte ich – und jetzt …»

«Und jetzt», sagte Jutta, «bringt diese arme Wilhelmine dich dazu, dass du den Soldatenkönig ausgräbst und bald wieder bei Karl dem Großen landest?»

«Karl ist Fiktion, ein Gespinst der Vergangenheit, eine Legende. Der Soldatenkönig ist ein Fakt. Der ist präsent. Ich kann nichts dafür, dass ein paar Gene von dem in mir rumsausen. Es ist kein Verdienst, von ihm abzustammen, aber auch keine Schande. Ich seh das ganz leidenschaftslos.»

«Das nun gerade nicht.» Sie lachte.

«Du weißt, was ich meine.»

«Ich find es nur lustig: Die schönen Augen einer Berliner Bäckerstochter, der Seitensprung eines holländischen Willem genügen, um alle deine Ansichten und deine Pläne zu ändern?»

«Vielleicht brauche ich die beiden, damit sich bei mir was ändert», sagte ich.

«Aber was?»

«Ich bin endlich aufgewacht, Jutta, ich lebe in der Marktwirtschaft. Man muss wirtschaften mit allem, was man hat, warum nicht auch mit dem eigenen Stammbaum?»

Nein, Jutta verstand mich nicht, sie wollte allein die Minna-Geschichte von mir hören. Mitleid mit Minna, weiter wollte sie nicht gehen. Sie rückte von mir ab, oder ich ließ sie von mir abrücken, mein Ziel war mir wichtiger als ihre Zustimmung. Mein unbeirrbares Interesse an den Willems und Friedrich Wilhelms trennte uns, mein Wunsch aufzusteigen, der nur mit einem tiefen Abstieg zu den entferntesten Vorfahren zu erfüllen war. Gegen Narzissmus, meinte mein Therapeut später, sei nun mal kein Kraut gewachsen.

Nekrophilie, dies Wort war im Gespräch gefallen, ich hatte es so verächtlich gemeint, wie es klang, aber je länger ich darüber nachdachte, desto weniger wollte ich es abschätzig verstehen. Was war schlecht daran, ausgewählte Tote zu mögen, sie in Erinnerung zu halten, Informationen über sie zu sammeln, ihre Namen wenigstens zu nennen und ihre Geschichten aufzuschreiben? Irgendwo hatte ich das Wort Totenpflege aufgeschnappt, das leuchtete mir ein, verabscheuungswürdig war es nicht. Millionen Menschen in aller Welt taten das, allein im Internet war ein weltweites riesiges Archiv der Ahnenforschung entstanden, es gab unendlich viel zu finden und aufzuspüren im Wald der Stammbäume. Ein Dschungel, ein Tummelplatz für Irre und Abenteurer. Die Verehrung der Ahnen hatte es in allen Kulturen gegeben, das war, außer bei den Nazis, kein Widerspruch zur Zivilisation. Warum sollte es dann einem Albert Rusch verboten sein, sich an seinen berühmten Vorfahren aufzurichten?

104

Ludwigslust, Mai 1828. Frau von Bülow und Minna.
– Ich danke Ihnen noch einmal für alles. Es war so schön bei Ihnen. Ich war richtig … ein bisschen glücklich.
Minna weint.
– Wann warst du zum letzten Mal glücklich, Minna?
– Als Kind bei Ommi, da hatte ich einmal das große Los gewonnen und bin den ganzen Nachmittag durch den Garten gesprungen vor Freude. Und neulich, als Carl …
– Was war mit Carl?
– Carl ist so gut zu mir. Er sagt, ich bin das beste Fräulein auf der Welt. Und er will mir helfen und mich schützen.
– Da hat er Recht. Aber ihr habt euch doch nicht etwa … versprochen?
– Ich weiß nicht. Versprochen hab ich nichts. Er wollte sich verloben …
– Verloben?
– Das hat er nur so gesagt, glaube ich.

– Nur so gesagt?

– Er wollte mir schöntun.

– Pass auf, mein Kind, warte noch. Das große Los kommt nicht jeden Tag, aber du wirst es gewinnen, da bin ich sicher.

105

Berlin, Mai 1828. Niederländisches Palais, Boyer diktiert dem Sekretär.

– Der Fiscus, Komma, so schreibt mir der Baron von Jasmund, Komma, verlange für das Einkommen des Unterhaltes für Minna aus den letzten fünf Jahren 70 Friedrichsdor an Steuern, Punkt. Jasmund wünscht die Liquidation auch dieser Summe durch die Staatskasse der Vereinigten Niederlande, Punkt. Ich erlaube mir den Hinweis, Komma, dass die Familie von Jasmund im letzten halben Jahr keinerlei Ausgaben für Minna hatte und dennoch in den Genuss des vollen Unterhaltsbetrages … Nein, das ist zu scharf. Angesichts der Großzügigkeit, Komma, mit der … Nein. Nach meiner Ansicht besteht kein Grund, Komma, dieser Forderung nachzugeben, Komma, zumal … Nein. Wie war der vorige Satz?

– Ich erlaube mir den Hinweis, dass die Familie von Jasmund im letzten halben Jahr keinerlei Ausgaben für Minna hatte und dennoch in den Genuss des vollen Unterhaltsbetrages …

– Ja, lassen Sie das. Gekommen ist, Punkt.

106

Dobbin, Mai 1828. Wohnzimmer, Eltern Jasmund, Carl jr. und Minna.

– ... und dann haben wir uns einfach verlobt, sagt Carl.
Mutter Jasmund schluchzt auf. Vater umarmt die Kinder
und sagt feierlich:
– Gott segne euch!
Die Mutter umarmt beide:
– Gott segne euch!
– Und du liebst ihn auch, unseren Carl?, fragt der Vater.
– Er ist so gut zu mir.
– Wie bitte?, fragt die Mutter.
– Er ist so gut zu mir, sagt Minna lauter. Er hat mich ange-
schaut und ...
– ... und da war es um dich geschehen, nicht wahr, Kind?
So war es auch bei mir damals, mit deinem Pflegevater, dei-
nem Vater. Ich weiß es noch wie heute!
– Ihr Glücklichen!, sagt der Vater. Ich dachte immer schon,
dass ihr gut zusammenpasst.
– Aber, jetzt hört mir gut zu, Kinder, sagt die Mutter. Das
muss erst einmal ein Geheimnis bleiben, Minna ist eben
konfirmiert und noch nicht sechzehn. Das darf vorläufig
niemand wissen. Niemand außer uns vier glücklichen
Menschen. Auch niemand in der Familie, die Geschwister
nicht und auch Frau von Donop nicht. Habt ihr das ver-
standen?
– Ja.
– Ja.
– Versprochen?
– Ja, versprochen.
– Ja.
– Jede Liebe, die eine wirkliche Liebe ist, wächst durch
Schweigen, sagt der Vater. Er umarmt die beiden noch ein-
mal.
– Habt ihr euch etwa schon geküsst?, fragt die Mutter.

166

– Nein, sagen beide gleichzeitig.

– Gut, sagt die Mutter, dann dürft ihr euch jetzt küssen.

Beide sind verlegen, Carl drückt seinen Mund auf Minnas Lippen.

– Und mit diesem Kuss habt ihr besiegelt, dass ihr euch treu sein wollt ein Leben lang, sagt die Mutter.

– Und dass ihr einstweilen mit niemandem über euer großes Geheimnis sprechen werdet außer mit uns, sagt der Vater.

– Nun geht, ihr glücklichen Kinder. Aber lasst euch nicht ertappen!

Carl und Minna verlassen das Wohnzimmer.

Mutter und Vater fallen sich in die Arme.

– Ach, die Guten!, sagt sie.

– Wer hätte gedacht, dass es so schnell geht.

– Die Jugend von heute.

– Es war deine Idee, Carl nach Ludwigslust zu schicken.

– Nein, das muss man Carl lassen, auch er war nicht abgeneigt.

– Was tut's, das Glück hat viele Väter.

– Les épaulettes attirent la femme.

Mutter Jasmund summt die Melodie «Wir winden dir den Jungfernkranz mit veilchenblauer Seide».

107

Zwei Bilder der Caroline von Jasmund, geborene von der Goltz:

Caroline als junge Frau, 1803 gemalt in Neustrelitz: schön, selbstbewusst, zum Vorzeigen, im blauen Kleid mit weißen Puffärmeln, weitem Ausschnitt, Brusttuch. Viel blasse Haut, viel Schulter, ein schlanker energischer Hals, ein keckes Gesicht. Kaum abgestuft gegen die dunkle obere rechte Ecke des Bildes die dunkelbraunen Haare: hochgesteckt, unter einem Haarband kommen die Locken hervor, sorgfältig wild verteilt auf der Stirn und vor den Ohren. In der Mitte eine lange schöne gerade Nase, große, etwas ängstliche Augen und ein schmaler, leicht zugekniffener, frecher Mund.

Solche Bilder sind wie üblich geschönt, Bewerbungsunterlagen für den Heiratsmarkt, da wird die Nase begradigt, die Wange gerötet, die Augenbraue betont, die Schulter der Ideallinie angepasst sein. Das Bild ist von einer Frau gemalt, einer Kammerrätin Eggers, und die dürfte mit ihren Pinselstrichen der jungen Goltz-Tochter oder den Auftraggebern, den Eltern, gewogen gewesen sein oder gewesen sein müssen. Trotzdem liegt eine gewisse Härte in dem sanften Porträt. Der geschlossene, fast verkniffene kleine Mund verrät: Die hat einen Willen, die ist so schnell nicht kleinzukriegen, die kämpft.

Oder sieht das nur, wer ihre spätere Geschichte kennt? Was sagt ein Bild mehr als ein Bild? Ein schönes Mädchen von etwa zwanzig Jahren, Tochter eines Freiherrn und einer Freifrau, schaut heiratsbereit, unternehmungslustig, selbstbewusst und verschmitzt kokett den Betrachter an, den potentiellen Bräutigam. Nichts, was ihren Charakter entschlüsseln könnte. Vielleicht weiß sie schon, dass sie bald den mecklenburg-strelitzschen Kammerherrn von Jasmund heiraten wird. Aber sie kann nicht wissen, was wir von ihr wissen. Es fällt kein Schatten einer Ahnung auf ihr Gesicht, dass sie mit dem Mann acht Kinder haben, in Schulden versinken und in Hinterpommern versauern wird, bis die Rettung naht in Gestalt eines Mädchens, das so ahnungslos wie sie oder noch ahnungsloser und hilfloser als sie sein wird.

Das zweite Bild: eine Zeichnung, mindestens dreißig Jahre später. Eine Großmutter mit Biedermeierhaube und Halstuch im hochgeschlossenen dunklen Kleid in einem Sessel mit Schnitzwerk, die Hände über dem Bauch gefaltet. Sie hat die großen Aufregungen hinter sich, sie ist zufrieden, sie schaut verschmitzt. Die auffällig lange Nase, die kühlen Augen, das zarte Gesicht und die verkniffenen schmalen Lippen erinnern an das Jugendbild. Die Schäfchen sind im Trockenen, die Scheunen gefüllt, der Kampf um Minna ist gewonnen. Der Mund wirkt bissig. Grübchen, Doppelkinn und die mit gestreckten Fingern gefalteten Hände, da könnte, wer spekulieren mag, das Teuflische in diesem Großmütterchen entdecken wollen.

108

Den Haag, Mai 1828. Schloss. Hofman und Goltz.
– Sie sind also dafür, Herr Regierungsrat, dass mein Schwager zu uns reist, um mit Ihnen über alle Einzelheiten zu sprechen?
– Ich bin nicht dagegen. Ich finde es nur etwas früh. Das Kind ist eben konfirmiert.
– Gerade das finde ich sehr klug von meinem Schwager. Gesetze soll man dann machen, wenn man sie nicht braucht. Jetzt ist Minna so gut wie im heiratsfähigen Alter, aber kein Bräutigam in Sicht, da kann man noch in aller Ruhe über die Mitgift und die schwierigen Fragen der Abstammung, des Wappens und der Erbschaften verhandeln. Ein guter Vormund schaut voraus. Ich finde das sehr fürsorglich von ihm, und es zeugt für seinen Respekt vor dem Hof. Stellen Sie sich vor, da wäre schon ein passender Herr,

und wir müssten unter Druck diese komplizierte Sache unter Dach und Fach bringen, das wäre für Sie auch kein Vergnügen, Herr Regierungsrat.

– Nun gut, ich gebe Ihnen Recht. Ich weiß schon, es wird nicht einfach, ein nicht eheliches Kind in eine standesgemäße Ehe zu befördern. Soll er kommen.

109

Außen. Tag.
Totale: Wiesenweg, Waldrand, blühende flache Landschaft.
Entfernt zwei Frauen, näher kommend.

FRAU VON DONOP *(off)*: Du bist ein richtiges großes Fräulein geworden. Ludwigslust hat dir gut getan.

MINNA *(off)*: Ja, vielleicht.

DONOP *(off)*: Und seit du konfirmiert bist, behandelt dich deine Pflegemutter mit noch mehr Liebe, und du blühst richtig auf.

Minna nah, stehend, schluchzt auf. Frau von Donop legt Hand auf Minnas Schulter.

DONOP: Was fehlt dir?

MINNA: Mein Herz ist voll.

DONOP: So sprich.

Minna schaut sich um, als suche sie einen Platz zum Sitzen. Als wolle sie sich ins frische Gras werfen. Aber mit der Gouvernante ziemt sich das nicht.

MINNA: Ich kann nicht.

DONOP: Geheimnisse?

Minna nickt. Frau von Donop macht einen Versuch, Minnas Wange zu streicheln, schrickt aber sofort zurück. Sie gehen weiter.

DONOP: Geheimnisse müssen Geheimnisse bleiben.

Minna schluchzt. Pause. Kamerafahrt auf eine Birke, vom Stamm langsam zur Spitze.

MINNA: Eins darf ich Ihnen verraten. Aber Sie dürfen mit keinem Menschen darüber reden.

DONOP: Gut, versprochen.

Totale. Landschaft, in der Ferne blitzt der See.

MINNA *spricht aufgeregt (off)*: Ich habe in Ludwigslust einen Brief an meine Eltern in Berlin geschrieben und sie gefragt, wer meine wirklichen Eltern sind. Zehn Wochen hab ich gewartet, es kam keine Antwort, und ich dachte schon, der Brief sei verloren gegangen oder sie wollten nichts von mir wissen. Und dann kamen zwei Antworten, da stand wieder, dass die Königin der Niederlande sich um mich kümmert und dass meine Eltern gute Eltern von Stand gewesen sind. Warum haben Vater und Mutter Boyer so lange gebraucht, um mir das zu schreiben, was sie mir immer schon gesagt haben?

DONOP *stehend, nah*: Ich weiß es nicht, Minna.

MINNA *stehend, nah*: Können Sie nicht einmal für mich schreiben?

DONOP *stehend, nah*: Das darf ich nicht, Minna, das haben mir deine Eltern ausdrücklich verboten.

Sie gehen weiter, sich entfernend.

MINNA *(off)*: Dann weiß ich nur noch eins. Ich will einen Bräutigam und Beschützer, der mir hilft, meine Eltern zu finden.

DONOP *(off)*: Ja, das ist gut. Eines Tages wird ein solcher Ritter vor dir stehen.

Mein Schweizer Freund war der Einzige, mit dem ich unbefangen über Preußen reden konnte. Alle Deutschen wichen, wenn ich das Thema anzutippen wagte, entsetzt zurück, als hätte ich die Pest, oder bekamen den selig-verklärten Blick, der mich sofort abschreckte. Verehrer oder Hasser, mit beiden ließ sich nicht reden. Meine schreibenden Altersgenossen waren viel zu sehr mit der Jagd auf die neusten Trends beschäftigt, und nicht nur Jutta reagierte allergisch auf den Soldatenkönig. Nur vor Schoppe konnte ich die Früchte meiner Lektüren ausbreiten.

«Seit der Schulzeit», sagte ich, «hab ich alles, was unter dem Namen Preußen lief, instinktiv abgelehnt. Finster war das alles, rückschrittlich, gewaltsam. Die Schlachten, der Gehorsam, der Militärstaat, der Gleichschritt der Soldaten und Beamten, darin konnte ich trotz Toleranz und Aufklärung nur die tieferen Ursachen für die späteren Katastrophen sehen.»

«Aber die Toleranz, da waren sie doch Avantgarde ...»

«Trotzdem, ich wollte niemals in diese düstere Geschichte hinabsteigen. Jede nähere Beschäftigung mit den reaktionären Gesellen wäre mir unnütz und verdächtig erschienen, ich hatte genauso reagiert wie die meisten Leute heute: Vorsicht, Preußen-Pest! Und es musste erst ein Emigrant kommen wie Haffner, um mein Preußen-Bild zu entstauben.»

«Und die sogenannten Tugenden?»

«Die habt ihr 68er doch sowieso in den Müll geworfen! Außerdem hab ich ja noch einen Großvater gehabt, der diese sogenannten Tugenden mit fritzischer Starrheit vertreten hat. Das reichte.»

«Und jetzt reicht ein Soldatenkönig, und alles kommt wieder hoch?»

«Nein, Schoppe, jetzt eigne ich mir alles selber an. Früher hatte ich keine Ahnung, aber jetzt könnte ich bei einem Quiz über die Napoleonischen Kriege oder Friedrich Wilhelm I. schon einen Blumentopf nach Hause tragen.»

«Und was hast du Neues gelernt?»

«Kann ich dir sagen: Man darf den Königen keinen Vorwurf machen, dass sie nach den Ideen ihrer Zeit gehandelt haben – und nicht nach denen des 20. Jahrhunderts. Wenn du Preußen vergleichst mit den andern Staaten in Europa – es ist ein moderner, fortschrittlicher Staat gewesen, vielleicht der beste, den es im 18. Jahrhundert neben den USA gegeben hat, wenn du die Abschlachtung der Indianer und die Sklaverei vergisst. Der erste Staat in Europa, der Religionsfreiheit gewährt, der erste, der Hexenprozesse und Folter verbietet – und die Schulpflicht einführt. Und im Prügeln und Kujonieren war es anderswo nicht besser. Erst mit der Reaktion auf Napoleon, seit 1815, wird Preußen reaktionär, romantisch, nationalistisch, bis zu dem idiotischen Wilheminismus und zum verdienten Untergang. Das ist der Januskopf, der Widerspruch, Schwarz und Weiß in einem.»

«Gut und Böse nicht zu trennen, diese Richtung?»

«Nein! Doch zu trennen! Es befriedigt meine Eitelkeit, dass ich nur von den Herrschaften abstamme, die für die erste, die gute, die vorbildliche Phase zuständig waren.»

«Schwein gehabt, Albert, das musst du ausschlachten!»

110

Den Haag, Juni 1828. Schloss. Julia von der Goltz schreibt an Hofman.

Mein Schwager ist ein grundrechtschaffener Mann mit einem kindlich freundlichen Gemüthe, wohlwollend

und zutraulich von Natur, aber er ist oft betrogen wor-
den, hat sich oft getäuscht, wenn er hat fein sein wol-
len. Bei dem redlichsten Willen, hellen Kopf und einer
Menge theoretischer und praktischer Kenntnisse hat er
– nach meiner Überzeugung – eine Menge Mißgriffe
getan und hat nie wozu kommen können und wird es
auch nie. Er war vom ersten Augenblick an sehr gut für
Minna und meint es auch so. Er hat auch vollkommen
recht, daß es nöthig ist für sie gewisse Punkte festzu-
stellen. Jemand der ganz anders in der Welt anfing und
so heruntergekommen ist ohne etwas Böses getan zu
haben wenngleich vielleicht Unvorsichtigkeiten, die
sind vielleicht zu entschuldigen, weil er etwas empfind-
lich ist – ein oft gekränktes Gemüth sieht oft etwas für
willentliche Kränkung an, welches den Glücklichen und
Geehrten nicht rührt und nicht rühren kann.

111

Den Haag, Juni 1828. Schloss, Büro von Hofman, der mit
Carl von Jasmund verhandelt.
– Auch darüber werden wir uns einigen, Herr Baron, sagt
Hofman.
– Gewiss, Herr Regierungsrat.
– Und welche Fragen wünschen Sie noch zu klären?
– Ich habe hier eine Liste. Darf ich?
– Ich bitte darum.
– Also. Woraus ist Minnas Adel zu ersehen? Welches Wap-
pen soll sie führen? Wie hoch ist ihr Vermögen? Wird ihr
zukünftiger Gemahl, wer immer es sei, darüber verfügen?
Stirbt sie, ohne Kinder zu hinterlassen, wer erbt dann ihr
Vermögen? Werden die mecklenburgischen Erbgesetze

dann den holländischen angeglichen? Erbt ihre leibliche Mutter in diesem Fall mit? Darf Minna nach Berlin gehen, solange ihre leibliche Mutter lebt? Wie ist mit der leiblichen Mutter zu verfahren, wenn sie die Gattin des Herrn von Maltzahn werden sollte? Fallen dann alle möglichen Kollisionen weg?

– Ich sehe, Sie haben sich gut beraten lassen.

– Ohne Juristen kommt man heutzutage nicht weiter.

– Fangen wir mit dem Einfachsten an. Der Adel der Wilhelmine ist aus dem Taufschein eindeutig erkennbar. Ihr Wappen soll, das haben Seine Majestät entschieden, das der Stadt Dietz sein. Über die Einzelheiten sprechen wir später. Außerdem werden Ihre Majestäten geruhen, das Fräulein vor seiner eventuellen Hochzeit in den Stand einer Gräfin zu erheben.

– Ich danke und bin sehr erfreut über diese Güte Ihrer Majestäten.

– Was die leibliche Mutter angeht, Herr von Jasmund, so bleibt es dabei: Wilhelmine hat Berlin zu meiden, jede Art Verbindung zu dieser Mutter wird von der Königin ebenso wenig gewünscht wie vom König.

– Auch das ist in meinem Sinne.

– Die Vermögens- und Erbschaftsfragen sind ein wenig komplizierter. Darüber sollten wir morgen sprechen. Sind Sie einverstanden, Herr Baron?

– Selbstverständlich.

112

Berlin, Juni 1828. Niederländisches Palais. Boyers beim Frühstück in ihrer Wohnung.

– Heute hat sie Geburtstag, sagt Boyer.

– Mein Gott, sechzehn Jahre.

– Es wundert mich immer noch, dass sie auf unsern Brief nicht geantwortet hat.

– Bestimmt ist er nicht mehr angekommen in Ludwigslust und die Jasmunds haben ihn abgefangen.

– Ich glaube eher, dass sie ganz furchtbar enttäuscht von uns ist. Wir haben sie belogen, und das merkt sie.

– Wir hatten die Pflicht zu lügen, Rudolf.

– Für sie ist das kein Unterschied.

– Hör auf, dich immer wieder zu quälen wegen Minna. Wir haben alles Menschenmögliche getan.

Dobbin war auf der Karte leicht zu finden. Auf halbem Weg nach Rostock, fünf Kilometer neben der Autobahn, direkt von der Abfahrt Linstow auf der Landstraße nach Krakow zu erreichen. Jutta und ich fuhren an einem Sonntagmorgen, eine schwache Septembersonne lag über Mecklenburg, und ich hoffte einige Gräber zu entdecken, ein Gutshaus oder andere Hinweise auf die Jasmunds. Und wenn es keine Spuren gab: Es blieb die Landschaft zu erkunden, in der Minna gefangen war.

Von weitem machte Dobbin ein schönes Bild, wir stiegen an der Landstraße aus dem Auto. Eine Gegend zum Fotografieren: Der Kirchturm zwischen den milden Hügeln der Felder und Wiesen nicht weit vom Krakower See, eine Lindenallee führte ins Dorf. Niedrige Katen, hässliche und verfallene Häuser, da und dort ein Storchennest. Es gab keine Mitte des Ortes, roh und zerrissen und wie von hundert Feindschaften geteilt wirkte das ganze Dorf. Jutta kannte das zu gut aus ihrer Wismarer Gegend, sie wäre am liebsten gleich weitergefahren.

Die Kirche erhöht über der Straße mit neuem Dach und brüchigem Mauerwerk aus Backsteinen. Innen feucht und vernachlässigt, ohne jedes Zeichen auf die früheren Patronatsherren Jasmund. Der Friedhof mit allen Varianten der scheußlichsten Grabsteine, aber kein einziges Grab aus dem 19. Jahrhundert.

Neben der Kirche eine Familiengruft, darüber ein Wappen der Familie, die nach den Jasmunds das Gut Dobbin besessen hatte. In irgendeinem Brief hatte ich gelesen, Wilhelmine sei in der Gruft beigesetzt. Wir fragten Leute, die neben der Kirche wohnten, nach einer Kerze, wurden freundlich bedient und stiegen über Geröll, Buschwerk und Müll eine Wendeltreppe zur unteren Gruft hinab.

In der Finsternis stießen wir auf eine Mauer, die offenbar erst vor kurzer Zeit, nach der Wende, gesetzt war. Nirgends ein Hinweis, wessen Gebeine hinter der Mauer ruhten. Auf einer Seite, zwischen Gerümpel, lagen drei leere, verbeulte, brüchige Zinksärge. Sofort dachte ich an Wilhelmine und ihre beiden früh gestorbenen Kinder. Ich hörte sie sagen: Hier musst du nicht weitersuchen, Albert.

Ein Gutshaus gab es nicht, offenbar war es schon vor rund hundert Jahren abgebrannt oder abgerissen. An seiner Stelle stand ein dreistöckiges Patrizierhaus im Stil von 1910, das eher in eine Kleinstadt als in das Dorf gepasst hätte und nun als Schullandheim diente. Dahinter ein vernachlässigter Park, der in Wiesen und Wald überging. Hier konnte ich mir Minna und ihre Kinder vorstellen.

Den einzigen Beweis, dass die Jasmunds einst in Dobbin gewesen waren, entdeckte ich an der Rückwand einer riesigen baufälligen Scheune. Das Dach eingestürzt, nur noch wenige Balken und Dachlatten ragten in die Luft, ein Rest Reetdach hing daran, abgerissen, ausgefranst, eingesun-

177

ken. Hohle Fenster, vernagelte Türen, Bruchstücke von Eternit vervollständigten das traurige Bild. Auf der zum Park gewandten, drei Stockwerke hohen Scheunenwand kündeten auf dem Backsteinrot die rostigen Initialen von dem Erbauer und ersten Besitzer: C. v. J. 1835. Alles war abgesperrt, die Scheune musste bald einstürzen oder abgerissen werden, das letzte Zeichen der Jasmunds im Schutt begraben.

Jutta war heilfroh, als wir das öde Nest verließen.

Auf dem Rückweg, kurz vor Neuruppin, als ich wieder einmal vom Soldatenkönig schwärmte, foppte mich Jutta mit dem Vorschlag, ich solle doch auch mal bei der Familie Hoffmann nachforschen. Vielleicht seien die Bäckersleute ja enge Verwandte von E. T. A. Hoffmann gewesen, hätten etwa zur gleichen Zeit in Berlin gelebt, vielleicht sei Marie eine Cousine oder Nichte des Dichters, das müsse ich doch recherchieren. Vielleicht sei ich nicht nur ein Nachkomme des holländischen Königs, sondern auch des großen Dichters!

Heute kann ich mir nicht erklären, warum ich über diesen Witz nicht lachen konnte. Ich fühlte mich angegriffen und beleidigt. Offenbar hauste ich schon so tief in meinem Königswahn, dass der Humor mich nicht mehr rettete. Ich beschimpfte sie, schrie sie an:

«Du verstehst überhaupt nichts davon. Du verstehst nichts von der nötigen Verbissenheit, die man dabei haben muss! Mir geht es doch nicht um die Prominenz der Vorfahren, sondern um ihre Geschichte! Und die treffende Zubereitung dieser Geschichte! Hoffmann, was soll ich denn mit den Hoffmanns! Der eine Brief von Marie ist doch viel mehr wert als alle möglichen Verwandtschaften und Onkelschaften!»

Lange konnte ich mich nicht beruhigen. Ich fühlte mich fremd neben ihr. Ich verwünschte sie nach Schwerin.

113

Den Haag, Juni 1828. Schloss. Goltz und Carl von Jasmund beim Souper.

Carl von Jasmund: Der Gutsverwalter war von mittlerem Wuchs, weder mager noch rundlich, hatte jedoch ein etwas dickliches Gesicht mit einem eher verdrießlichen als traurigen Ausdruck. Er galt als Menschenfreund und guter Familienvater. Sein für gewöhnlich in die Ferne gerichteter Blick, seine scheinbar gleichgültige Haltung schienen auf Tiefe zu deuten, verdeckten aber auch den Augen seiner Schwägerin nicht, dass er zuweilen recht ungeduldig auf seinen Vorteil bedacht war. Seine geschmeidigen Manieren, seine metallische Stimme, seine Blicke, in denen sich mehr Servilität als Freundlichkeit zeigte, machten ihn für Julia nicht zu einem sympathischen, geschweige denn begehrenswerten Mann. Sie war jedoch vollkommen einverstanden damit, dass dieser Mann der Gemahl ihrer älteren Schwester geworden war.

– Sie sehen heiter aus, lieber Schwager, kommen Sie gut voran?

– Besser, als ich gedacht hatte.

– Hofman ist gut vorbereitet, und Ihren Majestäten liegt wirklich viel am Wohlergehen des Kindes.

– Sie ist ja nun kein Kind mehr.

– Recht haben Sie. Bald werden die Kavaliere von ganz Mecklenburg nach Dobbin pilgern. Gibt es denn schon einen jungen Edelmann, auf den Sie reflektieren?

– Nein.

– Es wäre ja auch reichlich früh. Aber das wird keine leichte Aufgabe für Sie als Vormund, wenn die jungen Herren Minna den Hof machen.

– Ich weiß.

– Gerade deshalb, und das soll ich Ihnen im Namen Ihrer Majestäten noch einmal mitteilen, müssen die Vereinbarungen geheim bleiben und wirklich erst bei einem ernsthaften und geprüften Bewerber aus der Schublade gezogen werden.

– Selbstverständlich.

– Nicht dass da einer dem armen Ding den Kopf verdreht und es nur auf das Vermögen abgesehen hat.

– Gott bewahre.

114

Dobbin, Juni 1828. Wohnzimmer. Frau von Jasmund und Minna.

– Liebe Mutter, ich habe eine Bitte.

– Sprich, mein Kind.

– Ich bin nun sechzehn und verlobt außerdem, ich möchte, wenn Sie erlauben, meine Briefe nicht mehr Ihnen zeigen müssen.

– Was hast du zu verbergen?

– Ich, ich habe nichts zu verbergen.

– Wie bitte?

– Ich habe nichts zu verbergen.

– Warum soll ich sie dann nicht lesen?

– Weil es meine Briefe sind und ich kein Kind mehr bin.

– Mein Liebes, jetzt pass mal sehr gut auf! Auch wenn du sechzehn bist, musst du immer noch deinen Eltern gehorsam sein. Wenn du eines Tages verheiratet bist, dann ist das

180

etwas anderes. Dann wird dein Mann dein Gebieter und Begleiter und Beschützer sein. Aber bis dahin haben wir die ganze Verantwortung für dich, ich betone: die ganze, und da hast du zu tun, was wir für richtig halten.

– Aber wenn ich Carl schreibe, zum Beispiel?

– Nun gut, da können wir eine Ausnahme machen. Die Briefe an Carl kannst du mir verschlossen geben.

115

Den Haag, Juni 1828. Schloss, Hofman in seinem Büro mit Jasmund.

– So, Herr von Jasmund, und nun noch einmal Punkt für Punkt.

Erstens Minnas Adel, das haben wir geklärt, das müssen wir nicht noch einmal durchgehen.

– Ja.

– Zweitens das Vermögen. Bei einer standesgemäßen Heirat, wenn diese sich der Zustimmung Ihrer Majestät der Königin der Niederlande als Beschützerin des Fräuleins von Dietz zu erfreuen hat, wird derselben ein jährliches Einkommen von 10 000 Gulden zugesichert. Außerdem erhält sie Zinserträge aus einer Schuldverschreibung der Niederlande im Nennwert von 400 000 Gulden. Die Schuldverschreibung bleibt allein in ihrer Verfügung und darf nicht veräußert, kann jedoch nach ihrem Tod ihren möglichen Kindern vererbt werden, die erst bei Volljährigkeit daraus Nutzen ziehen können und somit die Zinsen aus dem gleichen Kapital erhalten.

Drittens, die Fragen der Verfügung. Eine Gütergemeinschaft mit dem künftigen Gemahl gibt es nicht, doch können Regelungen arrangiert werden, nach denen ein Teil dieser Zinserträge, der die Hälfte nicht überschreiten darf, für den Haushalt verwendet werden. Sollte Wilhelmine von Dietz kinderlos sterben und noch vor ihrem Gatten, dann fällt das Kapital an die Königin der Niederlande zurück. Wenn der Gemahl seiner Gattin stets mit Liebe und Achtung begegnet sein sollte, behält er bis zur Hälfte ihres Einkommens. Einverstanden?

– Selbstverständlich.

– Viertens. Das Kapital ist gemäß den niederländischen Gesetzen zu verwalten.

Fünftens. Im Falle der Heirat werden noch 100 000 Gulden bestimmt für ein Hochzeitsgeschenk. Außerdem wird der Gräfin von Dietz eine Mitgift von 50 000 Gold Courant zugedacht werden.

Sechstens. Die Fragen hinsichtlich der leiblichen Mutter, das bleibt wie gestern besprochen.

– Ich danke Ihnen, Herr Regierungsrat.

– Danken Sie dem König und der Königin.

– Ich bitte, den Majestäten meinen ergebensten Dank auszurichten.

– Das werde ich tun, Herr Baron. Im Übrigen dürfen Sie bei dieser heiklen Angelegenheit nicht davon ausgehen, dass unsere Vereinbarung mit Unterschrift, Datum und Siegel versehen wird. Sie erhalten das Protokoll, und im Übrigen gilt das Wort Ihrer Majestäten.

– Selbstverständlich. Ich hatte nichts anderes erwartet. Eine Frage noch: Und wenn meine liebe Frau nicht mehr Pflegemutter sein wird durch eine mögliche Heirat von Wilhelmine und wir kein festes Einkommen mehr haben, wäre es dann möglich, an eine Pension zu denken, meines Wissens hat die alte Frau Schefer seinerzeit auch …

– Das können wir brieflich klären.

– Verbindlichsten Dank, Herr Regierungsrat.

– Wann reisen Sie?

– Übermorgen.

– Ein kurzer Besuch.

– Ich habe meine Pflicht getan, so hoffe ich.

Ein Buchhändler wagte es, fast ein Jahr nach Erscheinen der *Fähre von Caputh*, mich zu einer Lesung einzuladen. Er hatte den Termin im Frühjahr verschieben müssen, nun war es Anfang Oktober, zwei Tage nach dem Tag der Einheit, das passende Buch zum Thema, Semesterbeginn, und das in Göttingen. Nur sieben Lesungen hatte ich mit der *Fähre* absolviert, bei *Fasching mit Elvis* waren es etwa dreißig gewesen, obwohl es, verglichen mit 1985, dreimal so viele Lesungen im Lande gab und die Verlage ihre Autoren von Stadt zu Stadt und von einer Buchhandlung zur nächsten scheuchten.

Die achte und letzte Lesung, trotzdem reiste ich nicht als Verlierer an. Seit der Wilhelminen-Stoff mich beschäftigte, war jenes nagende, lähmende Minderwertigkeitsgefühl kaum noch aufgetaucht, das die letzten Misserfolge begleitet hatte. Als hätte die Entdeckung der Verwandtschaft mit den Oraniern und den alten Preußen-Königen dem Selbstbewusstsein ein neues Gerüst verschafft, als seien neue Energien in mir erwacht, die gegen die üblichen Kränkungen der Erfolglosigkeit schützten. Ich war bereits so überzeugt, mit diesem Stoff einen Bestseller zu erwirtschaften, dass ich die Pleite mit den 1439 Exemplaren nicht mehr bejammern musste. Auf der Fahrt im schnellen Zug, eine Biographie über den Soldatenkönig lesend, gefiel mir der Gedanke: Wenigstens die

Göttinger halten zu mir, wenigstens ein Fan in Göttingen!

Vom Hotelzimmer rief ich, um meine Ankunft zu melden, den Buchhändler an. Nach den Begrüßungssätzen holte der Mann, der so tat, als kennten wir uns seit vielen Jahren, zu einer längeren Rede aus.

«Ich will es Ihnen jetzt schon sagen, Herr Rusch, es wird heute leider die letzte Lesung sein, die ich veranstalte. Ich werde meine Buchhandlung zum Jahresende aufgeben. Warum, das kann ich Ihnen ja heute Abend erzählen. Ich hatte schon überlegt, die Lesung abzusagen, aber dann dachte ich, das wäre unfair Ihnen gegenüber, wir hatten ja schon mal die Verschiebung im Frühjahr. Und dann, warum nicht eine letzte Lesung mit Albert Rusch? Mit der *Fähre* in die Zukunft, gewissermaßen? Ich habe zwar keinen Werbeetat mehr und konnte nicht mehr so richtig die Trommel rühren, aber meine Stammkunden werden kommen, und Sie werden ein aufmerksames Publikum haben. Ich hole Sie dann gegen halb acht ab.»

Aha, dachte ich, als ich aufgelegt hatte, das passt ja wieder. Jetzt wirst du schon zu Beerdigungen eingeladen! Weit hast du es gebracht!

Es war zu spät, den guten Mann anzubrüllen.

Ich ging hinunter auf die Straße, um mich gegen die Bilder zu wehren, die durch den Kopf stürzten: wachsende Remittenden auf den Honorarabrechnungen, Bestellblocks ohne Bestellungen, ausgeräumte Buchläden, leere Regale, verschlossene Türen, das signalrote Schild «Ladenräume zu vermieten» auf verschmierten Schaufensterscheiben, arbeitslose hochmotivierte Damen und Herren zwischen Aachen, Anklam und Ahlen, von deren Neugier und Tüchtigkeit ich ein paar Jahre gelebt hatte. Das Idyll schwand dahin, die Vertreibung aus dem gemütlichen Buchmarkt war in vollem Gange, und ich musste mich beeilen, eine passende, eine sichere Marktlücke zu besetzen.

Es zog mich in Richtung Fußgängerzone, schon traf mich der zweite Schlag. Auf einer Litfaßsäule klebte ein Plakat mit dem Foto des populärsten Jungautors. Sein Auftritt sollte am gleichen Abend stattfinden. Herr von F. liest natürlich im Audimax!

Na, dann wollen wir uns mal auf das Stammpublikum freuen, dachte ich.

Alles Selbstbewusstsein war dahin, ich sah mich am Boden, vernichtet. Da half kein König mehr. Meine Laune verdunkelte sofort jede Wahrnehmung. Göttingen war nun die hässlichste aller Städte. Häuser mit anbiederndem Fachwerk, Kettenläden, brave Boutiquen, Ramschbuden, dreckige Uni-Gebäude in engen Gassen, alles schien mir abstoßend, schäbig oder falsch aufgeputzt. Nicht einmal den Erinnerungstafeln an jedem zweiten Haus für berühmt gewordene Männer, die während des Studiums dort gewohnt hatten, ließ sich etwas Originelles abgewinnen. Die Lokale mit ihren Einheitsspeisekarten lockten mich nicht, obwohl ich Hunger hatte. In jedem Gesicht, das mir begegnete, vermutete ich die Schminke kleinstädtischer Selbstzufriedenheit. Vor Schuhgeschäften waren die neusten Billigmodelle ausgestellt, überall die gleichen hochhackigen Treter mit eisenverstärkten Kappen: Trend 2000. Beim bloßen Anschauen fühlte ich mich von den Trägern solcher Schuhe angegriffen, in die Ecke getreten und floh in die Seitenstraßen. Mein Bestseller sollte der Trend 2000 werden, nicht diese Militärstiefel! Ich blieb vor einem Sexshop stehen, um auf andere Gedanken zu kommen.

Als auch das nicht half, lief ich weiter und hielt bei

einem Antiquariat an, vor dem Kisten mit Ramschbüchern aufgebaut waren. An solchen Wühltischen fürchte ich immer, *Jungfernheide* oder andere Titel mit dem eigenen Namen zu entdecken, auf meine Bedeutungslosigkeit gestoßen zu werden und dann im Kopf den alten Sermon von der Vergänglichkeit zu hören. Diesmal wagte ich, das Angebot näher zu betrachten, fand aber nichts Aufregendes. Als ich gehen wollte und noch einmal ins Schaufenster sah, hing mein Blick an dem Titel *Preußen ohne Legende* fest.

Das Buch hatte ich zu Hause, trotzdem dachte ich: Her mit den Preußen! Schmeiß dich auf die Preußen! In der gleichen Sekunde fiel mir Schoppes Satz ein: «Schwein gehabt, Albert, das musst du ausschlachten!» Ich blieb noch zwei, drei Minuten vor dem Laden stehen, um die Klarheit meiner Erleuchtung zu fassen: Die alten Preußen mussten die Hauptsache meiner Arbeit werden, die Preußen und ich, das ist der einzige Weg aus dem Elend der Misserfolge! Die Geschichte der armen Minna ist nicht so wichtig, wichtig bin erst mal ich und sonst niemand!

Zwei Stunden später hörten mir elf Damen und drei Herren zu, darunter der Buchhändler. Ich las eine Stunde und beantwortete die üblichen Fragen. Vier Bücher wurden verkauft und signiert. 1443 rechnete ich und wusste, dass ich mich belog, denn seit der letzten Abrechnung waren gewiss noch mehr Exemplare zurückgeschickt worden, die reale Verkaufszahl lag, wenn ich Glück hatte, vielleicht bei 1200. Danach stand eine Weinstube auf dem Programm, fast alle Besucher kamen mit. Der Buchhändler erklärte, er werde nur den Laden aufgeben, nicht den Beruf, er übernehme ein Buchkaufhaus in Frankfurt. Ich dachte: Gut, da wird sich meine Königstochter besser verkaufen. Nach zwei Fragen zur *Fähre von Caputh* war von anderen Autoren die Rede, die in Göttingen gelesen hatten. Ich wünschte mir das Buch über den Soldatenkönig herbei. Eine schielende Lehrerin schwärmte von *Fasching mit Elvis*. Der Rotwein schmeckte besser als die Unterhaltung. Ich beschloss, Friedrich II. in Zukunft Friedrich den Großen zu nennen. Die Leute kannten sich und redeten mehr und mehr unter sich, Klatsch und Tratsch aus der Stadt. Die Lesung war nur ein Anlass für ein Treffen netter Menschen gewesen. Am liebsten hätte ich gefragt: Wer von Ihnen kennt die militärhistorische Bedeutung der Schlacht von Malplaquet? In den achtziger Jahren, dachte ich, waren die Gespräche anregend und der Rotwein schlecht, heute ist es umgekehrt.

Kurz nach elf traten mit großem Hallo zwei Paare an den Tisch, die Männer Mitte, die Frauen Anfang fünfzig, und auf die Frage «Wie war's denn?» sprachen alle vier, sich in Begeisterung überbietend:

«Rappelvoll, mehr als tausend Plätze, und in den Türen standen sie noch, die halbe Uni war da.»

Der eine der Männer, stark grauhaarig, entschuldigte sich bei mir, er sei ein leidenschaftlicher Rusch-Leser und hätte den Termin fest reserviert gehabt, aber er und seine Kollegen, sie seien nun mal leider Lehrer und müssten sich leider um das kümmern, was die heutigen Schüler beschäftige.

«Und wenn ich die frage, was sie freiwillig lesen, dann sagen sie: von F. Also muss ich da hin, tut mir Leid. Wie war es denn bei Ihnen?»

Ohne die Antwort abzuwarten, begann er zu schwärmen, wie von F. sein Publikum unterhalte und provoziere, sehr witzig, sehr schlagfertig, obwohl er eigentlich nichts zu sagen habe. Als einer der Stillen in der Tischrunde einwandte, das sei doch wirklich nur geschäumter Quark, was der schreibe, und eine Dame erwiderte, das fänden die Studenten und die Schüler gerade cool, brach ein Streit aus über Kriterien, Jugend, Kultur, Fernsehen, Computer, Oberfläche, Lesen und Leistung.

Ich hörte ein paar Minuten zu, dann stand ich auf und verließ das Lokal. Niemand folgte.

Aus der Schwebe eines spannenden Traums wurde ich vom Telefon gerissen. Der Buchhändler entschuldigte sich für seine unsensiblen Stammkunden. Ich sagte, es sei kurz vor neun. Nun entschuldigte er sich, mich geweckt zu haben.

Ich kam zu früh am Bahnhof an, kaufte eine Zeitung, stieß sogleich auf die gestapelten Bücher des jungen Konkurrenten, stellte die Reisetasche ab, schlug ein Exemplar auf und begann darin zu blättern.

Ich sah auf die Uhr, elf Minuten bis zur Abfahrt, also konnte ich noch sieben Minuten lesen. Mein Eindruck verfestigte sich zu einem Urteil: Der Kerl schreibt flott und schlampig, seine Kunst besteht darin, sich über andere auf möglichst läppische Weise lustig zu machen. Eine einzige Seite imponierte mir: der Rücken des Buches mit den Daten und Orten der Lesetour, rund sechzig Termine in zweieinhalb Monaten.

Das Buch legte ich zurück und dachte, als ich durch die Unterführung zum Bahnsteig lief: Und jeden Abend hat von F. tausend Leute! Warum heißt er überhaupt von F.? Das Von ist sicher nicht die einzige Attraktion, aber das scheint ein spezieller Kick zu sein. Ein Kerl aus dem Adel, der ein Aristokrat sein könnte, spielt sich zum Pöbelbuben herunter. Ohne das Von wäre F. nur die Hälfte wert, ohne sein Von wär er nicht in die Bestsellerlisten aufgestiegen, in die Studios und die größten Säle der Universitäten, ohne sein Von gäbe es den gar nicht! Der vermarktet sogar seinen billigen Adel!

Als der Intercity-Express einfuhr, durchzuckte mich der nächste Blitz der Erleuchtung: Als Spross der alten Preußenkönige musst du deine Abstammung vermarkten! Dein verstecktes Von raushängen lassen! Mit dem Soldatenkönig wuchern! Mit König Willem die Charts stürmen! Nicht das Buch bringt den Erfolg, sondern dein Name! Nicht die Qualität zählt, nicht mal die Qualität deines Bestsellers, sondern allein deine Präsenz in den Medien! Inszenierung statt Inhalt! Nicht *fiction*, sondern *action*! Was du sagst, ist egal, Hauptsache, du wirst gefragt, was du sagst!

Keine originelle Idee, kein genialer Plan, und doch die radikale Abkehr von meinem altmodischen Autorenbild. Mit dem Namen musst du beginnen, dachte ich, als ich in den Wagen 5 stieg. Als Albert von Larisch anfangen und offensiv werden. Wenn es das heutige Namensrecht schon früher gegeben hätte, könntest du als Arnim oder Bülow oder Graf Schwerin auftreten, im mütterlichen Stammbaum gibt es genug illustre Namen zur freien Auswahl.

Auf jeden Fall muss etwas Neues her, eine neue Legende, eine neue Karriere, dachte ich, als ich den Platz Nummer 41 suchte, dann wirst du bald in der ersten Klasse sitzen. Die Richtung war klar: Schlag Profit aus deiner Abstammung, Albert! Mach dich zum König!

Der Zug hielt nicht länger als die vom Fahrplan vorgegebenen zwei Minuten im Göttinger Morgenwind, und doch verdanke ich diesen hundertzwanzig Sekunden die Erkenntnis, die ich später meine Göttinger Wende nannte. Nicht gegen den Strom schwimmen, das ist von gestern. Nicht mit dem Strom schwimmen, das tun fast alle. Nein, schneller als die Strömung sein, das ist die Zukunft!

Der Neid auf den Starautor verflog schon während der Fahrt. Zwischen Wolfsburg und Spandau klappte ich das Buch über den Soldatenkönig zu und überlegte, was ich als Vierzigjähriger lernen könnte von diesem Zwanzigjährigen. Wenn seine rotzige Art zu schreiben die Massen anzieht, mit Von oder ohne Von, muss es ein Rezept für diesen Erfolg geben, der sich nicht nur der Rotzigkeit verdankt. Vielleicht ist es die Unbekümmertheit, die auch nur eine raffinierte Pose ist.

Ein paar Stunden später rief ich Schoppe an und erzählte ihm von meinem Göttinger Schock, aber nichts von meiner Erleuchtung. «Ist das noch Literatur? Oder was ist das Geheimnis unseres Kollegen von F., was meinst du?»

«Literatur sollte man es schon nennen», sagte er in seinem schweizerischen Schiedsrichterton. «Ist halt eine Art zu schreiben, in der keine Welten, Dinge und Menschen mehr entfaltet und erzählt werden, wie unsereiner das versucht, sondern sie sind einfach da, wie sie aus dem Fernsehen oder sonstwo her bekannt sind.»

«Flinke Phrasen und Schnappschüsse.»

«So plump ist das nicht, Albert. Diese Texte schaffen keine Welten mehr, sondern bewegen sich in einer vorgeformten Welt, im Dschungel der Waren, ohne Zweifel, ohne Skepsis, und versuchen mit einer ziemlich dämlichen Ironie komische Effekte zu erzielen. Alle andern lächerlich machen und sich selbst damit hochjubeln.»

«Das zieht immer.»

«Der Witz ist aber, es geht gar nicht um diese Texte, sondern der Autor ist das Ereignis, der um den Text herum sein Marketing betreibt oder betreiben lässt. Also ist das reiner Pop. Und du wirst ja nicht so blöd sein, nach dem tieferen Sinn des Pop zu fragen.»

«Nein, werd ich nicht. Danke für die Aufklärung. Und was meinst du, welche Rolle spielt sein Adel dabei, sein Von?»

«Der i-Punkt, ein zusätzlicher Showeffekt, mehr nicht.» Schoppe bestätigte mich, ohne von meinen Plänen zu ahnen: Erfolg hat fast nichts mit dem Text, aber fast alles mit der Person zu tun.

«Bis bald», sagte ich, «da müssen wir noch mal ausführlich darüber reden.»

Alles passte zusammen, ich war beglückt über die Klarheit meiner Ziele. Aus dem Göttinger Schock und der Göttinger Erleuchtung musste die Göttinger Wende folgen: erst einen Namen machen, zur Attraktion für die Medien aufsteigen, dann das Buch fertig schreiben.

Dieser Plan hatte den Vorteil, dass ich vorläufig nicht entscheiden musste, wie der Bestseller oder das Drehbuch ausgeschmückt werden sollte. Ob ich Karlas Forderungen nach Kostümen, Küssen, Kutschen oder Juttas Vorstellungen von einem sachlich distanzierten Mädchendrama folgen sollte. Nicht das Karla-Konzept war die Lösung, nicht das Jutta-Konzept.

Es gab nur die eine, die männliche Lösung: die Abstammung zu Geld machen, die Direktvermarktung der eigenen Person vorantreiben.

Mit halber Kraft arbeitete ich weiter an den Entwürfen der Roman-Szenen.

116

Dobbin, Juni 1828. Minna in ihrem Zimmer.
Sie deklamiert leise und unbeholfen eine Ossian-Ballade.
– Ist irgend nicht ein günstig Licht,

Das mich hinführe, wo ermattet
Von der Jagd jetzt mein Geliebter ruht.
Aber hier sitz ich auf moosbewachsnem Fels
Am Strom allein: Du Strom, du Wind,
O tobt doch nicht so laut,
Ich höre meiner Liebe Stimme nicht ...
Geht zu ihrem Schreibsekretär, legt sich ein Blatt Papier
zurecht, schraubt das Tintenfass auf, nimmt den Gänsekiel
und schreibt.

> *Lieber Carl! Eben denke ich, dass ich Dir schon wieder
> schreiben will, obwohl ich gerade gestern geschrieben.*
> Sie steht auf, geht durch das Zimmer, setzt sich wieder
> hin. *Nein, es kränkt meine Seele nicht einen winzigen
> Augenblick, wenn ich Deine Stimme nicht höre und
> von Dir nur einen Brief in der Woche erhalte und ich
> Dir fast jeden Tag meine Zeilen schicke, denn mein
> Herz ist so glücklich, wenn ich Dir nur immer schrei-
> ben darf, wann ich es will.* Sie steht auf, geht durch das
> Zimmer, setzt sich hin. *Es ist ein solches Glück zu
> schreiben, was die Seele singt, am Strom der Seele zu
> sitzen und die Gefühle einfach hinfließen zu lassen für
> Dich und mich und ohne dass ein anderer Mensch et-
> was davon weiß.* Sie steht auf, geht durch das Zimmer,
> setzt sich hin. *So will ich Dir am liebsten jeden Mor-
> gen, jeden Abend und in jeder wachen Stunde sagen,
> wie sehr ich an Dich denke und wie mein Herz ...*

117

Dobbin, Juni 1828. Die Eltern Jasmund abends auf der Bank
vor dem Haus.
– Ich bin so stolz auf dich, Carl.

– Es war wirklich einfach, dank deiner lieben Schwester. Es ging alles ohne laute Worte ab, wir haben nicht ein einziges Mal disputieren müssen.

– Du bist ein Held!

– Du hast die beste Schwester der Welt.

– Sie war schon immer die Tüchtigste von uns allen. Nur schade, dass sie nie einen Mann gefunden hat. Nicht mal in Holland. Oder hat sie etwas angedeutet?

– Nein.

– Was meinst du, wie lange sollen wir es noch geheimhalten?

– Sechs oder acht Wochen mindestens.

– Und wann sagen wirs den Kindern?

– Erst ein, zwei Wochen vorher, im August. Sie sollen ihr süßes Geheimnis noch ein bisschen für sich haben.

118

Den Haag, Juli 1828. Schloss. König und Julia von der Goltz.

– Sie sind ein guter Vater, Majestät.

– Bald geht die Prinzessin Marianne aus dem Haus, da kann ich bei meiner letzten Tochter doch nicht knauserig sein.

– Sie haben Wilhelmine fast so gut versorgt wie die Prinzessin.

– Natürlich. Sie wird es schwerer haben. Aber woher wissen Sie das?

– In den Gesprächen, die wir mit Hofman hatten, sind die Zahlen gefallen, nebenbei.

– Da Sie es nun wissen, halten Sie es bitte geheim.

– Selbstverständlich, Majestät.

– Wilhelmine wird es schwer genug haben. Ich hätte sie gern hier, aber jetzt, wo ich mich mit den Katholiken herumschlagen muss, geht es noch weniger. Mein Ruf ist schlecht genug in Brüssel. Ein Gerücht über dieses Kind, schon wären die südlichen Provinzen nicht mehr zu halten. Als wären die Calvinisten nicht schon schlimm genug!
Er schweigt.
– Früher hätten Sie jetzt gesagt: Küssen Sie mich!
– Richtig. Heute bin ich, was ein König nicht sein darf, traurig.
– Soll ich gehen?
– Nein. Ich wünsche, dass Sie mir heute den Befehl geben.
– Küssen Sie mich, Majestät.

119

Dobbin, August 1828. Familie Jasmund mit Minna und Frau von Donop vollzählig beim Essen.
– Und nun möchte euch Carl noch eine ganz besondere Mitteilung machen, sagt der Vater. Steh auf, Carl!
Carl erhebt und räuspert sich.
– Meine lieben Eltern! Meine lieben Geschwister! Ich will euch, wie Vater schon sagte, eine ganz besonders erfreuliche Mitteilung machen. Ich habe nämlich, ich meine, wir haben, also Minna und ich, wir haben uns verlobt.
– Hurra, schreit Bruder Helmuth.
– Bravo, rufen die jüngeren Geschwister und klatschen in die Hände.
Minna errötet. Die Gouvernante, Henriette und der achtzehnjährige Friedrich scheinen am meisten verwundert. Die anderen trommeln mit den Händen auf den Tisch.

Mutter Jasmund stimmt ein Lied an: Wir gratulieren, wir gratulieren.

Nach dem Lied ruft Helmuth:

– Jetzt setzt euch aber zusammen!

Die anderen, außer Friedrich und Henriette, im Chor:

– Setzt euch zusammen, setzt euch zusammen!

Henriette muss aufstehen und den Platz für Carl freimachen. Minna errötet, als Carl neben ihr sitzt und seine rechte Hand auf ihre linke legt.

– Habt ihr euch schon geküsst?, fragt die zehnjährige Tina.

Die Jüngeren kichern.

– Tina!, ruft die Mutter. Wir wollen uns freuen, dass Minna jetzt ganz in unsere Familie gehört.

– Und wir wollen Gott dafür danken, sagt der Vater, und dem jungen Paar alles Gute wünschen mit dem Lied «Viel Glück und viel Segen».

Alle singen, auch Minna.

120

Dobbin, August 1828. Minna in ihrem Zimmer mit Frau von Donop.

– Minna, ich gratuliere dir von ganzem Herzen und wünsche dir Gottes Segen, aber warum hast du mir nie etwas gesagt … von Carl.

– Ich durfte nicht, das war doch das Geheimnis.

– Was heißt, du durftest nicht, hat dein Verehrer dir das Wort verboten?

– Nein, die Eltern. Wir hatten uns verlobt in Ludwigslust, und die Eltern wollten, dass wir nichts sagen.

– Das verstehe ich, aber warum musstet ihr euch gleich verloben?

– Carl war so schnell, er war so gut zu mir. Er hat mich angeschaut mit seinem festen Blick, da konnte ich nicht nein sagen.

– Du bist gerade sechzehn, du hast doch Zeit.

– Aber wenn wir Hochzeit halten, werde ich bestimmt etwas von meinen Eltern hören. Dann bin ich eine Frau und niemand kann mich mehr behandeln wie ein kleines dummes Kind.

– Ach, Minna.

In einem Café am Gendarmenmarkt saß ich als mein eigener Karriereberater. In den Tagen nach Göttingen hatte ich mit drei Büchern mein Preußen-Bild weiter entstaubt und poliert und fühlte mich wie ein Experte – über diesen Teil der deutschen Geschichte hätte ich schon mitreden können. Die Theorie war gefestigt, jetzt ging es an die Praxis: Ich versuchte, mich neu zu programmieren.

Zuerst musste das Preußen-Gelände sondiert und Berlin mit frischem Blick vermessen werden, mit forschendem, familiärem und Immobilien-Blick. Ich meinte die Stadt hinreichend zu kennen, seit dem Fall der Mauer auch die Mitte bis in die langweiligsten Nebenstraßen, aber nun fixierte ich zum ersten Mal meine Wahrnehmung auf alles, was nach Preußen aussah, und fand mich schon bei den ersten Ausflügen reich belohnt.

Zentraler Ort meines neuen Kultes wurde der neu hergerichtete Gendarmenmarkt. Da ich nun ungefähr wusste, wann die Dome und das Schauspielhaus gebaut worden, wann die Hugenotten nach Berlin gekommen, welches die beliebtesten Salons in der Charlottenstraße gewesen waren, begann ich die magische Anziehung der alten Bauten erst richtig zu spüren. Was ich bisher als gefällige Kulissen betrachtet hatte, wurde durch den informierten und familiär gefärbten Blick lebendig und von einem neuen, erhebenden Gefühl aufgeladen.

Am Gendarmenmarkt ließ sich am besten beobachten, was für eine Wohltat das Alte sein konnte, sogar wenn es rekonstruiert war. An keinem anderen Platz wirkten die Touristen so entspannt wie hier. Selbst die Leute ohne das gelangweilt-interessierte Staunen im Gesicht und ohne Fotoapparate atmeten auf, wenn sie in die Nähe der beiden Dome und des Schauspielhauses kamen. Sogar die eiligen Städter, Damen mit Einkaufstüten, Büromenschen auf dem Weg zum Lunch, liefen langsamer und ließen mindestens einmal die Blicke gefällig in die Runde schweifen. Dies Gefühl, mit dem Alten einverstanden zu sein, das ist es, was du anbieten musst, notierte ich. Es gibt so viele Gendarmenmärkte, du musst sie den Leuten nur zeigen.

Ich lernte Gebäude zu sortieren: Was königlich preußisch war, sah ich mit verliebten Augen an, was kaiserlich preußisch war, kam mir unbedeutend vor, und was danach entstanden war, ließ mich gleichgültig. Alles, was schön ist in Berlin, so spitzte sich mein fröhlicher Gedanke zu, haben meine Ahnen bauen lassen oder gefördert.

Nicht allein die Pracht der Schlösser, die unter der Regentschaft der Vorväter oder des Ururururururgroßonkels Fritz entstanden waren, nicht allein das Brandenburger Tor oder das Schloss Bellevue, die Onkel Friedrich Wilhelm II. hatte bauen lassen, alles bekam nun einen zarten familiären Anstrich. Mein Blick spiegelte sich im Ensemble der klassizistischen Bauwerke Unter den Linden und im unermesslichen Schaffen der Knobelsdorff-Langhans-Schadow-Schinkel-Rauch-Truppe, das ohne die großväterlichen Gönner und Auftraggeber nicht möglich gewesen wäre. Was die Touristen schätzten am alten Berlin und was sogar mürrische Berliner mit Stolz betrachteten, war nicht anders als durch königliche Befehle zustande gekommen. Was als sehenswürdig galt, Lindenoper, Zeughaus, Alte Bibliothek, Lustgarten, Tiergarten und die Parks bis zu den Bildern in den Museen, alles war der Tatkraft der alten Preußen und ihrer Könige zu verdanken. Und dann erst Potsdam!

Bald konnte ich nicht mehr anders: Wohin ich blickte, war das Preußische schon da. Nicht abstrakt, nicht historisch entrückt, sondern als etwas Greifbares, Ansichtskartenbuntes, was mit mir zu tun hatte und was sich leicht aneignen ließ. Ich hob ab und schwebte wie ein beschenkter Erbe durch Berlin und Potsdam. Wenn ich aus meiner Hinterhauswohnung kam, auf die Straße trat und das Schloss Charlottenburg hinter den Bäumen liegen sah, war der erste Gedanke: Das gehört mir, jedenfalls ein Stück davon. Was ich auf meinen Streifzügen zwischen Oranienburg und Wusterhausen entdeckte, war dank einiger Paarungen, Befruchtungen und Geburten auf eine lächerliche, aber reale und nicht mehr zu vergessende Weise mit mir verbunden. Wie einer, der ein paar Aktien einer großen Bank besitzt und an einer Filiale oder am Hochhaus der Zentrale vorbeigeht und sich als Eigentümer fühlt, so sah ich mich als Anteilseigner des Brandenburger Tores, des Kronprinzenpalais und der Pracht von Sanssouci.

Natürlich wehrte sich meine Vernunft, solange sie konnte, gegen diesen Wahn. Ein paar Kubikzentimeter Blut, eine Handvoll Gene bedeuten kein Anrecht auf Aktien und Anteilscheine, das war klar, auf Schlösser schon gar nicht. Alle Besitz-Gedanken waren ein narzisstisches Spiel, nichts weiter. Diese dünne, lächerliche Abstammung, bilde dir bloß nichts drauf ein, sagte die Vernunft. Was sind die paar Gene von einem Friedrich Wilhelm in der Masse der Gene von allen anderen Ureltern, nichts! Und was sind schon Gene, du bestehst doch nicht allein aus deiner DNA! Und selbst wenn diese Gene im Gleichschritt von Generation zu Generation mit geringen Verlusten durchmarschiert wären bis zu dir, möchtest du so ein Trottel wie Friedrich I. gewesen sein oder so ein armseliger, weitsichtiger Tyrann wie der Soldatenkönig? Na also.

Doch es half nicht. Ich konnte nicht mehr lassen von diesem Spiel. Der Wunsch, mich zu erheben, war stärker als alle Argumente. Je mehr sich die Vernunft wehrte, desto weniger vermochte ich mich den neu entdeckten Wonnen des genealogischen Schauders zu entziehen. Das bisschen Blut reichte, die königlichen Einbildungen und besitzergreifenden Phantasien weiter sprießen zu lassen. Auch die leichten Brisen der Ironie schützten nicht, denn es war ja schon ein Spiel, das ich da trieb, und kein Ernst, den es zu unterlaufen galt.

Es hatte gar keinen Sinn zu sagen: Das ist Vergangenheit, das ist zweihundert Jahre oder länger her, begraben und vorbei, vergiss es und vergiss deine ollen Könige! Denn die ollen Könige waren überall präsent und riefen: Hier bin ich! Nicht nur Straßen, ganze Stadtviertel, U-Bahn-Stationen waren nach ihnen benannt. Man konnte sich in den inneren Bezirken keine dreihundert Schritte bewegen, ohne auf einen Namen oder ein Denkmal aus der Geschichte zu stoßen.

Selbst wenn ich zu Hause blieb: Im Fernsehen täglich mindestens ein Bericht mit einem Schloss oder preußischen Säulen im Hintergrund. In den Zeitungen jeden Tag eine kleine oder größere Geschichte über die Könige oder

einen ihrer Gärtner oder Architekten oder Künstler oder
sonstigen Knechte. Kein gefälliges Detail über die Langen
Kerls, alte Leuchter oder Schlosskamine ließ man sich entgehen. Täglich, erzählte mir Jutta, gibt die Stiftung Preußische Schlösser und Gärten mindestens ein Bulletin für die
Presse heraus und liefert das Futter. Ob es Sophie Charlotte und Leibniz, die Charité oder den Denkmalschutz betraf,
Kartoffeln oder Chodowiecki, den Tiergarten, die Schulpflicht oder alte Handwerksbetriebe, die Berichte über neue
Anschaffungen, Sanierungen, Restaurierungen in den
Schlössern, jeder Satz, der darüber geschrieben wurde, be-
zeugte den steigenden Wert und die Attraktivität der preußischen Vergangenheit.

Nicht allein die Lokalpresse pflegte diese Hofbericht-
erstattung. Die Königinnen und Könige, die Prinzen und
Prinzessinnen, die alten Geschichten und Gemäuer waren
allgegenwärtig, im Fernsehen, im Internet, in der Werbung, in Buchhandlungen, in Prospekten, auf Bierflaschen
und in den Foyers der großen Hotels. Es war unmöglich,
ihnen zu entkommen. Sie wurden lebendig gehalten, sie
waren dabei, sie spielten mit.

Und das Schönste war, die königlichen Alten ärgerten
und erregten die ganze Stadt – das zeigten die hitzigen Debatten um den Wiederaufbau des Schlosses mitten in Berlin. Da, wo sie einst gewohnt und repräsentiert hatten,
spukten sie herum. Selbst da, wo sie fehlten, stritt man um
sie. So viel Kraft ging noch von ihnen aus, dass sogar die
politischen Fronten durcheinander gerieten, so viel Leidenschaft, dass niemand gleichgültig blieb. Vordergründig
wurde um Architektur und Geld, über Barock und Stadt-
planung, über DDR-Schutz und Denkmalschutz gestritten
– die größte Provokation aber war die Leere, die das alte

200

Preußen hinterlassen hatte. Eine skandalöse Leere in der Mitte der Stadt, die gefüllt werden musste. Entweder mit nachgebauter Tradition oder mit einem gigantischen Triumph über die Tradition, den jedoch niemand überzeugend entwerfen konnte. Obwohl bis auf ein paar Grundmauern alle Spuren verwischt waren, obwohl längst entmachtet und begraben, beherrschten die alten Könige das Zentrum und die zentralen Debatten der Hauptstadt.

Sie waren nicht totzukriegen. Also waren sie nicht tot. Also konnten sie neue Energien stiften. Also war das Motto klar: auf ihre Seite wechseln, ihre Partei ergreifen, mich an ihnen aufrichten und als preußischblauer Albert Rusch meinen Aufstieg beginnen!

An allen Kultstätten der Preußenliebe trieb ich meine Marktstudien, in Rheinsberg und Caputh und in den von Touristen überfüllten Berlin-Shops Unter den Linden. Die größte Entdeckung aber waren die Museumsläden. Mehr als das Schloss Charlottenburg mit seinen hundert Sälen, Möbeln, Bildern, mit Scheinlogen und Scheinmarmor und Porzellankabinett, Eichengalerie und Goldener Galerie gefiel mir, ich gebe es zu, der Museumsladen.

Zum ersten Mal kam ich an einem normalen Dienstagmittag und war überrascht, wie viele Kunden sich hier drängten und in aller Ruhe das Angebot prüften. Sie kauften nicht nur Bücher, Ansichtskarten, Kalender, Plakate und Reproduktionen von Reproduktionen. Es gab feinstes Porzellan mit Schinkel'schen Motiven, Büsten und Bildnisse von Friedrich dem Großen und der Königin Luise in allen Größen, Zinnsoldaten und Porzellanfiguren, Bildbände über die Gärten und Parks und Schriften über die sonderlichsten historischen Gestalten. Teure Seidentücher mit

201

schwarzen Adlern darauf, nachgefertigte alte Spiele, Gläser und Tassen, CDs und Hörcassetten, Schirme, Kerzen und Einkaufstaschen schienen besonders begehrt zu sein. Alles war zu haben, Gedenkmünzen, Tonpfeifen, Schachbretter mit Militärfiguren, Tabaksdosen, mundgeblasene Kristallgläser mit der Handschrift der Königin Luise, Friedrich der Große als Nussknacker und eine kleine Garnisonkirche aus Gips.

Ich besuchte diesen Laden nun öfter, mal morgens, mal mittags, mal abends, niemals war er leer. Die Kundschaft bestand nicht nur aus entzückten Rentnern, gerade auch Leute in meinem Alter und jünger wollten offenbar mehr als ein paar Ansichtskarten nach Hause tragen. Ich beobachtete sie alle. Sie mochten ein, zwei Stunden lang die Räume des Schlosses durchschritten haben, sie fühlten sich gebildet, sie wirkten entspannt und zahlungskräftig und suchten sich nun zu belohnen mit einem sinnlichen Gegenwert, einem kleinen Stück Preußen für den Hausgebrauch, als Geschenk oder zur Erinnerung.

Den Laden im Schloss gab es noch nicht lange. Schon im ersten Jahr, fand ich heraus, hatte man hier fast eine Million Umsatz gemacht, der Umsatz stieg schneller als die Aktien des Neuen Marktes, und mittlerweile wurden viele Artikel im Versandgeschäft abgesetzt. Vielleicht, dachte ich, ist dieser Laden eine Ausnahme. Aber in Sanssouci oder im Deutschen Historischen Museum war es nicht anders, selbst in Caputh und Rheinsberg wurden neben Katalogen und Büchern auch die Kopien preußischer Reliquien gut verkauft.

Ganz klar sah ich nun, was das für meine Karriere bedeutete, und sprach mit Schoppe darüber. Vor ihm deckte ich meine Karten auf, meine Beobachtungen, meine Pläne.

«Es gibt eine fast im Verborgenen blühende Preußen-konjunktur. Da wächst ein Markt vor sich hin, unterschätzt und kaum bemerkt von der Öffentlichkeit und den Marketing-Experten. Auf das Produkt Preußen, das Produkt Gute Könige, das Produkt Schöne Königinnen wartet ein enormes Kundenpotential.»

«Der Mensch braucht seine Souvenirs, Albert, na und? Bei der Kunst ist das schon länger so: Kunst ist nicht mehr unantastbar. Die Leute wollen wenigstens ein Plakat, einen Katalog, am liebsten aber eine Replik besitzen, wenn sie nach Hause gehen.»

«Aber wenn sie jetzt immer mehr nach der Historie greifen, Schoppe, dann wollen sie mehr als Preußen zum Anfassen. Sie suchen Sinn. Da kommt ein tiefes Bedürfnis nach Vorbildern, nach Werten, nach einer gesicherten Vergangenheit zum Vorschein.»

«Verständlich. Selbst die schlimmsten Preußen waren ja nicht so schlimm wie die harmlosesten Nazis. Man will an eine schönere Geschichte erinnert werden. Man sucht eine nicht von Verbrechen besudelte Geschichte. Ist doch in Ordnung, oder?»

«Als Deutscher dürftest du das nicht laut sagen, Schoppe.»

«Gerade nach der Wiedervereinigung ging das ja erst richtig los.»

«Egal warum, egal wann, eins steht fest: Immer mehr Menschen wagen es, die Könige und Königinnen in den Museen, Schlössern und Mausoleen zu besuchen und ihr Interesse auf diese mehr oder minder goldene Vergangenheit zu lenken. Wo, wenn nicht hier, suchen sie Geschichte zum Aufrichten, zum Genießen, zum Träumen.»

«Und da willst du mitmischen?»

«Das ist ein Markt mit Marktlücken, die werd ich besetzen. Noch fehlt eine Leitfigur, die Preußen aktualisiert und das Preußen-Bild modernisiert. Medientauglich, historisch beschlagen und frech zugleich. Und wenn der als eine Art Preußensohn auftreten kann mit einem wohlklingenden Stammbaum, umso besser.»

«Du gehst ja ran! Gratuliere! Endlich deinen deutschen Geschichtskomplex abgelegt!»

«Ohne dich wär ich noch nicht so weit.»

«Hör auf mit Komplimenten. Sonst geb ich dir gleich eins zurück. Für diese Rolle bist du jedenfalls besser geeignet als diese schlaffen und verwöhnten Buben aus den abgesetzten Königsfamilien, da hab ich keine Zweifel.»

«Wenn alle auf den Neuen Markt setzen, werde ich eben auf den uralten Markt setzen. Was wir brauchen, ist: Monarchen-Marketing. Wir leben noch in der primitiven Abwehrhaltung gegen den Adel, die wir von euch alten Achtundsechzigern übernommen haben …»

«Ich bin unschuldig, ich war ganz brav in Basel.»

«*Mitteilung an den Adel* hieß damals so ein Buch, eine Absage an den Adel, eine Kampfansage, absolut unproduktiv. Unsere Gesellschaft schreit nach Orientierung, Werten, Hilfen – und ihr kann genau das gegeben werden: Die Preußen haben fast alles auf Lager, was uns fehlt. Das wahre preußische Erbe ist viel zu kostbar, um es den Historikern und den rechten Fundamentalisten zu überlassen. Man muss es ein bisschen entrümpeln, ein bisschen polieren, in schmissige Formeln bringen und neu auf den Markt werfen. Nicht als Antiquität, sondern als heutiges Produkt, geschöpft aus dem Reichtum der Vergangenheit, befreit aus den Nischen der Museumsläden!»

«Das war schon eine gute Antrittsrede, Albert. Gleich aufschreiben!»

Adel, so steht es in meinen Notizen von damals, ist keine Frage der Ideologie oder des Stolzes, nicht einmal des Blutes, sondern muss eine Marke werden, ein Produkt.

Jeder schlägt heute Profit aus seinem Wahn, seinem Spleen, warum nur ich nicht?

Von heute aus klingt es so, als hätte ich meine neue Rolle systematisch vorbereitet. Nein, nach den Göttinger Anstößen geschah alles instinktiv. Ich hatte sogar von F. vergessen. Nachdem die Skrupel einmal gefallen waren, folgte ich meinen Trieben. Ich roch, was in der Luft lag, und ich roch, dass ich gebraucht wurde.

Vielleicht wäre ich nicht so weit abgedriftet, wenn Jutta mich auf meinen Touren durch Berlin und durch die Museumsläden begleitet hätte. Von den ehrgeizigen Plänen hätte auch sie mich nicht abgebracht, aber es hätte mir vielleicht gefallen, manchmal von ihrer Ironie aus den königlichen Himmeln geholt zu werden. Jutta hatte keine Zeit für mich, auch bei ihr veränderte sich alles. Die Stelle in Schwerin war ihr nach einigem Hin und Her angeboten worden, Lokalreporterin, ab 1. Januar. Sie war halbwegs glücklich darüber und fuhr jedes Wochenende nach Mecklenburg, um eine Wohnung zu suchen.

Wir sahen uns selten in diesem turbulenten Oktober, hin und wieder für eine Nacht. Und da mochte ich sie nicht mit meinen Überlegungen behelligen. Sie wollte irgendwann den Roman lesen, einen guten Frauenroman, sagte sie, auch historisch-kritisch garniert. Aber nichts von einer kalkulierten Karriereplanung hören und schon gar nicht im Bett von alten Preußenkönigen belästigt werden.

Der Frauenroman rückte in den Hintergrund. Seit der Göttinger Wende war ich fest entschlossen, nicht mehr über die richtige, die optimale oder marktfreundlichste Form für die Minna-Geschichte nachzudenken. Karla-Version oder Jutta-Version, konventionell oder nicht, mit vielen historischen Details oder nicht, romantisch oder schmissig, all diese Fragen, mit denen ich mich wochenlang aufgehalten hatte, waren Fragen von gestern, altmodisch, nebensächlich. Darauf kam es nicht an.

Ich sah nur einen Weg: mich selbst in den Vordergrund spielen, den Namen Rusch berühmt machen, ein Medienprinz werden.

121

Den Haag, August 1828. Schloss. Hofman und Frau von der Goltz.

– Verzeihen Sie, dass ich Sie so spät noch rufen ließ, sagt Hofman. Hier, drei Briefe. Dieser ist für Sie von Ihrer Schwester. Hier schreibt Ihr Herr Schwager an mich, es geht um Verlobung und Hochzeit, und hier bittet der junge Mann, Ihr Neffe, bei der Königin um die Hand des Fräuleins. Das ging ja alles wie der Blitz in Mecklenburg.

– Mein Neffe? Ich bin ... geplättet, wenn ich das so sagen darf.

– Sie wussten nichts?

– Nicht das Geringste.

– Hat Ihr Herr Schwager eigentlich eine Andeutung gemacht, dass Ihr Herr Neffe in Betracht gezogen wird?

– Nicht die geringste.

– Liebe Frau von der Goltz, Sie sollten dem König die Sache zum Vortrag bringen. Es wird nun doch mehr und mehr eine Familienangelegenheit, es sind alles Ihre nächsten Verwandten. Ich kann da keinen Rat mehr geben. Wenn

es um den Ehevertrag geht oder andere Formalia, bin ich
zu Diensten.

122

Julie von der Goltz an Seine Majestät Wilhelm I., 26. August 1828:

2 Tage vor meiner Abreise aus Den Haag erhielt ich diese drei Einlagen. Meine Überraschung war groß wie meine Verlegenheit, und dazu gesellten sich bald noch mehrere peinliche Gefühle, welche I. M. in meiner Lage begreifen werden. Doch zur Sache. I. M. werden sich erinnern daß ich bald, nachdem Minna zu meiner Schwester gekommen war, Ihnen, da Sie einmal von einer möglichen Heirat derselben mit einem meiner Neffen sprachen, sagte, daß ich, im Falle Neigung dabei wäre, gewiß nichts dagegen hätte, daß aber meine Schwester ganz anderer Meinung sei. Als mein Schwager hier war, fragte ich ihn, ob sich denn irgend jemand gefunden, auf den er für Minna reflektiere u. er versicherte mich vom Gegenteil. Nun habe ich zwar kein Recht und keine Ursache, ihn der Unwahrheit zu beschuldigen und hoffe und glaube auch, daß er nicht an seinen Sohn dachte – aber die bloße Möglichkeit, daß Jemand und besonders I. M. es vermuten könnten, macht mich unglücklich. Dies ist Eins. Das Zweite ist daß ich es Unrecht finde, daß meine Schwester nichts von diesem Schritt des Sohnes weiß (da ich gar nicht weiß, wie sie darüber denkt). Das Dritte ist, daß, nach meiner Ansicht, Jasmund noch gar nicht von der Sache mit Minna hätte sprechen sollen, ehe er hierher schrieb, und Endlich das Letzte sind die jungen Leute selber.

Carl Jasmund der älteste Sohn meiner Schwester ist 22 Jahre alt im nächsten Monat. Er ist groß und stark und sieht sehr gut aus; ist auch ein guter, freundlicher Mensch, dem es nicht an Kopf, auch nicht an verschiedenen Kenntnissen fehlt und nur träge war er von Jugend auf und durch die traurige Lage seiner Eltern und vielleicht zu große Liebe der Mutter war seine frühere Erziehung vernachlässigt – seine Schrift ist abscheulich (wie S. M. aus dem Briefe sehen), daher hielt sein Offiziersexamen lange schwer, weil Sauberkeit der Pläne und militärischen Arbeiten fehlte. – Während 3 Jahr beinah war er nicht zu Hause gewesen und hatte also Minna nur als Kind gesehen, als er sie vorigen Winter wiedersah in Ludwigslust und es ist sehr möglich, daß er den Gedanken einer bequemen Existenz angenehm findet – und daß sie sich eine größere Freiheit verspricht und dieser erste Antrag ihr Herz rührte. Minnas Glück liegt mir am Herzen und ich finde es doppelt meine Pflicht Vorsicht zu rathen, weil meine Familie dabei im Spiel ist. I. M. kennen ungefähr die Lage meines Schwagers. – Sie könnten vielleicht Besorgnisse haben, daß Minna dadurch leiden könnte – mein Neffe ist ein guter aber doch bis jetzt kein ganz selbständiger ausgezeichneter Mensch und Minna ist sehr jung und ohne Erfahrung – das ist gegen die Sache; für dieselbe scheint mir zu sein, daß es immer unsicher bleibt, ob sich etwas Besseres fände – daß in Minnas Lage eine anständige Heirath wünschenswert ist – daß meine Schwester (wenn sie es nicht zu ungern sieht) gewiß fortwährend sich Minnas mütterlich annehmen würde – und meine Nichte Bülow ihr wirklich gut ist – und daß Minnas Vermögen hier sicher steht und man ja ihre

Mitgift durch Contract auch ganz sichern kann. – Wollen I.M. die Sache nicht, so wäre es wohl richtig, es bald aus Güte für meine Familie so still als möglich abzumachen – weshalb ich auch so frei bin, Ihnen selbst zu schreiben und zur Sache Niemand weiter zu sagen. Fände der Vorschlag Ihren Beifall so dürfte ich doch noch raten – sich erst von der Wirklichkeit von Minnas Neigung dazu zu überzeugen – und zu bestimmen, daß den Winter über noch alles still gehalten würde und die Heirath erst sein sollte, wenn Minna 17 volle Jahre alt ist – im nächsten Sommer. – Wenn ich nicht glaubte, besonders wegen Minna an Jasmund bald antworten zu müssen – hätte ich in diesen Tagen I. M. nicht belästigt – unten wagte ich nicht davon anzufangen – wenn also diese Briefe gelesen werden, dürfte ich bitten, sie mir bis Donnerstag oder Mittwoch wieder zu schicken. Wollen I.M. die Sache Ihrer Majestät mittheilen – so erwarte ich Ihre Befehle vielleicht durch dieselbe. – Denken Sie bei diesem Vorschlag nur gar nicht an mich aus Güte, sondern erlauben Sie mir, Sie zu bitten, ganz zu entscheiden, wie Sie es für Minna am besten finden – nur im Verneinungsfall wiederhole ich die Bitte um Stillschweigen über das Ganze. Sollten Sie einwilligen, so würde ich mich gern, nachdem ich die erste Antwort geschrieben, ganz aus der Sache zurückziehen, und alles könnte ja dann zwischen meinem Schwager und Hofman abgemacht werden. Verzeihen I. M. die Unregelmäßigkeit dieser Zeilen daß ich flüchtig antworte, weil ich den Briefen doch einige Erklärungen beifügen zu müssen glaubte. Mit ehrfurchtsvoller Dankbarkeit verbleibe ich Ihrer Majestät

untertänigste Julie Goltz

Dobbin, September 1828. Frau von Jasmund und Frau von Donop im Wohnzimmer.

– Und, wenn ich das noch sagen darf, Frau Baronin, sagt Frau von Donop, ich habe das Gefühl, dass für Minna alles zu schnell geht, dass alles zu früh kommt.

– Ach, den Verliebten kann es doch nie schnell genug gehen! Sie haben das ja nicht erlebt, aber ich entsinne mich noch genau, als mein Mann und ich verlobt waren, so ungeduldig wie damals bin ich nie mehr gewesen!

– Dennoch meine ich als Minnas Erzieherin, dieses kluge Kind ist noch so im Werden und deshalb sollte die Heirat vielleicht erst in ein oder zwei Jahren vollzogen werden.

– Zwei Jahre?

– Sie ist doch noch so jung, so unerfahren.

– Sie sprechen stets von Minna, nicht von Carl.

– Carl ist schon zweiundzwanzig und ein Offizier, ich weiß.

– Sie haben keine sehr hohe Meinung von meinem Sohn, vermute ich.

– Ich würde es nie wagen, über einen jungen Mann zu urteilen, den ich nicht kenne. Aber ich glaube, ich kenne Minna ein wenig. Und ich spüre, wie diese schnelle Verlobung sie irritiert und überfordert.

– Den Eindruck habe ich nicht. Im Übrigen, liebe Frau von Donop, sind wir beide es nicht, die diese Entscheidung fällen. Da wir schon darüber reden, will ich Ihnen doch das Neuste verraten. Ich bin sehr glücklich über die heutige Post aus Den Haag. Die Königin der Niederlande, mit der wir die Ehre haben, wie Sie wissen, die Vormundschaft für das Kind gewissermaßen zu teilen, hat ihre Einwilligung gegeben unter der Bedingung, dass die Hochzeit nach Minnas 17. Geburtstag gefeiert wird. Wir müssen uns also über den richtigen Zeitpunkt keinen Kopf zerbrechen, es wird im nächsten Sommer sein. Ich bin so glücklich, wie es eine Mutter nur sein kann, liebe Frau von Donop. Nur schade, dass mein Mann es noch nicht weiß. Er kommt erst übermorgen aus dem Landtag zurück. Aber weil ich mein Glück gern teilen möchte, gestattete ich Ihnen, Minna von dieser Entscheidung in Kenntnis zu setzen.

Frau von Donop will gehen.

– Nein, wir werden das zusammen tun. Holen Sie das Kind!

– Sie wird schlafen.

– Dann morgen oder besser übermorgen, wenn mein Mann zurück ist. Übermorgen Abend. Bis dahin kein Wort.

– Ja. Ich wünsche Ihnen eine gute Nacht.

– Gute Nacht.

Donop geht.

124

Berlin, September 1828. Niederländisches Palais. Boyers in ihrer Wohnung.

– Hast du von Jasmunds mal wieder was gehört?, fragt Frau Boyer.

– Lange nicht. Sie lassen ja immer mehr über den Hof laufen. Ist mir auch recht so, ich hatte genug Ärger. Jetzt ist der Herr Baron im Landtag, da lässt er sich von einem kleinen Bediensteten wie mir noch weniger über korrekte Buchführung belehren.

– Warum schreibt Minna nicht?

– Ich sag es doch: Wir haben sie enttäuscht, was soll sie da

von uns erwarten? Außerdem ist sie in dem Alter, in dem die Kinder von ihren Eltern nicht viel wissen wollen.
– Aber Minna ist nicht so.
– Was wissen denn wir!

125

Dobbin, Oktober 1828. Minna und Frau von Donop.
– Was bekümmert dich heute, Minna?
– Ach, ich weiß nicht, ich habe … ein bisschen Angst.
– Vor wem?
– Ich weiß nicht, ob ich die … Kavaliere überhaupt verstehe.
– Wie kommst du denn darauf?
– Carl hat wieder geschrieben, und wieder nur von seinem Manöver und von seinen Bajonetten und Geschützen und von seinen Kameraden, und irgendwie weiß ich nie richtig, was er fühlt und denkt. Und er antwortet nicht einmal auf das, was ich ihm sage, was mein Herz mir sagt und meine Empfindungen, und jetzt im Herbst, wie alles golden wird und reif und, ach, ich weiß nicht.
– Du hast dich mit einem Offizier verlobt und nicht mit einem Dichter, Minna.
– Aber er muss doch ein Herz haben!
– Das hat er, beruhige dich, du wirst einen guten Einfluss auf ihn haben.
– Manchmal denke ich …
– Was?
– Ach, nichts.
– Sprich, wenn du magst.
– Nein, ich mag nicht.

Es war der Große Kurfürst, wie manche Leser sich erinnern werden, den ich als Steigbügelhalter benutzte. Wieder half das Glück des Zufalls. Mitten in den Überlegungen zum Monarchen-Marketing stieß ich in der Zeitung auf den Hinweis, im Schloss Oranienburg werde eine Ausstellung vorbereitet über die engen Beziehungen zwischen Holländern und Preußen und die Oraniertochter Luise Henriette, die Gemahlin des Großen Kurfürsten.

Das ist die Chance!, sagte ich mir. Hier musst du eingreifen, hier kannst du dich als Erbe und Nachfahre outen und deinen ersten Trumpf ausspielen!

Gut zwei Wochen hatte ich Zeit. Ich dachte an eine kleine Eloge auf die große Oma, sehr persönlich, innerfamiliär. Gleichzeitig an eine hübsche Provokation: das Preußische nicht im preußischen Stil feiern, sondern schrill, fetzig, intim, schnoddrig.

Zehn Generationen lagen zwischen mir und Luise Henriette und Kurfürst Friedrich Wilhelm. Ururururururururgroßmutter, das hört sich in der Anrede etwas umständlich an, also musste ich andere Formen der persönlichen Ansprache suchen. *Sieben Küsse für eine Kurfürstin* schwebte mir vor als Konzept und Titel.

Kenntnisse über Luise Henriette hatte ich kaum, auch über den Großen Kurfürsten wusste ich nicht viel. Ein Bibliothekstag reichte, die wichtigsten Informationen zu sammeln. Nachdem ich die ersten Sätze notiert hatte, entschied ich: Nein, das ist der falsche Weg. Wenn die Ausstellung eröffnet wird, schreiben alle über Luise Henriette und plappern die Stories aus den Geschichtsbüchern nach, wie sie die Landwirtschaft gefördert, Baumschulen und Gemüseplantagen angeregt und die Berliner angestiftet hat, die Stadt mit Gärten und Parks zu begrünen. Und kein Lokal-

reporter wird die ersten Kartoffeln auslassen, die sie eingeführt hat in Brandenburg (sie, und nicht ihr Urenkel Fritz),
die Kartoffeln im Kräutergarten des Lustgartens.

Nein, schreib niemals, was alle Journalisten schreiben!
Mach lieber gleich etwas über den Kurfürsten, warum
nicht *Sieben Küsse für den Großen Kurfürsten*, das ist viel
provokativer!

Der berühmte Mann residierte fast um die Ecke, im
Schlosshof Charlottenburg. Ich ging ihn besuchen an einem grauen Vormittag, ich wollte ihm ein Interview entlocken.

Zuerst stand ich einige Minuten vor Schlüters Reiter-
standbild, das ich stets nur mit flüchtigen Blicken gestreift
hatte und zu kennen glaubte von Postkarten, Briefmarken
und Bildbänden. Dann umkreiste ich wie ein Kunstkenner
in deutlichem Abstand das Denkmal und näherte mich mit
langsamen Schritten.

Friedrich Wilhelm war mit Mantel und Lederharnisch
bekleidet, die Uniform eines römischen Feldherrn und Im-
perators, als hätte der Bildhauer den Kurfürsten in die
Nähe der antiken Größen oder sich selbst in die Nähe der
antiken Künstler rücken wollen. Lächerlich genug, an seinen nackten Beinen trug der Kurfürst Sandalen, mit denen
man im öden, feuchten Brandenburg selbst im Sommer
keine zehn Schritte hätte laufen können, ohne die Füße zu
beschmutzen oder zu verletzen. Noch weniger passte die
prächtige barocke Perücke auf den Kopf des nachgebildeten
Römers. Der Reiter schien zu schwer und behäbig für das
Pferd, das leicht und energisch bewegt wirkte, auch das ein
irritierender Widerspruch.

Unten am Sockel vier angekettete, in Posen der Ver-
zweiflung und Unterwerfung verharrende lebensgroße

Männer. Ich wusste inzwischen einiges über den Herrn, der über sie triumphierte, aber nicht genug, um erklären zu können, weshalb der weitsichtigste, toleranteste und weiseste Fürst, den Brandenburg bis dahin gehabt hatte, mit vier halbnackten Sklavenfiguren abgebildet war.

Immer wieder versuchte ich das Gesicht des Kurfürsten zu fixieren und darin etwas zu lesen und zu entdecken, ein schmales großväterliches Lächeln, eine Regung, ein Blinzeln. Schon die Entfernung verhinderte das. Die Stufen, der Sockel, das Pferd hoben das Haupt des Kurfürsten in solche Höhen hinauf, fünf oder sechs Meter über den Boden, dass es nicht anders als starr, entrückt und gleichgültig wirkte. Die Bronze war überall am Kopf oxydiert, das schmutzige Grün entstellte seine Züge und machte sein Gesicht zur Fratze. Der Taubenschiss auf Perücke, Nase und Schultern zeigte, wie tot er war: einer, der nichts mehr riecht, nichts mehr sieht, sich nicht reinigt. Alles da oben blieb heroisch und ernst.

Trotzdem begann ich mein Interview und versuchte mit ihm zu reden, flüsterte laut: Hey, alter Fritze! Oder: Schau mal runter, Opa! König Willem hatte ich auf diese Weise zu kleinen Gesprächen erwecken können, aber die Postkarte war als Medium offenbar besser geeignet als ein barockes überlebensgroßes Standbild aus Bronze. Alles scheiterte an der grünen Fratze, am Dreck und an der Monumentalität. Ein Kraftprotz auf dem Pferd auf dem Sockel auf den Stufen, da kam ich mir wie ein Zwerg vor, wie ein Untertan, ein Ausgeschlossener. Vielleicht witterte er, dass ich ihn nur benutzen wollte, vielleicht hatte er seit seinem viel zu langen Bad im Tegeler See keine Silbe über die Lippen gebracht, vielleicht war die Entfernung von mehr als dreihundert Jahren zu groß.

Nachdem ich fast eine halbe Stunde lang versucht hatte, in dieser Bronze einen Funken Leben zu entdecken, eine Botschaft aufzufangen, eine Inspiration für meinen Artikel zu erhalten, gab ich auf. Gegen den Ernst des Denkmals kam ich nicht an.

Abschrecken ließ ich mich nicht. Gleich nach der missglückten Audienz begann ich den Artikel zu entwerfen, *Elf Küsse für den Großen Kurfürsten*. Gerade die Unnahbarkeit des Alten sollte spielerisch zum Thema werden. Alles Negative, was über ihn zu sagen wäre, wollte ich aussparen, jetzt galt die Regel: erst bejahen, loben, jubeln, später differenzieren. Vor allem aber kam es darauf an, die Aufmerksamkeit geschickt vom Kurfürsten auf den Verfasser zu lenken.

Ich redete den bronzenen Reiter mit Du an, stellte mich als sein Enkel in neunter Generation vor und erklärte ihm, warum es in Oranienburg Grund zum Feiern gebe. Nicht nur Luise Henriette, auch er hätte an diesem Tag ein paar Küsse verdient:

Was du geleistet hast, Alter, soll dir erst mal einer nachmachen heute, kein Kanzler im 20., kein Kaiser im 19. Jahrhundert hat so viel getan wie du … Ich küss dir den Taubenschiss weg, ich poliere dir die oxydierte Stirn. Komm mal runter von deinem Sockel, Friedrich Wilhelm, runter von deinem Pferd, nur einen Tag lang. Kannst dir ein bisschen die Beine vertreten, Opa, und ich geb dir ein paar Küsse auf die Wangen, so machen wir das heutzutage, wenn wir jemandem gratulieren.

Dann führte ich für jeden Kuss zwei, drei Sätze zur Begründung an. Ein Kuss für den klugen Ehemann – für die treffliche Wahl der Luise Henriette von Oranien mit der grünen Hand. Ein Kuss für den Staatsmann – für die Verwandlung der Wüste Brandenburg in einen Staat mit zentraler Verwaltung. Ein Kuss für den weitsichtigen Strategen und Taktiker – für den Aufbau des Heeres und die Bündnispolitik. Ein Kuss für den Meister und Strategen der Toleranz – für das Edikt von Potsdam und die Einladung an die Hugenotten aus Frankreich und die Juden aus Wien. Ein Kuss für den Bauherrn – zum Beispiel für die Schlösser Caputh, Oranienburg, Köpenick, Potsdam. Ein Kuss für den Feldherrn – für die Schlacht bei Fehrbellin und die Vertreibung der Großmacht Schweden aus Brandenburg. Ein Kuss für den Anreger und Manager – die Einladung zur Einwanderung an Porzellanbäcker, Ingenieure, Architekten, Gartengestalter usw. Ein Kuss für den Stadtplaner – für die Anlage des Lustgartens und der Straße Unter den Linden. Ein Kuss für den Kunstmäzen und Bücherfreund – für die Errichtung der Kurfürstlichen Bibliothek, die später die Staatsbibliothek wurde. Ein Kuss für den Surrealisten – der von einer brandenburgischen Flotte träumte und sich diesen Traum erfüllte. Und ein Kuss für den Opa – hier folgten die Zeilen, bei denen ich schon während des Schreibens die kürzende und streichende Hand eines ungeduldigen Redakteurs arbeiten sah:

Und ein Kuss für dich, Opa, weil du mit Luise Friedrich zeugtest, der sich zum König von Preußen machte, nachdem er mit Sophie Charlotte von Hannover Friedrich Wilhelm I. gezeugt hatte, der mit Sophie Dorothea von Hannover nach dem großen Friedrich noch August Wilhelm zeugte, der mit Luise Amalie von Braunschweig außer Friedrich Wilhelm II. noch Wilhelmine zeugte, die mit Prinz Willem V. von Oranien König Willem I. der Niederlande zeugte, der mit Marie Hoffmann Wilhelmine von

*Dietz zeugte, die mit Carl von Jasmund Carl von Jasmund
zeugte, der mit Charlotte von Levetzow Elisabeth von Jasmund zeugte, die mit Ulrich von Larisch Konrad von Larisch zeugte, der mit Marie von Below Regina von Larisch
zeugte, die mit Georg Rusch den zeugte, der dir heute elf
Küsse auf die Wangen gibt: Albert Rusch.*

Mit diesem Finale, das zum Startschuss für meine Karriere werden sollte, war mir klar, dass ich kein Pseudonym brauchte. Es wäre kein marktstrategischer Vorteil, mit einem von den Vorfahren geborgten adligen Namen anzutreten, im Gegenteil. Als Albert von Jasmund, von Arnim oder von Larisch würde man mich nur als Mitglied der allgegenwärtigen und langweiligen Adelslobby einordnen. Nur wenn du dich, überlegte ich, als Albert Rusch, als sogenannter Bürgerlicher, möglichst als Brokdorf-Demonstrant für die alten Friedrich Wilhelms begeisterst, wird eine schöne Provokation daraus. Aus dem Nichts hervorschießen und an die Königskronen grapschen, das ist es! Wie ein umgekehrter Bungeesprung, das hat es noch nicht gegeben im Kulturbetrieb, das bringt die Quoten!

Den Artikel bot ich einer überregionalen Zeitung an. Ein Redakteur des Feuilletons erinnerte sich sogar an meinen Namen, er hatte vor zehn Jahren meinen zweiten Roman mit lauer Zustimmung besprochen. Er tat so, als sei er wirklich neugierig, und kündigte mir eine Entscheidung binnen achtundvierzig Stunden an. Aber auch am dritten Tag meldete er sich nicht. Am vierten rief ich an und wurde vertröstet.

Während ich auf die erlösende Zusage wartete, entwarf ich die Themen für ähnliche Artikel. Noch im Schwung der Annäherung an den Großen Kurfürsten notierte ich Stichworte für Fortsetzungen wie: *Warum ich den Soldatenkönig liebe, Alter Fritz und neuer Geist* und *Mein Onkel, der Weiberkönig (FW II)*. Ein paar Fakten und Thesen sammeln und zuspitzen, aus den Biographien brauchbare Details und Anekdoten fischen, viel mehr war nicht zu tun. Ein leichtes Schreibvergnügen, das frische Wissen auf saloppe Weise ausschmücken und die Könige mit der Attitüde des mal respektlosen, mal respektvollen Enkels vom Sockel holen. Alles war eine Frage des Stils. Burschikos und herzhaft, flott und ein wenig belehrend für die ahnungslosen Zeitgenossen. Alles war erlaubt, nur nicht der getragene, fast unterwürfige Stil, mit dem fast die ganze Preußen-Literatur verpestet war. Der Soldatenkönig sollte mein nächster Kandidat werden. Mit *Alter Fritz und neuer Geist* dagegen wäre einige ernsthafte Arbeit verbunden, denn an diesem widersprüchlichen Kerl hatten sich schon Hunderte, Tausende von Autoren die Zähne ausgebissen.

Endlich rief der Redakteur an, jeder seiner Sätze voll routinierter, schmeichlerischer Begeisterung:

«Wunderbar, Herr Rusch, natürlich nehmen wir das! Wir haben ein bisschen gebraucht, bitte entschuldigen Sie. Ihr Beitrag ist natürlich sehr umstritten im Haus, können Sie sich ja denken, aber das gefällt uns gerade. Auch bei den Lesern wird es Pro und Contra geben, aber wir sind ein liberales Blatt, ja, wir nehmen das als Aufmacher für die Wochenendbeilage.»

Das Zeilenhonorar, nach dem ich fragte, war enttäuschend, zu wenig für zehn Tage Arbeit. Ich bat um mehr, argumentierte mit Arbeitszeit und Aufwand, aber der Redakteur ließ nur sein Bedauern ab, das so routiniert wie seine Begeisterung klang:

«Ich weiß, Herr Rusch, ich kenne das Problem. Für freie

Autoren ist das schwierig, mir sind die Hände gebunden, aber ich werde noch einmal mit dem Chefredakteur sprechen.»

Ich gab nach, ich war sicher: Dies ist nur der Anfang, die *Elf Küsse* sind das Sprungbrett. Beim nächsten Mal wird es mehr, für *Warum ich den Soldatenkönig liebe* wird es das Doppelte geben, für *Mein Onkel, der Weiberkönig* das Dreifache und so weiter.

126

Den Haag, Oktober 1828. Schloss. Hofman und Goltz.
– Wenn Sie bedenken, Herr Regierungsrat, dass die alte Schefer 500 Taler Pension bekommt, so ist es doch nicht unbillig, wenn Frau von Jasmund mit 800 Talern Pension gedankt wird für ihre jahrelange Erziehung von Minna.
– Unbillig ist es nicht.
– Oder wollen Sie etwa vorschlagen, dass sie durch Minnas Heirat von einem Tag auf den andern ohne jedes Einkommen bleiben soll?
– Ich bat nur zu erwägen, dass Ihre werte Frau Schwester durch Minnas Heirat von einem Tag auf den andern von der Pflegemutter zur Schwiegermutter eines der reichsten Mädchen Mecklenburgs wird.
– Dafür sollte sie aber nicht bestraft werden müssen!
– Was sind Sie so gereizt, liebe Goltz! Sie haben doch alles erreicht, das Fräulein wird verheiratet an die Familie, in der sie erzogen wurde und von der sie gänzlich abhängig ist, ohne andere Erfahrungen …
– Herr Regierungsrat, Ihre Majestäten haben diese Verbindung ausdrücklich gebilligt!
– Ich weiß das und ich zweifle nicht an der Richtigkeit der Entscheidung Ihrer Majestäten. Aber es steht doch fest,

Ihre Familie hat die allerbeste Partie gemacht, die sich denken lässt, und trotzdem hören die Forderungen nicht auf, das erregt mich. Und Sie, verehrte Freifrau, werden auch die Regelung für Ihre Schwester beim König durchsetzen, vielleicht sogar mit dem Zusatz, dass die Pension im Fall des vorzeitigen Ablebens in den nächsten zehn Jahren an ihre Kinder weitergezahlt wird. Es ist doch alles bestens! Seien Sie doch endlich einmal zufrieden!

Goltz geht.

– Oder schläft Seine Majestät nicht mehr mit Ihnen?, fragt Hofman leise.

– Wie bitte?

– Nichts, ich habe nichts gesagt.

127

Dobbin, November 1828. Minna und Frau von Donop.

– Ich würde so gerne einmal an die Königin schreiben, sagt Minna.

– Und was würdest du ihr schreiben?

– Dass ich mir zur Hochzeit etwas ganz Bestimmtes wünsche.

– Ich kann mir denken, was du meinst.

– Wirklich?

– Du willst sie nach deinen Eltern fragen?

– Ja. Aber noch mehr, ich will ihr auch von mir erzählen, sie kann ja gar nichts von mir wissen im fernen Holland. Und ich möchte einfach, dass sie mir auch einmal schreibt. Aber ich habe nicht den leisesten Schimmer, wie man einen Brief an eine Majestät richtet, Sie müssen mir helfen, Frau von Donop.

– Das will ich gerne, Minna, aber in allen Angelegenheiten

der Post muss ich mit deinen Eltern sprechen, da sind sie
sehr streng, wie du weißt, und ich bin an ihre Weisungen
gebunden.
– Ich bin doch 16 und verlobt!
– Bald bist du 17 und verheiratet, dann kannst du selbst
entscheiden. Aber weißt du was, wir machen einen Entwurf
des Briefes und zeigen ihn deinen Eltern, dann wird das
schon gut gehen.

128

Dobbin, November 1828. Wohnzimmer, die Jasmund-El-
tern und Frau von Donop.
– Das Maß ist voll, Frau von Donop!, sagt Vater Jasmund.
Ich wollte das vorhin nicht in aller Deutlichkeit sagen, als
Minna dabei war, aber Sie sollen wissen: Wir werden Sie
entlassen.
– Aber ich habe dem Kind doch nur geholfen …
– Der Braut!
– Der Braut doch nur geholfen, diesen Brief zu überlegen
und zu entwerfen.
– Sie haben klare Anweisungen für solche Fälle.
– Ich habe …
– Haben Sie klare Anweisungen oder nicht?
– Ich kenne meine Anweisungen und meine Aufgaben,
Herr Baron. Und doch …
– Sie hätten Minna diese Idee sofort ausreden müssen!
– Aber sie hat ihre Fragen und möchte …
– Möchte! Möchte! Möchten möcht ich auch. Wo kommen
wir hin, wenn jedes sechzehnjährige Mädchen an die Köni-
gin schreibt!
– Sie ist eine Braut … und hat …

– Schluss jetzt! Sie waren immer gegen die Verlobung! Wir brauchen Sie nicht mehr, und Minna braucht Sie auch nicht. Sie sind entlassen!

129

Den Haag, Oktober 1828. Schloss. König, Königin und Frau von der Goltz beim Tee.

– Meinen Segen haben Sie, liebe Goltz, sagt die Königin, wenn Sie sich von hier aus um die Aussteuer kümmern und im Frühling nach Mecklenburg reisen.

– Ich danke Ihnen, Majestät.

– Sie werden sozusagen freigestellt für die Familie und die Hochzeit, sagt der König.

– Sehr gnädig, Majestät.

– Gut, wenn alles in einer Hand ist, und wer wäre da besser als Sie.

– Sie haben sicher schon vorausgeplant, die Aussteuer?, fragt die Königin.

– Ich dachte, den größten Teil des Haushalts hier aus Den Haag, die Möbel in Hamburg und das Silber in Berlin, da ist es heller als in den Niederlanden und doch besser gearbeitet.

– Einverstanden, brauchen Sie das schriftlich?, fragt der König.

– Es wäre besser, wie immer. Da ist noch etwas. Die Braut, schreibt meine Schwester, wünscht dringend die Boyers in Berlin und die alte Madame Schefer in Weilburg zu informieren über die Verlobung und die Hochzeitsvorbereitungen. Ich bin dagegen, insbesondere wegen der Indiskretion von Frau Boyer, die die Neuigkeit durch ganz Berlin und nicht ohne unangenehme Folgen verbreiten könnte.

– Boyer und seine Frau waren immer loyal, liebe Goltz. Es ist das gute Recht des Kindes, seine früheren Pflegeeltern zu informieren. Das ist doch das Mindeste! Veranlassen Sie das!
– Zu Befehl, Majestät.

130

Dobbin, November 1828. Minna läuft weinend durchs Haus, die Treppe zu ihrem Zimmer hinauf. Oben im Flur steht Friedrich.
– Was hast du?, fragt er.
– Meine Donni muss gehen, schluchzt sie und umarmt ihn wie einen Bruder, schrickt dann zurück.
Er hält ihre Hand.

Elf Küsse für den Großen Kurfürsten erschien wie versprochen als Aufmacher der Wochenendbeilage, mit einem auffälligen Farbfoto des grünlich oxydierten und weißgrau bekackten Denkmalgesichts. Man konnte fast die Poren auf der Bronze sehen. Aus der Nähe wirkte der alte Fürst traurig, einsam, angefressen, so wurde der erwünschte Effekt des Textes durch das Bild gesteigert: die Ankündigung der Küsse wirkte noch provokativer und erfreulich obszön. Artikel und Foto füllten die ganze Zeitungsseite, das Layout stimmte, und ich war stolz wie schon lange nicht mehr.

Ungläubig schaute ich auf den letzten Satz mit der langen Stammreihe vom Kurfürsten abwärts, der zu meiner Überraschung weder gestrichen noch gekürzt war. Da stand mein Geheimnis, schwarz auf weiß, ohne Fehler, unwiderruflich und in 200 000 Exemplaren in die Welt hinausposaunt.

Jetzt gab es kein Zurück mehr, jetzt musste mit dieser Tatsache gewuchert und gewirtschaftet werden.

Ich kaufte fünf Exemplare und brachte eins zu Jutta.

«Hier, meine Brotarbeit», sagte ich so beiläufig wie möglich.

Jutta schmunzelte beim Lesen, sie witterte die ironische Grundierung in dem Text, die von den Redakteuren vielleicht gar nicht bemerkt worden war. Doch dann grollte sie mit Vorwürfen, die sie nur halb aussprach. Die Spekulation auf Könige und Kurfürsten fand sie abgeschmackt. Sie konnte sich auch nicht vorstellen, dass sich damit großes Geld verdienen ließe.

Ich behauptete damals noch, zumindest ihr gegenüber, dass alles nur ein Spiel sei. Aber bereits mit dem Eifer eines Anlageberaters sagte ich: «Wer seine Marktlücke erkannt hat, wie soll der aufzuhalten sein?»

«Pass bloß auf, dass du nicht auch noch dem Alten Fritzen in den Arsch kriechst», sagte sie.

Ein Satz, der mich noch lange verstimmte.

«Genau das werde ich tun», antwortete ich, «und mit Vergnügen!»

Der Artikel mit den Küssen für den Bronze-Fürsten hat jedenfalls nicht geholfen, unsere Beziehung zu entkrampfen. Ich spürte Juttas Aversion, es ging ihr gegen den Strich, wie ich mich an den Perücken der alten Preußen aus dem Sumpf zu ziehen versuchte, während sie noch bis Ende des Jahres im Archiv kaltgestellt war.

Wieder brachen, wie immer bei Geld- und Karrierefragen, die Gegensätze zwischen Ost und West auf, die wir überwunden glaubten und die uns langweilten. Jutta, die sinologisch gebildete Journalistin, war in Potsdam erst im Feuilleton, dann im Lokalblatt von Westchefs belauert, von Westkollegen in die Ecke gedrängt und am Ende gekündigt worden, weil sie angeblich mit den Lokalpolitikern zu scharf ins Gericht gegangen war. Sie hatte selten jemandem nach dem Mund geredet, auch ihren Chefs und Kollegen nicht. Anpassen, das lag ihr nicht. Und nun schien ich, der erfolglose und deshalb als nicht angepasst geltende Freund, auf zweifelhafte Wege abzudriften.

Besonders empfindlich war sie, weil ihre Bewerbungen bei den Zeitungen im Raum Berlin erfolglos geblieben waren und ich nun mit dem ersten Streich die Wochenendbeilage eines großen Blattes erobert hatte. Für sie gab es nur die Aussicht, der eintönigen Arbeit im Radioarchiv mit einem weiten Sprung nach Mecklenburg zu entfliehen. Schwerin empfand sie, obwohl sie das bestritt, als Exil. Sie hatte noch keine Wohnung gefunden oder finden wollen. Sie war unsicher, ob sie Berlin und mich wirklich verlassen sollte. Ich war viel zu sehr mit Minna und den Königen beschäftigt, um mich auf längere Debatten einzulassen, und sagte immer nur: «Es sind doch bloß zwei, drei Stunden.» Sie spürte die Veränderungen, die uns bevorstanden.

Das sage ich heute. Damals dachte ich: Sie missgönnt mir die Karriere, die noch nicht einmal begonnen hat.

Am folgenden Montag rief ein Fernsehredakteur an und lud mich zu einer Talkshow ein. *Preußische Tugenden gestern und heute* sollte das Thema sein.

«Ihr Artikel ist grandios, Herr Rusch! Sie kommen mir wie gerufen, Herr Rusch! Ich freu mich auf Sie, Herr Rusch!»

Solche dummen Floskeln wirkten wie Balsam auf die

jahrelang mit Missachtung und Gleichgültigkeit gequälte Autorenseele. Die Zuwendung war allein vom Interesse an einem spektakulären Auftritt gelenkt, aber das störte mich nicht. Sie wollten als Erste den Nachfahren der alten Preußen im Programm haben, da spielte ich gerne mit. Nach dem Gespräch merkte ich, wie ich nach Anerkennung gedürstet, wie sehr mir sogar das Gewäsch der oberflächlichsten Komplimente gefehlt hatte. Nicht einmal mein Verleger hatte mir solche halbgeheuchelten Freundlichkeiten gegönnt in der letzten Zeit, geschweige denn irgendein Fremder, ein Fernsehfritze.

Als ich wenige Tage später das Flugzeug nach Köln bestieg, mit dem Taxi in die Innenstadt chauffiert wurde, am Empfang höflich begrüßt, von einer schicken blonden Dame durch die Gänge begleitet, vom Redakteur mit neuen Komplimenten umschmeichelt, von der Moderatorin wie ein Prominenter begrüßt, von der Kosmetikerin in der Maske, die von ihrem Mann erzählte, einem ehemaligen Eishockeyspieler der Preußen Berlin, zärtlich betupft, becremt und bepinselt wurde und dann zum ersten Mal seit den achtziger Jahren, seit dem Erfolg mit dem Elvis-Roman, wieder die hohen Hallen eines Fernsehstudios betrat, da atmete ich auf und spürte die ersten feinen Stromstöße eines neuen Glücks. Ich kam mir vor wie der Champion, der nach einigen unverdienten Niederlagen endlich wieder, in besserer Form denn je, in den Ring zurückkehrt und sicher ist, binnen einer Stunde den alten Spruch *They never come back* widerlegt zu haben. Als mir mein Platz zugewiesen wurde und ich im Scheinwerferlicht saß, da waren alle Kräfte erwacht. Als mir das Mikrofon ans Hemd gesteckt wurde, fühlte ich mich wieder der Erde verbunden wie Antäus. Und als die Sekunden rückwärts gezählt wurden bis zum Beginn, war ich völlig entspannt und erhoben. So fühlt sich eine Auferstehung an.

Ich habe das Video dieser Debatte noch einmal angesehen und bin überrascht, wie gelöst und sicher ich in meiner neuen Rolle wirkte. Es ist keine Scheu zu spüren, weder vor den Kameras noch vor den prominenten Gesprächspartnern. Meine Einwürfe kamen meistens im richtigen Moment, laut und pointiert genug, um die Aufmerksamkeit der Moderatorin und des Kameraregisseurs auf mich zu lenken.

Mit meinen Gegnern, das merkte ich schnell, sollte ich nicht viel Mühe haben. M., ein etwa sechzigjähriger Preußenhasser und strikter Gegner des Berliner Schlosses, führte bei jeder Gelegenheit die Zahl der Toten aus den Kriegen Friedrichs ins Feld und achtete beflissen darauf, diesen König stets Friedrich den II. und niemals den Großen zu nennen. E., eine Feministin, spezialisiert auf die literarischen Salons, vor allem auf Rahel Varnhagen, wollte nicht über die Könige sprechen, sondern über die Königinnen, aber am liebsten über den weiblichen Blick als einzig kritisch-authentischen und noch lieber über den Brief als Kunstwerk der unterdrückten und marginalisierten Frauen. G., ein freundlicher, liberaler Professor, wusste zu viel vom Thema und verlor sich immer wieder in Einzelheiten.

Als ich am Anfang gefragt wurde, ob ich stolz darauf sei, von den alten Königen abzustammen, gab ich locker zur Antwort:

«Eine ganz spannende Verwandtschaft, das geb ich zu, aber stolz muss ich auf die nicht sein, das ist ein bisschen lange her. Stolz bin ich eher auf die Bäckerstochter Marie Hoffmann, denn das muss eine Frau erst mal hinkriegen, mit einem umschwärmten Mann, der sicher viele adlige

Groupies hatte, mit dem Prinzen von Oranien ins Bett zu steigen, dem Schwager und Vetter des Königs von Preußen immerhin. Und dann die Geliebte zu bleiben für ein paar Jahre.»

Nach dieser Volte der Untertreibung war es leicht, die erste meiner vorher ausgetüftelten Thesen unterzubringen:

«Wir Deutschen wissen nichts von den Preußen, ein paar Denkmäler, ein paar Schlösser, ein paar Anekdoten, ich bin der erste Diener meines Staates, das wars schon. Schüler, Studenten, nichts, sie wissen nichts. Solange mehr Leute in Deutschland über Preußen Münster Bescheid wissen oder über den Eishockeyclub Preußen Berlin, der jetzt übrigens Capitals heißt, weil mit Stöcken schießende Preußen natürlich politisch unkorrekt sind, als über die Schlacht von, sagen wir: Jena und Auerstedt, bleiben wir ein geistiges Entwicklungsland. Unsere historischen Wurzeln und Werte sind gekappt, nun wundern wir uns, in einer Informationsgesellschaft ohne Wurzeln dahinzutreiben ...»

So gelang es mir, die Debatte zu bestimmen und bald darauf die zweite These zu plazieren, die ich zuerst bei Haffner, dann auch bei anderen gelesen hatte. Im Fernsehen gab ich sie natürlich als meine eigene aus:

«Preußen, das ist ein Widerspruch in sich. Bis etwa 1815 ein progressiver Staat, danach ein reaktionärer.»

Nach einem kleinen Tumult durfte ich das erklären, was inzwischen zum Gemeinplatz geworden ist, und fügte die Bemerkung an:

«Progressiv und reaktionär, Herr M., das können Sie nicht trennen, so wie Sie Mann und Frau und Gut und Böse nicht nach Belieben trennen können, Frau E. Keine Geschichte ist so wechselvoll, gegensätzlich, reich an solchen Hochs und Tiefs wie die preußische, alles geprägt von immer neuen Vater-Sohn-Konflikten, jeder Sohn wollte radikal anders und besser sein als sein Vater und Vorgänger. Nichts ist lehrreicher für das menschliche Leben, wenn ich das als Jüngster in der Runde sagen darf, als solch ein Widerspruch, in dem Gut und Böse nicht sauber zu trennen sind.»

Der Preußenhasser und die Feministin polemisierten wütend zurück, der Professor stand mir bei, die Moderatorin strahlte.

Dann teilte ich die gezielte Provokation aus:

«Monarchie an sich ist so wenig reaktionär wie die Demokratie.»

Damit hatte ich den Professor wieder gegen mich, während die Feministin vorsichtig zustimmte.

«Vielleicht brauchen wir eine nachdemokratische Monarchie», behauptete ich frech und erreichte damit, dass viele Minuten lang über diesen eben von mir erfundenen Begriff gestritten wurde.

Bei der dürftigen Tugend-Diskussion hielt ich mich zurück. Kurz vor Schluss aber sagte ich, natürlich sei es Zeit, die Pflichten neu zu definieren. Da rückte Frau E. wieder von mir ab, weil dies ein männlicher Begriff sei, die Männer aber wollten grundsätzlich nicht widersprechen. Die Moderatorin fragte, wie ich diese Meinung mit meiner linken Vergangenheit in Einklang brächte, als Demonstrant in Brokdorf früher hätte ich wohl nicht so gedacht, und heute als Nachfahre der Könige sei ich offenbar altkonservativ geworden.

Diese Gemeinheit hatte ich erwartet und konnte gefasst parieren:

230

«Schön, dass Sie das fragen. Da sehe ich nämlich überhaupt keinen Widerspruch. Links und konservativ, woher wollen Sie wissen, ob das nicht das Gleiche ist. Wir haben nämlich nie aus Eigeninteresse, sondern aus Pflichtgefühl demonstriert, Pflicht gegenüber der Natur, der Umwelt, gegenüber unsern Mitmenschen und ihrer Gesundheit und so weiter. ‹Wir haben die Erde von unsern Kindern nur geliehen›, das ist eigentlich ein urpreußischer Satz. Im Übrigen bin ich sicher, dass der Große Kurfürst uns verstanden hätte und der Soldatenkönig erst recht. Und Friedrich der Große als Kronprinz, der hätte auch in Kalkar mitdemonstriert, und nicht nur, weil sein Schloss Moyland, wo er sich öfter mit Voltaire traf, direkt daneben liegt.»

«Sie haben überhaupt kein historisches Bewusstsein!», rief wütend der Liberale.

Die fünfundvierzig Minuten der Aufzeichnung waren vorbei, ein glänzendes Finale, und nur einer lächelte, während der Abspann lief, zufrieden in die Kamera: der Star des Abends.

Auf einem Mittelsitz im vollbesetzten Flugzeug auf dem Rückweg nach Berlin, über den Wolken, sah ich mich wieder auf der Burg Rheinstein unter den Sternen. Was für ein Aufstieg! Erst hatte mich die Cousine Barbara auf die Familienspur gelockt, dann Wilhelmine in alle Verästelungen ihrer Geschichte gezogen. In wenigen Monaten war ich bis in die Nebenlinien der buckligen Preußenverwandtschaft vorgestoßen und wurde nun auf die Gipfel der Wochenendbeilagen und Fernsehstudios katapultiert. Vor der denkbar größten Öffentlichkeit vertrat ich nun ähnliche Ansichten wie unser Großvater, der zu seiner Zeit nur die Familie und *Das Adelsblatt* als Publikum kannte.

Aber was für ihn Überzeugungen waren, das war für mich Spielmaterial. Ich wusste in dieser Phase nicht einmal genau, was meine Überzeugungen waren, vielleicht hatte ich gar keine. Vor und hinter allen Sätzen stand zuerst der Wille zum Erfolg und Effekt. Berechnend und konsequent setzte ich die Göttinger Erleuchtung um: Nicht nur der spontane Vorschlag einer postdemokratischen Monarchie sollte die Gemüter erhitzen, auch meine anderen Thesen zielten vor allem darauf ab, mich in Szene zu setzen. Die Moderatorin, die mir nach der Sendung gratulierte, und die anderen Diskussionspartner hatten das offenbar nicht bemerkt. Mein Großvater aber, da war ich sicher, hätte meine windigen, schwach fundierten und nicht von Überzeugung getragenen Äußerungen durchschaut.

Ich war zufrieden mit mir und trank einen mittelmäßigen Sekt auf das Wohl des Alten. Ich sah ihn vor mir an dem Tag, an dem ich ihn nie gesehen habe, im Juni 1963, als mit dem Brief des Archivars aus Neuwied die Vergangenheit über ihn herfiel. Der kleine Mann im grauen Anzug und Weste und Krawatte, wie er die drei getippten Blätter mit dem Lebenslauf der Wilhelmine in der Hand hält, wieder und wieder überfliegt, dann Satz um Satz prüft und der Großmutter alles zum Lesen gibt. Wie sie mit Blicken und Seufzern sich mehr verständigen als mit Worten, wie ihnen die Tränen kommen, wie sie die Tränen wegwischen, wie sie ihrem Herrgott danken für die späte Aufklärung eines dunklen Punkts in der Familiengeschichte. Sie hatten immer angenommen, die Freifrau Goltz sei die Mutter der Wilhelmine gewesen und der Vater unbekannt, nun war es ein niederes Mädchen namens Marie Hoffmann und ein Vater aus dem Geschichtsbuch.

Seine Aufregung wird er nicht ertragen haben, der

Großvater, vermutete ich, und zu einem Spaziergang durch den Wald aufgebrochen sein. Ich sah ihn, als ich dem nächsten Schluck nachschmeckte, aus seiner Wohnung am Dorfrand treten, mit dem Spazierstock über einen hessischen Hügel laufen und im festen Offiziersschritt den Wald durchmessen. Ein rüstiger Anfangsiebziger, der wieder und wieder an die traurigen Rätsel seiner Jugend denken muss hoch oben in den mecklenburgischen Wäldern und Hügeln, wo sein Vater ein Gut führte in den geordneten Zeiten, als die adligen Herren noch ihre Güter hatten und den von den Vorvätern Larisch geerbten und verschuldeten Besitz zu retten versuchte trotz der miserablen Lage für die Landwirtschaft. Wie seine Mutter, die geborene Jasmund, sich krummlegte und schuftete von früh um halb sechs bis abends elf und wie für ihn, den Jungen, der von den Kämpfen der Eltern nichts ahnte, alles ein unaufhörlicher Glückstag war in den Feldern, Scheunen und Wäldern, bis das Unglück kam mit einem Blitz vom Himmel und das Pferd scheuen ließ, den Vater vom Pferd warf und gelähmt in den Rollstuhl verbannte, weshalb er das Gut nicht mehr mit vollem Einsatz führen konnte. Wie die Schulden wuchsen, wie alles verkauft werden musste, wie der Vater starb und die Mutter, allein mit vier Kindern, vor Arbeit, Sorge und Armut zusammenbrach und schwermütig in eine Heilanstalt bei Rostock gesteckt wurde, in der sie nicht geheilt wurde, sondern zwanzig Jahre lang bis zu ihrem Tod im grauen Kittel am Fenster saß und nähte und allein dadurch auffiel, dass sie mit ‹Frau Herzogin› angeredet werden wollte. Vielleicht hat meine Mutter, das wird sein Schreckgedanke auf dem Spaziergang durch die blühenden Wälder gewesen sein, etwas davon geahnt oder gewusst, dass sie die Enkelin der Königstochter ist, vielleicht war sie gar nicht krank, nicht schizophren, vielleicht hat sie nie über die alte Schande reden können, vielleicht hat sie in ihrer Armut nur den Reichtum ihrer Großmutter ersehnt und deshalb im richtigen Wahn auf dem falschen Titel Herzogin bestanden.

Die Dame neben mir studierte einen Geschäftsbericht, der Herr am Fenster blätterte in einer Illustrierten, ich stellte mir den Großvater im Jahr 63 auf dem Waldweg vor, seinen Blick auf das Jahr 1902 und seinen Schrecken: Sein ganzes Leben hätte anders verlaufen können, wenn das, was der Archivar Frowien in Neuwied gefunden und ermittelt hatte, viel früher bekannt gewesen wäre. Wenn nur ein Teil von Wilhelmines Vermögen auf ihre drei Enkelinnen gekommen wäre, dann wäre den Larischs die große Armut und seiner Mutter das Martyrium ihrer letzten zwanzig Jahre erspart geblieben. Und er, der kleine Konrad, vielleicht hätte er eine andere Wahl gehabt, als mit zehn Jahren Soldat zu werden bei den Kadetten wie seine Brüder, oder hätte die Offizierslaufbahn, das U-Boot und die Schande der Niederlage von 1918 mit dem Absturz vom Kapitän zum Gärtnerlehrling anders durchgestanden, ohne die Angst, verrückt zu werden wie seine Mutter.

Jetzt erst, im Flugzeug einen zweiten Sekt schlürfend, begriff ich die Erschütterung, die den alten Großvater damals erfasst haben muss: Das ganze Leben hätte ganz anders laufen können, wenn wir das gewusst hätten und vielleicht noch Ansprüche auf Anteile aus dem königlichen Vermögen hätten stellen können … Doch solche Gedanken durfte er nicht zulassen, müßige und gottlose Gedanken, denn er glaubte fest daran: Gott hat die Fügungen seines Lebens bestimmt und auch das Schicksal seiner Eltern nach seinem Willen geleitet mit Liebe und Gnade. Alles ist gut, wie der Herr es gewollt hat, Armut und strengste Sparsamkeit haben noch keinem geschadet.

Gewiss wird es ihn, mitten im Nadelwald, auch beschämt haben, der Spross einer unehelichen, sündhaften Verbindung zu sein, Sünden waren zu büßen bis ins dritte und vierte Glied. Das Schlimmste daran war, dass selbst er nicht wusste, ob und wann alles abgebüßt war und was er, Konrad von Larisch, noch abzubüßen hatte für die Sünden des Königs und der Tänzerin.

Vielleicht aber, dachte ich beim Sinkflug über Spandau, könnte am Ende, auf dem Rückweg, plötzlich sein Sinn für Humor erwacht sein: Ein 20-Pfennig-Brief aus Neuwied, und mit einem Schlag wird man im Alter von 73 Jahren zum Königssohn, zum Ururenkel eines leibhaftigen Königs befördert! Ein Kindertraum wird wahr, so kurz vor dem Grab, wenn das nicht komisch ist! Und mit leisem, kindlichen Stolz, ganz nebenbei zum Abkömmling des holländischen Königshauses gekrönt zu sein, sah ich ihn aus dem Wald treten und heimkehren, ehe ihn wieder die ernsteren Gedankenwellen erreichten.

Sein Enkel stieg aus dem Flugzeug und hatte das Erbe angenommen: Ein Kindertraum wird wahr! Das Vermögen der Königstochter war längst dahin, nun wurde aus der Story eine Goldmine. Die gleiche Geschichte, die den einen erschüttert hat, wird vom andern mit einem Marketing-Konzept geadelt. Irgendwann wird, wie üblich, das Leid zum Wirtschaftsfaktor.

Die Sendung, für 23 Uhr angesetzt, wurde wegen eines eingeschobenen aktuellen Beitrags zwanzig Minuten später ausgestrahlt und ging erst nach Mitternacht zu Ende. Fast eine Million Zuschauer, hörte ich aus Köln, seien ermittelt worden, am Schluss seien trotz der späten Stunde noch 600 000 dabei gewesen, ein unerwarteter Erfolg.

Am nächsten Morgen um neun scheuchte mich der erste Anrufer auf, ein älterer Herr mit vielen Komplimenten, der immer wieder betonte, kein Mitglied des Adels zu sein. Kein Mitglied, sagte er, und ich hatte keine Zeit, über diese Formulierung nachzudenken. Ab zehn stand das Telefon kaum mehr still, und im Verlauf der nächsten Tage hatte ich das Gefühl, jeder hundertste Zuschauer sei mit einem Anruf oder Brief in meine Wohnung gestürmt. Die meisten beglückwünschten und ermunterten mich, wenige schimpften, einige winkten mit lukrativen Einladungen zu Talkshows, Podiumsdiskussionen, Vorträgen und neuen Artikeln.

Mein Aufstieg begann, mein Taumel, mein Glück.

Bevor ich jedoch den neuen Einladungen folgte, zog ich mich für eine Woche zurück, um einen flotten Artikel über den Soldatenkönig zu verfassen. Ich brauchte Ruhe vor dem Telefon, arbeitete in Bibliotheken und Cafés und feilte abends am Computer meine Thesen aus.

Den Text *Warum ich den Soldatenkönig liebe* hatte ich bereits skizziert, als mir der Gedanke kam, diesmal nicht aus der Ich-Perspektive zu schreiben. Was interessiert die Leute, warum ein Mensch namens Rusch eine Liebe zu diesem oder jenem König hegt? Ich musste marktstrategisch, ich musste weiter denken, über meine Person hinaus. Im mehr oder minder konservativen Lager, das hatte die Reaktion auf die Talkshow gezeigt, konnte ich die schönste Resonanz erwarten. Nun wollte ich auch die andere Hälfte, die eher sozialdemokratisch, grün und liberal geprägten Geister, erreichen und provozieren. Das beste Mittel dafür war der Reformkönig Friedrich Wilhelm, der

236

als Soldatenkönig und strenger Vater des jungen Fritz den schlechtesten Ruf hatte – Militarist, Sadist, Geizhals – und dessen große Verdienste nur ein paar Historikern bekannt waren.

Der erste richtige Finanzpolitiker in Europa, ein rigoroser Sparer und Genie der Ökonomie, ein vorbildlicher Gesundheitspolitiker. Er straffte die Verwaltung, erfand den Staatsbürger, befreite die Bauern von der Willkür der Junker, bekämpfte die Leibeigenschaft, verband Sozialpolitik mit dem Eigeninteresse der Leute, lud Flüchtlinge und Verfolgte in sein Land und focht für die Menschenrechte. Trotz seiner Aversion gegen die Intellektuellen führte er die Schulpflicht ein und trotz seiner Leidenschaft für Soldaten war er nicht auf Eroberungen aus, sondern auf Souveränität, ein kriegsscheuer und friedliebender Monarch wie kein zweiter in Preußen. Diese Verdienste konnten nicht genug betont und gepriesen werden – bei allen seinen Fehlern, Schwächen, Prügeleien und Sadismen.

Also machte ich mich daran, die Reformen des Soldatenkönigs aufzulisten und sie mit den Vorhaben zu vergleichen, die sich die neue Bundesregierung gestellt hatte. Die historische Parallele bot sich an: Nach der Prunksucht, Korruption und selbstgefälligen Untätigkeit der Herrschaft von König Friedrich I. beziehungsweise Kanzler Kohl waren nun frische Kräfte am Werk, die das hoch verschuldete Land reformieren, entbürokratisieren und ökonomisch effektiver machen mussten. Mit diesen Überlegungen war es nur ein kleiner Schritt zu dem Titel: *Warum der Kanzler den Soldatenkönig als Vorbild braucht.*

Der Text, in einem großen Wochenblatt unter der Überschrift *Soldatenkönig und Bundeskanzler* veröffentlicht, ist mit seinen Thesen dank vieler Debatten und Kontroversen so bekannt geworden, dass ich ihn hier nicht referieren muss. (Außerdem werden in Kürze meine gesammelten Aufsätze in Buchform vorliegen, *Sinnlichkeit im Preußenkleid*.)

131

Dobbin, November 1828. Wohnzimmer, die Jasmund-Eltern und Minna.

– Ich möchte Frau von Donop noch ein kleines Geschenk machen, liebe Eltern, und bitte um etwas Geld.

– An was dachtest du denn?, fragt Vater Jasmund.

– Vier silberne Gäbelchen, die ich neulich in Krakow gesehen habe, damit sie ein Andenken an mich hat.

– Muss es denn gleich Gold und Silber sein, Minna? Kannst du nicht etwas basteln oder einen Scherenschnitt machen?, fragt die Mutter.

– Ich mache schon lange keine Scherenschnitte mehr.

– Aber sind die Gabeln nicht etwas üppig?, fragt die Mutter.

– Es ist doch mein Geld!

– Minna, pass mal auf, sagt der Vater. Es ist nicht dein Geld, sondern das Geld, das wir für deinen Unterhalt bekommen, das ist ein gewaltiger Unterschied. Als dein Vormund bestimme ich darüber, was ausgegeben wird oder nicht. Und wir können wirklich nicht jedem silberne Löffelchen schenken.

– Aber ich …

– Du kannst ganz beruhigt sein, deine Eltern verstehen dich und erlauben dir, dass du deiner Gouvernante dies Abschiedsgeschenk machst. Aber du musst nicht denken, dass sie uns arm verlässt. Sie wird eine Pension von hundert Talern bekommen, jedes Jahr, weißt du, wie viel Geld das ist? Und 50 Taler für ihre Reise nach Stettin.

132

Berlin, Dezember 1828. Niederländisches Palais. Boyer im Büro, hält einen Brief in der Hand.
– Ich fass es nicht …
Er geht aus dem Zimmer und ruft laut:
– Else!

133

Dobbin, Weihnachten 1828. Wohnzimmer mit Weihnachtsbaum und Familie. Carl versucht auf linkische Weise, den galanten Bräutigam zu geben.
– Habt ihr euch inzwischen entschieden?, fragt Vater Jasmund.
– Ich träume ja immer noch von einem kleinen Landgut, so klein und fein wie Brutzen, aber Minna möchte gerne in die Stadt, sagt Carl.
– Güstrow wäre schön, sagt Minna, oder Rostock oder Schwerin, ich bin aber noch nie in Schwerin gewesen.
– Dann sollten wir die Hochzeitsreise nach Schwerin machen, was? Carl lacht. Bin ja sowieso bis 1. Juli stationiert, dann können wir gleich in der Kaserne heiraten! Haha!
Peinliches Schweigen.
– Ich dachte, ihr wollt an den Rhein, sagt der Vater.
– Ja, wir möchten an den Rhein, sagt Minna.
– Minna, meine Romantikerin! Aber Scherz beiseite, Vater. Ich füge mich natürlich meiner lieben Braut. Wenn sie nach Güstrow will, gehen wir nach Güstrow.

– Aber du wolltest doch auch, hast du gestern gesagt, sagt Minna.

– Ist ja gut, Minna, es bleibt dabei.

– Gut, wenn das also klar ist, werde ich mit Seckendorff sprechen wegen des Postens in der Dominialverwaltung.

– Am Rhein, am Rhein, was wollt ihr bloß am Rhein?, fragt die Mutter.

– Ach, Mutter, sagt Carl, lass doch einmal Minna ihren Willen. Ein bisschen Schiffchen fahren, die alten Burgen sehen, die alten Sagen hören, das ist doch auch für die Bildung, das muss man einfach gesehen haben heutzutage.

Minna möchte etwas sagen, aber sie schweigt.

Friedrich geht wortlos hinaus.

134

Brüssel, Januar 1829. Schloss, Schlafzimmer. Der König im Bett mit Henriette d'Oultremont.

– Ach, Gräfin, Sie sind wunderbar.

– Es ist mir ein Vergnügen, Majestät.

– Wissen Sie, an wen Sie mich erinnern?

– Woher soll ich das wissen? Ältere Herren haben offenbar immer ihre Erinnerungen. Meinen Gemahl habe ich manchmal an eine Putzmacherin aus Gent erinnert, ist das nicht komisch?

– Und mich erinnern Sie an eine Bäckerstochter in Berlin.

Die Gräfin kichert.

– Ich scheine ja einiges gemein zu haben mit den einfachen Mädchen.

Sie lacht.

– Lachen Sie nicht, Gräfin.

135

Dobbin, Januar 1829. Wohnzimmer. Friedrich spielt Klavier.
Minna hört zu. Sie seufzt.

136

Dobbin, Januar 1829. Wohnzimmer, Eltern Jasmund.
– Das ist ein Geschenk des Himmels, Caroline!
– Ich wusste ja gar nicht, dass die Lepels so arm dran
sind.
– Ich sage nur, ein schöneres Gut findet sich so schnell
nicht in ganz Mecklenburg, mehr als zehntausend Morgen,
bis Zittlitz.
– Endlich nicht mehr Verwalter, endlich wieder Eigentümer. Ganz Dobbin den Jasmunds! Und du hältst das für sicher?
– Lepel hat mir gesagt, er ist wirklich am Ende, die Hypotheken sind nicht zu schaffen, bis Mitte des Jahres muss alles unter den Hammer.
– Und wir können endlich aus diesem engen alten Pfarrge-
höft ausziehen und in das Herrenhaus hinüber. Ich hab es
immer im Gefühl gehabt, dass wir in Dobbin erlöst werden
von allem Unglück.
– Wir werden ihm vorher ein Angebot machen.
– Meinst du, das reicht, das Geld, das Carl und Minna kriegen?
– Das müssen wir durchrechnen mit Dr. Schabow, dann
werden wir sehen.
– Und Minna?
– Wir werden ihr sagen, dass diese Gelegenheit nie wieder
kommt und dass dies die beste Sicherung für die Zukunft

ist für sie und Carl und ihre Kinder. Nach Güstrow kann sie immer fahren, ganz wie es ihr gefällt, der Herrin von Dobbin.

– Carl gehört sowieso auf ein Gut, das hab ich immer gesagt, und nicht nach Güstrow, und was soll er in der Verwaltung!

– Den Kindern sagen wir noch nichts, Caroline. Erst mal die Pfähle einschlagen mit Dr. Schabow und deiner Schwester.

Wie ich zum Erfinder des Preußenjahres wurde, ist schon fast vergessen. Die Idee wurde in einem Taxi geboren, auf der Straße des 17. Juni. Ich war auf dem Weg zu meinem zweiten Talkshow-Auftritt, ein Berliner Lokalsender hatte geladen. Wir passierten langsam im Halbstau das Charlottenburger Tor, wo kaum beachtet auf der einen Seite Urmutter Sophie Charlotte und auf der anderen Urvater Friedrich I. posieren, getrennt von acht ständig befahrenen Verkehrsbahnen, von Radwegen und breiten Bürgersteigen. Da flog mir, schön wie ein Blitz, die Idee zu: Bald sind es 300 Jahre, seit dieser unscheinbare, unbekannte Friedrich sich zum König in Preußen krönte! Das müsste sich doch feiern lassen!

In einer etwas müden Runde, ein Brandenburgischer Kulturminister, eine Berliner Schriftstellerin, ein Museumsmann, debattierten wir über das Thema «Welche Traditionen braucht Berlin?». Nach einer Weile wartete ich mit dem Vorschlag auf, der mir eine knappe Stunde zuvor im Taxi eingefallen war. Ich zitiere nach der Mitschrift des Videobandes:

«Traditionen sind nur dann gut, wenn man sie feiert. Wir stehen zum Beispiel im Januar 2001 vor dem Gründungstag des Preußischen Königreichs vor dreihundert Jahren. Niemand weiß das, aber schauen Sie mal nach, es muss im Januar 1701 gewesen sein, als sich der Kurfürst Friedrich zum ersten König krönte. Das könnte doch ein hübscher Anlass sein, mal wieder Preußen zu feiern, mal wieder die guten Seiten zu preisen und die schlechten Seiten zu bekritteln. Lassen Sie sich mal was einfallen, Herr Minister! Zeigen Sie mal wieder Ihre Schätze, Herr Direktor …»

Natürlich gab es gleich Bedenken: Man hätte doch gerade erst in den achtziger Jahren die große Ausstellung gemacht. Man putze doch sowieso schon Schinkel auf. Man könne doch nicht, meinte die Schriftstellerin, so kurz nach dem Abzug der Alliierten mit einer Preußenjahrfeier den Beschluss von 1947 symbolisch aufheben usw.

Solche schwachen Einwände brachten mich erst richtig in Fahrt, und endlich hatten die Zuschauer ihre Show:

«Jedes Jahr zieht die Love Parade mit Millionen jungen Leuten die Straße des 17. Juni entlang, übrigens an Friedrich I. und Sophie Charlotte vorbei, das Königspaar nimmt die Parade ab, heimlich, verstohlen, jedes Jahr wieder. Und da ziert man sich, wenn alle zwanzig Jahre mal die Scheinwerfer auf die Könige und Traditionen gerichtet werden? Preußen gehört zu uns.»

«Wer weiß denn noch, was Preußen war?», warf die Autorin ein.

«Genau!», rief ich. «Es gehört irgendwie zur deutschen Geschichte, aber was weiß man schon von deutscher Geschichte? Da türmt sich, um mit Sombart zu sprechen, ein riesiger Schutthaufen unbewältigter Vergangenheit auf, der uns nur das Gruseln lehrt. Verlorene Weltkriege, Verbrechen, Not und Niederlagen, das ist das Panorama der deutschen Geschichte – und dahinter, irgendwo weit weg, liegt Preußen. Marschmusik, Paradeschritt, Stiefel, Pickelhauben, Kasernen, Uniformen, Befehle, kurz und zackig – soll das etwa alles gewesen sein?»

Der Minister und der Museumsdirektor stimmten mehr und mehr zu. Sie begriffen, es könnte einige Vorteile geben, nach der deutschen Vereinigung das alte Preußen noch einmal neu zu entdecken.

«Kritik und Vorurteile hatten wir immer», meinte der Minister endlich, «vielleicht haben Sie Recht, jetzt sollte man Preußen einmal jenseits aller guten und bösen Mythen zeigen.»

«Wo so viel historisch geforscht und geackert wurde, soll auch mal geerntet werden», sagte ich.

«Auch Preußen braucht natürlich den Event», sprach der Museumsmann.

Das Hin und Her dieser Fernsehdebatte muss ich hier nicht ausbreiten, festzuhalten ist nur, dass der Vorschlag bei den beiden Herren offenbar auf fruchtbaren Boden fiel. Ich hörte jedoch nie wieder von ihnen, aber ungefähr ein Vierteljahr später erschien in der Presse eine Notiz: Berlin und Brandenburg planten ein «Preußenjahr 2001» mit Ausstellungen, Konzerten, Vorträgen usw.

Die Herren haben sich nicht einmal bedankt. Was ich als spielerische Idee hingeworfen hatte, wurde ein ernsthaftes Projekt, Kommissionen tagten, Politiker bewilligten Gelder, Heerscharen von Fachleuten sind beschäftigt, die große Preußen-Trommel für eine noch größere Kulturschlacht zu schlagen. Mir soll es recht sein, und es stört mich nicht einmal, meine Talkshowsätze nun, leicht verdünnt, aus Politikermündern zu hören.

Einen halben Herbst und einen ganzen Winter, man wird sich erinnern, war ich gefragt als bürgerlicher Preußenprinz, als Experte für deutsche Geschichte, als eloquenter Schriftsteller, als Vertreter eines postdemokratischen Monarchismus, als Mahner und Clown, als Sinnstifter und Polemiker. Die schlichteste meiner Parolen, *Mehr Preußen kann Deutschland nicht schaden,* wurde überall zitiert, bekämpft, begrüßt und diskutiert. Aber damit gab ich mich nicht zufrieden und legte es darauf an, bei jedem Auftritt mit einer neuen frechen These zu überraschen.

Das wirksamste Reizwort war «Pflichten». Von Pflichten wollte niemand etwas wissen, nur sehr konservative Leute, aber die wollten es nicht von mir hören.

«Gegen sich selbst nicht wehleidig sein», sagte ich, «darin liegt der Kern der preußischen Tugenden und Pflichten. Gerade im Zeitalter der Globalisierung ist es notwendig, den Gemeinsinn …»

Ich brauchte solche Sätze nur anzufangen, schon hatte ich Freund und Feind an der Angel und die Einladungen für weitere Tagungen und Streitgespräche in der Tasche.

Da ich mein blaues Blut nur auf saloppe Weise ins Spiel brachte und nicht wie eine Monstranz vor mir hertrug, galt ich bei Zuschauern und Medienleuten als glaubwürdig. Meine Attraktion, das begriff ich rasch, lag offenbar darin, dass ich die Werte des Adels und des Preußentums in lockeren Sätzen vertrat, ohne mit einem Adelstitel zu protzen oder mir als Graf, Baron oder Fürst einen hohlen Respekt zu erschleichen. Im Fernsehen, wo bis dahin entweder altmodische Aristokraten, sonnengebräunte Playboyprinzen oder adoptierte Angeber den Adel und das alte Preußen vertreten hatten, kam ich gut an, weil ich keinem dieser Klischees entsprach. Mein Typ war neu.

Es schadete mir nicht einmal, mit neunzehn Jahren in Brokdorf gegen das Atomkraftwerk demonstriert zu haben und deshalb als ehemaliger Linker zu gelten. Auch das ließ sich nach dem Muster der ersten Talkshow zu meinem Vorteil ummünzen. Außerdem war ich, ohne etwas dafür getan zu haben, auf der Seite der Sieger gelandet: was ich als Schüler gefordert und was mir dann recht gleichgültig geworden war, konnte ich nun als Regierungsprogramm proklamiert finden. Mein preußisch motiviertes Bekenntnis zu solchen Demonstrationen provozierte die Ideologen auf der Linken wie der Rechten, wurde aber von der Mehrheit der Zuschauer und Leser als Geradlinigkeit und Ehrlichkeit ausgelegt und machte meine munteren Thesen und das, was man für meinen lässigen Konservatismus hielt, noch überzeugender.

Schon lange, schrieb die geschätzte Frankfurter Zeitung, *ist in den Medien kein Apologet der neuen Werte aufgetaucht und von Studio zu Studio, von Redaktion zu Redaktion weitergereicht worden, der so schlagfertig, irritierend und charmant daherkommt. Wer so vielseitig argumentiert, hebt sich wohltuend von den üblichen Meinungs-Interessenvertretern ab, wird aber flugs zum Vertreter einer neuen Branche: des Preußen-Pop.*

Ja, ich galt nicht als Interessenvertreter. Und weil ich keiner Partei oder Schule angehörte, wurde ich, wie ein König über den Parteien stehend, von mehreren Parteien umworben. Je heftiger ich gegen den Lobbyismus der Meinungsmacher vom Leder zog, desto mehr stieg meine Beliebtheit beim Publikum und in den Redaktionen. Niemand hielt mir vor, ein Lobbyist des Unternehmens Albert Rusch zu sein.

Ich kann diese hektische Phase in meinem Leben hier

so summarisch abhandeln, weil ich mich in diesen Wochen stets in den gleichen Kulissen bewegte: auf dem Kunstleder der Taxisitze, den Rolltreppen der Flughäfen, in den breiten Sitzen der ersten Klasse im ICE, auf den Schminksesseln der Studios, vor den Wassergläsern der Fernsehanstalten, in Vortragssälen und Salons. Das Einzige, was sich änderte: die Hotels wurden immer besser, die Drinks teurer. Wohin ich auch fuhr, welches Mikrofon meine Stimme verstärkte, ob ich mit oder ohne Kamera parlierte, alles diente einem einzigen Zweck: Albert Rusch beliebt und berühmt zu machen.

Anfangs war ich noch überrascht gewesen, wie schnell das gelang. Einmal mit etwas Frechheit und Glück auf das Pferd des Großen Kurfürsten geschwungen und vor einer Million Leuten forsch aufgetreten, schon war man ein Name, ein Begriff, eine Marke. Der Glanz der Könige faszinierte immer noch, und kein Demokrat ließ es sich nehmen, vor einem königlichen Spross seinen Diener zu machen.

Bald hatte ich mich daran gewöhnt, mit dem größten Schatz beschenkt zu werden, den die Medien zu bieten haben: mit Nachfrage. Sogar einen Spitznamen hatte ich, der zuerst abfällig gemeint war, dann ein Markenzeichen wurde: Der junge Fritz. Das Spiel mit der königlichen Abkunft war kein Spiel mehr, sondern ein Erwerbszweig, ein einträglicher Beruf geworden.

Der Picasso von Wusterhausen, das war der einzige brauchbare Artikel, den ich in dieser hektischen Zeit zustande brachte. Bis dahin wussten nur ein paar Fachleute, dass Friedrich Wilhelm I. sich als Maler betätigt hatte. Ich kannte seine Bilder aus Büchern und Katalogen und war sicher: Hier ist ein großer Naiver zu entdecken, ein Avant-gardist, ein Realist! Es sollte eine hübsche Provokation der Kunstszene werden und wurde es auch: den Preußischsten aller Preußen, den Soldatenkönig als genialen Maler zu feiern.

Im Schloss Wusterhausen, wo die bislang verstreuten Bilder gesammelt waren, wurde noch in allen Etagen reno-viert, aber mit besonderer Genehmigung, mein guter Name reichte, durfte ich die Schätze besichtigen.

Das bekannteste Bild war das Selbstporträt des Königs von 1737. Nicht in Uniform, sondern einfach wie ein Bür-ger gekleidet. Die große schlanke Hand, ohne Waffen, auf die Brust gelegt: seht her, ich bins. Kein geschöntes Hofge-sicht, sondern kränklich, fett, faltig, fast ein wenig debil. Breite Wangen, ein mürrisch geschlossener Mund und starre kleine Augen. Das Haar grau, ungescheitelt, unge-ordnet. Nichts ist herrlich und glatt an diesem Mann, nichts deutet auf Größe und Macht. Ein alter Mensch in seinem Leiden, in seiner Vergänglichkeit.

Ist je begriffen worden, fragte ich in meinem Artikel, *welch eine Revolution in der Malerei hier stattgefunden hat? Wahrscheinlich der erste König in der Kunstgeschich-te der Neuzeit, der nicht geschönt ist von einem Hofmaler. Der erste König, von dem es ein wahres Bild gibt. Der erste König, dessen Schmerzen wir sehen dürfen. Der erste Kö-nig, der sich künstlerisch, wenn auch in dilettantischer Malweise, selbst durchschaut. Was er nachts, schlaflos we-gen der Schmerzen der Gicht, an seiner Staffelei zustande bringt, ist unerhört, ja revolutionär wegen seiner Unbe-stechlichkeit. Der Blick der Narren, Kinder und Irren. Der Blick, gegen den nur die Zensur hilft. Darum lässt der Kö-nig, der sonst vor nichts und niemandem Angst hat, die*

Bilder verstecken, sobald sie trocken sind. Er möchte dafür nicht verlacht und verspottet werden.

Ebenso bestürzend ehrlich das Gemälde «Bohnenkönig», nach einer holländischen Vorlage: ein trauriger Fettwanst, ein Fresser, wie auch er einer gewesen ist, mit Falten und schiefem Blick und einer lächerlichen Krone. Verspottet und von lächerlicher Macht, einsam und hilflos, ängstlich und verwundet, verkleidet und bloßgestellt, angewidert und lauernd. Was bringt einen der fortschrittlichsten Tyrannen, die Europa kannte, zu solch einer nächtlichen Sicht auf sich selbst?

Für seine «Susanna im Bade» pries ich ihn als Vorläufer der Präraffaeliten, bei «Der Sinnende» als Vorläufer Picassos. «Bauer und Wucherer» ist wohl das erste sozialkritische Gemälde im 18. Jahrhundert. Seine «Dame mit federgeschmücktem Barett und Blütenzweig in der Hand» reicht voraus bis Ingres. Der «Mann in roter Jacke» dagegen ist auf saubere Weise altmeisterlich gemalt. Mit dem Doppelporträt, «Spiegelstudie» genannt, liefert er ein surreales Rätsel.

Keinem Künstler fühlte ich mich in jener Zeit so nah wie diesem Friedrich Wilhelm. Die Spannung der Bilder erreichte er durch den Blick auf das Einfache, mitten in der ausgehenden Barockzeit, auf die einfachen Leute, die einfache Kleidung, die einfachen Gesten. Durch die Beschränkung auf das Knappe, Klare, Rohe. Und durch die Härte, mit der er seine Abgründe und Widersprüche ungeschützt offen legt.

Ich nannte den Soldatenkönig ein unbeholfenes Genie, einen unfreiwilligen Avantgardisten, einen naiven Realisten und zitierte Jochen Klepper, der ihn trotz seiner Schwächen mit Lorenzo Lotto oder Giovanni Moroni vergleicht:

Inmitten einer Welt, die von Seide rauschte, in Brokat erstarrte, von Juwelen leuchtete, von Federn wogte und in Perücke, Puder, Schminke sich verbarg … malt unser königlicher Moroni des 18. Jahrhunderts selbst sein Gesinde. Als sei in der Welt der Höflinge ein treues Gesicht so rar, dass man es im Bilde festhalten müsse.

Der reißerische Artikel *Der Picasso von Wusterhausen* löste den Widerspruch der Fachleute aus, den ich erwartet hatte. Aber das Ziel war erreicht: In den Feuilletons und Salons begann man, den verkannten Vorfahren zu entdecken und als schrilles Genie neu zu bewerten.

137

Dobbin, Februar 1829. Wohnzimmer. Friedrich spielt Klavier. Minna hört zu. Sie seufzt.

138

Dobbin, Januar 1829. Wohnzimmer. Anwalt Dr. Schabow und Jasmund.
– Also, sagt Schabow, die Stichworte für Ihren Brief: Das Allodialgut ist in hervorragendem Zustand, Dobbin, Zittlitz, Hütte und vier abseits gelegene Bauernhöfe, Weideland für achttausend Schafe und hundertzwanzig Kühe. Tannen-, Buchen- und Eichenwald, der großenteils schlagreif ist. Die Dependancen aufzählen, Molkerei, Mühle, Schmiede, Fischerei am Krakower See und Jagdgebiet, alles zusammen 10 530 Morgen. Das Wohnhaus bedarf einer gründlichen Renovierung, die übrigen Gebäude sind gut erhalten.
Die Ertragsmöglichkeiten des Gutes dürften höher liegen

als die amtliche Taxation, da man, das muss man den Holländern erklären, in Mecklenburg nur nach dem Kornertrag rechnet und nicht nach dem Ertrag von Futter und Viehzahl. Nach unserer Ansicht ist es umgekehrt: Viel und kräftiges Futter gibt größeren Viehbestand, folglich mehr Mist, folglich mehr Futter- und Getreidewuchs.

Das Nebengut Groß-Bäbelin mit seinen 3154 Morgen sollten Sie nur am Rande erwähnen, Herr Baron, ein allzu offener Wunsch in diese Richtung könnte Ihnen falsch ausgelegt werden.

139

Dobbin, Januar 1829. Abends, Minna in ihrem Zimmer.

Sie kleidet sich aus, zieht das Nachtgewand über, setzt sich mit untergeschlagenen Beinen auf ihr Bett, wirft das nicht sehr lange, dünne Haar über die Schulter nach vorn und beginnt es für die Nacht einzuflechten. Ihre schmalen, geübten Finger lösen das Haar, flechten den Zopf und stecken ihn flink und geschickt auf. Minnas Kopf dreht sich dabei bald nach rechts, bald nach links, aber ihre weitgeöffneten Augen starren regungslos geradeaus.

Die Nachttoilette ist beendet, Minna steht auf, geht zu ihrem Sekretär, nimmt einen aufgefalteten Brief in die Hand, liest kurz und legt ihn wieder hin.

– Vor seinem Abschied wird er befördert. Oberleutnant von Jasmund. Wie wenig mich das rührt. Und kein Wort von Liebe in dem ganzen Brief.

140

Den Haag, Februar 1829. Schloss, Hofman und Goltz.
– Ich habe mit Seiner Majestät gesprochen, Herr Regierungsrat, hier sind die schriftlichen Anweisungen. Seine Majestät schätzen das Gut Dobbin als außerordentlich gewinnbringend ein. Zu der vor einem Jahr vereinbarten Mitgift kommt eine Hypothek des Königs von 50 000 Gulden. Bitte, leiten Sie das in die Wege, die Zeit drängt offenbar.
– Ich werde tun, was Seine Majestät befehlen. Und was ist mit dem Neben-Gut, Groß-Bäbelin?
– Davon raten Seine Majestät ab. Dieser Ankauf scheint nicht sehr gewinnbringend.
– Sie hatten da zugeraten?
– Die Sache ist entschieden. Sie stehen dem ganzen natürlich wieder skeptisch gegenüber, sagt Frau Goltz.
– Was die Familie von Jasmund mit der Mitgift anfängt, geht mich nichts an. Aber alles andere, es wird mir wieder sehr viel Arbeit machen. Wir werden bald einen Minister für Jasmund'sche Angelegenheiten brauchen.

141

Dobbin, Februar 1829. Wohnzimmer, Jasmund-Eltern mit Minna und Carl.
– Aber woher kommt das Geld?, fragt Minna.
– Aus deiner Mitgift, Kind, sagt Vater Jasmund. Das hab ich euch doch schon erklärt, dass dank der Huld der Königin der Niederlande ihr beide ein sorgenfreies Leben führen könnt.
– Aber so viel, dass man ganz Dobbin dafür kaufen kann?, fragt sie.

– Nein, natürlich nicht, wir müssen noch einige Hypotheken aufnehmen und so weiter, das ist alles ziemlich kompliziert, aber wir werden es schaffen.
– Und wie viel Geld kriege ich?
– Minna, das ist sehr kompliziert. Du kriegst kein Geld für dein Portemonnaie, du kriegst gewissermaßen Kapital, das angelegt wird, damit du und Carl und eure Kinder ein sorgenfreies Leben habt. Das Geld muss arbeiten, verstehst du … Ach Carl, vielleicht solltest du das deiner Braut mal erklären auf einem Spaziergang.
– Aber wie viel ist es denn?
– 50 000.
– 50 000? 50 000 Taler?
– Nein, Gulden, das ist sogar noch mehr. Das ist alles sehr schwer zu verstehen für ein sechzehnjähriges Mädchen. Lass dir von Carl ein bisschen helfen damit …
– Aber wir wollten doch nach Güstrow!
– Ihr könnt ja auch nach Güstrow, Minna. Als Gutsbesitzer könnt ihr es euch leisten, jederzeit nach Güstrow zu fahren, wann ihr wollt. Aber wenn ihr nur in Güstrow lebt, könnt ihr euch nie ein Gut leisten. Jetzt kriegt ihr beides. Ein Geschenk ist das! Es wäre eine Sünde, es nicht anzunehmen, Kinder.

142

Dobbin, März 1829. Minna und Friedrich am See.
– Bald wird das alles dir gehören, Minna.
– Friedrich, ich … darf ich offen sein?
– Sieh mich als deinen besten Freund.
– Ich finde das Geschenk zu groß zu für mich.
– Und was sagt Carl dazu, findet er es auch zu groß?

– Nein, er macht schon Pläne, was er abreißen, was er neu bauen will. Es kann ihm alles nicht gewaltig genug sein. Ich wäre zufrieden gewesen mit einem Haus in Güstrow – Musik, Gesellschaft, Lesezirkel, gebildete Leute. Ich will nicht auf den Acker!

– Ich verstehe dich, Minna.

– Du bist der Einzige, den ich noch habe, der mich versteht. Bleibst du mein Freund?

– Gewiss, Minna, immer. Dein bester Freund.

– Du hast mich aufgefangen, als ich fast ohnmächtig wurde wegen Donni, weißt du noch?

– Natürlich weiß ich das, ich fühle es wie heute. Ich fühle …

Er fasst ihre Hand.

– Friedrich, du bist kein Offizier und doch viel stärker als Carl, denke ich manchmal.

Sie zieht die Hand weg.

– Ich werde auch kein Soldat, Minna. Ich werde die Rechte studieren.

– Du solltest Musiker werden, du spielst so schön. Ich könnte dir stundenlang zuhören. Du hast ein Gefühl …

– Du kennst doch unsere Eltern, Musik studieren!

Minna schluchzt. Friedrich umarmt sie.

Nachdem ich zur besten Sendezeit in der richtigen Sendung und gerade rechtzeitig vor Weihnachten drei Sätze über die *Die Fähre von Caputh* gesagt und Harald Schmidt das Buch vor die Kamera gehalten hatte, mussten die Buchhandlungen, die den unverkäuflichen Titel längst remittiert hatten, wieder Bestellungen aufgeben.

In den drei Tagen nach der Sendung wurden mehr Exemplare verkauft als in all den Monaten vorher, mehr als

1439 Stück. Nach einer Woche gab der Verlag die zweite Auflage in Auftrag, nach einem Monat die dritte, nach zwei Monaten die vierte, inzwischen habe ich *Fasching mit Elvis* längst überholt.

Auch die drei anderen Romane zogen deutlich an, besonders *Jungfernheide,* nachdem ich eine Moderatorin, die das Buch nicht gelesen hatte, lange in dem Glauben gelassen hatte, es handle sich um ein pornographisches Werk. Danach allerdings vermieden die Fernsehleute das Gespräch über meine Romane, die sie sowieso nicht lesen wollten, und fragten beflissen nach neuen Büchern, weil sie deren Kenntnis nicht vortäuschen mussten.

Im Verlag hat man meinen unerwarteten Ruhm zuerst mit Skepsis, dann, als der Vertriebschef immer schönere Zahlen vorlegte, mit einem kräftigen Werbeetat begleitet. Hemmerle wartete dringend auf die ersten Kapitel des Wilhelminen-Romans, Karla mahnte alle zwei Wochen, beide betonten jedes Mal wieder den hohen und einmaligen Vorschuss, den sie zugesagt hatten. Da ich für einen Studioauftritt bei einem Privatsender schon 10 000 DM bekommen hatte, von anderen Sendern, Akademien und Buchhandlungen ebenfalls nicht schlecht entlohnt, von Zeitungen und Zeitschriften mit höchsten Honoraren gelockt wurde und am Aufschwung der alten Titel ordentlich verdiente, war ich auf das Vorschussgeld nicht mehr angewiesen. Zum Schreiben kam ich sowieso nicht.

Bereits im November (in meiner Zeitrechnung: nach der zweiten Talkshow und vor dem Verkaufserfolg) hatte ich, dem Drängen nachgebend, die ersten hundert Seiten der Rohfassung nach München geschickt. Karla und Hemmerle jubelten, die Geschichte sei großartig, das dramaturgische Gerüst auch, jetzt solle ich mit dem richtigen

Schreiben beginnen und «die Unterhaltung einflechten», wie Hemmerle sagte.

Nein, es waren nicht nur die Verlockungen des Ruhms und der gedrängte Terminplan, die mich hinderten, den Wunsch des Verlages zu erfüllen. Nach den glücklichen Auftritten in Studios und Sälen, getragen von der Illusion der sofortigen Wirkung, fühlte ich mich immer weniger imstande, das Milieu des 19. Jahrhunderts auszumalen, zu poetisieren oder zu dramatisieren.

Jutta gegenüber behauptete ich damals, das sei mir zu einfach.

«Je mehr ich zu wissen glaube», sagte ich ihr, «was den erfolgreichen Unterhaltungsroman, die Attraktivität der *historical fiction* ausmacht, desto weniger Lust spüre ich, wie ein Lakai den simplen Regeln der Gattung und den Erwartungen des Verlags zu gehorchen. Außerdem, die großen Gefühle, die angeblich den großen Roman ausmachen, vertragen sich nicht mit dem Understatement der schlichten Sätze, die ich notiert habe, sie werden dieses stille Drama nur verfälschen. Wirkt es so knapp nicht viel besser?»

Schöne Ausreden, ich weiß.

Es ging mir längst nicht mehr um die Literatur, nicht einmal um die Unterhaltungsliteratur. Meine Scheu, die Szenen der Rohfassung auszuschmücken, die Figuren plastischer und die Konflikte übertriebener auszumalen, alles noch mehr zu verdichten und vor einen bunten Breitwand-Horizont zu stellen, hatte tiefere Gründe. Schneller Ruhm macht nicht gerade fleißig. Ich sah den Aufwand nicht mehr ein, den ich treiben musste, um die Gegenstände des frühen 19. Jahrhunderts, Tassen und Kutschen, Vorhänge und Bettvorleger, Kleider und Möbel, französische Zitate, Herz-Schmerz-Phrasen zwischen meinen Dialogsätzen

256

auszubreiten und in das Drama der Wilhelmine zu streuen. Details aus Büchern und Museen zu sammeln, beschreibend herauszuheben und durch den Blick oder die Berührung einer ungewöhnlichen Heldin oder eines markanten Helden zu verschönern und alles wieder, nur poliert, in das Museum eines dicken Romans zu rücken und auf die Bestsellerliste zu hoffen, das schien mir absurd und obszön. Die Rohfassung ist die ideale Fassung, sagte ich mir.

Den Aberglauben, mit einem sorgfältig durchgearbeiteten Buch spektakuläre Erfolge zu erzielen, hatte ich längst abgelegt. Die Vorstellungen des Verlags von einem mecklenburgischen *Vom Winde verweht* kamen mir rührend altmodisch vor. Ich blieb, auch nach den Anfeuerungsrufen aus München, der neuen Linie treu: Die eigene Person vermarkten, das Buch kann dann beliebig schlecht oder gut sein, roh oder gut durchgebacken. In den Medien war ich sowieso nicht als Schriftsteller gefragt, sondern als Königsenkel, PR-Mann für Preußen, Sinnstifter, als Star.

Ja, ich blühte auf unter den Scheinwerfern und hatte meinen Spaß vor den Kameralinsen. Jahrelang ein erfolgloser einsamer Schreibtischkämpfer, plötzlich wurde ich süchtig nach dieser völlig anderen Atmosphäre, dem ständigen Wechsel von Hektik und Lässigkeit, und fühlte mich immer wohler in den Fernsehhallen, solange die Kameras in meine Richtung zielten. Die Häppchen vorher, die Rituale in der Maske, die Absprachen mit den Kameraleuten, die Ausleuchtungen und die Anleuchtungen, der getragene Ton der Moderatoren und der aufdringliche Charme der Moderatorinnen, alles war in professioneller Bewegung und Aufregung, weil ich ein paar freche Thesen in die Welt gesetzt hatte. Ich fand mich geliebt und gebraucht, von Maschinen umtanzt, von den Technikern geschätzt und vom Medium gehätschelt und gestreichelt.

Die meisten Fernsehgäste halten es selbst bei stabiler Eitelkeit nicht gut aus, angestrahlt und gemustert zu werden, lassen sich von der Nervosität der Teams im Hintergrund und vom Sekundenzählen anstecken, strengen sich an, keine Fehler zu machen, und fühlen sich von dem technischen Brimborium eingeschüchtert und misshandelt. Bei mir war es genau umgekehrt. Die Medien sind sowieso überall, Kamera läuft, an jeder Straßenecke wird gedreht, Kamera läuft, alles ist filmreif, Kamera läuft, jeder landet irgendwann im Scheinwerferlicht. Also muss man die Medien als etwas Natürliches, als zweite Haut begreifen. Und wenn sie Sekretärinnen und Leibwächter zu Stars machen, warum nicht mal einen erfolglosen Schriftsteller? Es ist ein Spiel, kein Abenteuer. Jeder tritt irgendwann in einer Show auf, warum soll die Show für Sinn, Geschichte, Nation, Kultur also ohne Albert Rusch laufen?

Oft stellte ich mir vor, dass ohne mich dieser ganze Aufwand von der Studiokulisse bis zum Kabelschlepper nicht stattfände. Das war ein Trick, ich weiß, denn im Grunde ist es ziemlich egal, wer auf welchem Bildschirm welche Sätze sagt.

Ich lernte schnell, wie ich aufzutreten hatte: fix, provokant, flexibel, nicht zu fein, nicht zu feige, nicht zu klug und nicht zu arrogant. Und wenn die anderen sprachen, musste ich nur ein aufmerksames, waches und leicht überlegenes, melancholisches Gesicht aufsetzen.

Am wichtigsten ist, wie jeder weiß, die Ausstrahlung, nicht das Argument. Mit meinen dunklen Haaren und blauen Augen hatte ich Glück, mit der Stimme auch. Die Frisur brachte ich vor jedem größeren Auftritt in Schwung, und mit den Hemden und Jacketts habe ich offenbar keine Fehler gemacht. Lockeres Auftreten war selbstverständlich, und dann flossen die Sätze wie von selbst.

Die Fernsehmenschen schätzten mich, weil ich, wie einer mal erklärt hatte, die meisten der zehn Kriterien für Fernseheignung erfüllte: bekannter Name, aktuelles Thema, skandalträchtige Ansichten, Meinungsfreude, rhetorische Fertigkeit, ergiebige Biographie, narrative Kompetenz, Vertreter einer Szene, diskurskompatibel (das hab ich mir besonders gemerkt und als Orden an die Brust geheftet: diskurskompatibel!), das alles zusammen macht Punkt zehn aus: ein Image.

Manchmal kam ich mir vor wie früher beim Schlagzeugspielen. Ich saß in der Mitte, gab den Rhythmus vor, setzte die Akzente, bestimmte die Lautstärke. Die andern mussten ihre Einsätze mehr mit mir abstimmen als mit den anderen Spielern. Natürlich spielten wir zusammen, mal zu dritt, mal zu siebt, und sicher war ich nicht der Einzige, der auf den größten Beifall aus war. Früher mit Becken, Besen und Trommel, heute mit Kameras. Ich genoss das Gefühl, mit ein paar Worten und Bildern eine Synthese, eine Brücke zwischen mir und der Welt zu bauen.

Das Mikrofon, das die Tonleute an das Hemd oder Jackett klemmten, und das Kabel, das sie versteckten, kamen mir wie der Nabel der Welt vor. Ich war, um im Bild zu bleiben, die Mutter, nicht der Fötus, ich sah mich als den Spender der Nahrung und Energie an. Die Zuschauer draußen vor den Bildschirmen waren die ungeborenen, durstigen, hungrigen Kinder, denen ich per Mikro und Kamera die wöchentlichen Portionen zuteilte.

Es würde zu weit führen, all die Talkshows aufzuzählen, die ich belebte, die Expertenrunden, die ich aufmischte, die Interviews, bei denen ich geduldig die Fragen beantwortete, die ich schon hundertmal gehört hatte. Selbst in den hektischen Debatten über die Gewalt der jungen Rechten galt ich im Handumdrehen als Experte, nachdem ich einmal die These aufgestellt hatte: Rechtsradikalismus muss man auf die preußische Art bekämpfen, mit gesundem Patriotismus wie in den USA, mit Härte und mit Erziehung zu den lange verlachten Sekundärtugenden.

Mein Erfolg lag wohl auch darin, dass ich als Erster begriffen hatte: Die preußische Geschichte ist eine riesige Truhe, aus der jeder Gebildete, Halbgebildete oder Achtelgebildete sich etwas Glanzvolles oder Schauriges, Fortschrittliches oder Reaktionäres, Gutes oder Böses greifen kann. Die Truhe gibt so viel her, dass man jede These vertreten, sich aus dreihundert Jahren sein Preußen oder Anti-Preußen selbst basteln kann. Eine Schatztruhe für Argumente und Anekdoten, die niemals leer wird.

Die meisten Zeitungen würdigten meine Auftritte und den beherzten Griff in die Geschichte mit längeren Berichten, manche druckten meine Texte nach. *Elf Küsse für den Großen Kurfürsten, Kanzler und Soldatenkönig, Mein Onkel, der Weiberkönig, Der Picasso von Wusterhausen* hatten die höchsten Zitierquoten. Nur das Thema *Was die Schwulen vom Alten Fritz lernen können* war weder bei den Schwulen noch bei den Anhängern des Alten Fritzen beliebt.

Überall, wo die Probleme der deutschen Selbstfindung verhandelt wurden, wollte man mich hören. Inzwischen drängten die Akademien mit ihren Einladungen, zuerst die evangelischen, dann die katholischen, dann die Parteien und am Ende die eine oder andere Universität. Wenn ich allen Angeboten gefolgt wäre, hätte ich jeden Abend an fünf Orten gleichzeitig sein müssen. Wo ich zusagte, reichte mir meistens das Repertoire von acht bis zehn Standardsätzen. Seit die Auflagen der Romane stiegen, war ich auch mit den Buchhandlungen wieder gut im Geschäft. Schon acht Wochen nach dem ersten Fernsehauftritt war der Kalender bis weit ins Jahr 2000 mit Terminen überfüllt.

«Dein größter Vorteil in diesem Mediengezappel», sagte Schoppe, «du kannst Sinn verkaufen, ohne als Verkäufer oder Apostel zu wirken. Kein Wort zum Sonntag eben.»

«Das beruhigt mich aber.»

Schoppe blieb der wichtigste Freund in diesen Wochen. Jutta, die für meine neue Karriere nicht viel mehr als Sticheleien übrig hatte, sah ich immer seltener. Sie war zufrieden, in Schwerin wieder als Journalistin arbeiten zu dürfen, konnte sich aber während ihrer Probezeit nur selten einen Ausflug nach Berlin erlauben. Meine Wege führten mich quer durch Deutschland, aber nicht in die Landeshauptstadt Mecklenburgs, jedenfalls nicht zu Auftritten, Vorträgen, Lesungen. Wenn ich Jutta besuchte, war die Zeit knapp, und wir vermieden Debatten über meinen Aufstieg.

Schoppe kämpfte immer noch mit seinem Roman über Max Liebermann. Zu meinem Glück war er nicht so erfolgshungrig wie ich, und da er sein Auskommen hatte dank der Kunstbücher und eines kleinen Vermögens, war er der einzige Freund, mit dem ich meine Taktiken oder Skrupel offen bereden konnte. Manchmal telefonierten wir nach den Sendungen, manchmal trafen wir uns in einer Kneipe. Nur die einschlägigen Künstlerlokale mieden wir, weil ich dort immer nur angestarrt oder angequatscht wurde.

«Deine Stärke ist es», meinte Schoppe, «die allgemeine Orientierungslosigkeit als Marktlücke entdeckt zu haben. Wir ersticken an unseren Freiheiten, klagen die Leute, alle suchen nach Halt und Gewissheit. Ganz Deutschland hungert nach Sinn, auf geradezu hysterische Weise, und wer keine Religion oder sonstige Ideologie hat, fühlt die innere Leere und so weiter. Und da kommst du und füllst die Lücke mit deinem aufgeklärten Patriotismus.»

«Zum Glück bin ich nicht der einzige Sinnstifter.»

«Na ja, du hast einfach den Vorteil, dass du deine Ideen aus der Geschichte, aus der unbekannten deutschen Geschichte schöpfst. Das wollen die Leute hören, nicht immer nur Nazi-Schuld und Nazi-Angst. Du lässt diese Epoche einfach aus, von der sie die Schnauze voll haben.»

«Genügend Leute beschimpfen mich genau deswegen. Dabei habe ich das nicht einmal bewusst geplant.»

«Mach dir nichts draus, mein Königsfreund. Hauptsache, du wirst nicht nostalgisch.»

«Nein, den alten Kaiser Wilhelm will ich nicht wiederhaben. Den Soldatenkönig auch nicht.»

«Konservative Ansichten ziehen nicht mehr, progressive auch nicht. In Wirklichkeit laden sie dich ein, weil du nicht langweilig bist. Nur deshalb bist du mit deinen Meinungen von vorgestern auf der Höhe der Zeit: Jeder kann es schaffen und berühmt werden, sogar ein Preußen-Prophet.»

«Und sie laden mich ein, weil ich keine Angst habe, mich zu blamieren. Das ist das Geheimnis.»

«Und wie du dich ausziehst, Albert.»

«Spinner!»

«Na ja, du ziehst dich raffinierter aus als diese Boys und Girls, die ständig über die Bildschirme huschen. Du ziehst dich mit Worten aus, zeigst deine Preußen-Haut, dein bisschen Preußen-Blut, schon kreischen die Leute vor Abscheu oder Begeisterung. Du brauchst gar nicht so weit zu gehen wie die Exhibitionisten, die alles dafür geben, vor Millionen Leuten weinen und streiten, tanzen und pinkeln, vögeln und Zähne putzen zu dürfen. Was sie mit dir machen oder was du mit dir machen lässt, ist im Prinzip nicht viel anders.»

«Im Prinzip! Sei mal nicht so streng, Schoppe. Erklär diese These mal den Hohenzollernfans.»

«Keine Sorge, ich bin kein Kulturkritiker.»

«Ich kann sagen, was ich will, ich bin in Mode.»

«Das meine ich.»

«Und wie lange geht das?»

«Bis sie dich satt sind.»

«Bis sie mich satt sind. Aber dann schieben wir dich ins Rampenlicht, Schoppe.»

«Mit Kunstgeschichte oder Liebermann hab ich keine Chancen.»

«Kommt noch, das kommt auch noch.»

«Nein, Albert. Selig sind, die an sich selbst glauben und keine Zweifel kennen. Das schaff ich nicht mehr auf meine alten Tage.»

143

Den Haag, April 1829. Schloss. König und Goltz.
– Sie wissen, liebe Goltz, ich gebe in diesen Dingen der Offenheit den Vorzug. Die Unruhen in den südlichen Provinzen bringen es mit sich, dass eine Dame in diesen Tagen in der Stadt eintrifft, die in Brüssel in Gefahr ist. Es ist die Gräfin d'Oultremont. Sie müssen wissen, dass die Gräfin

bei mir einen gewissen Vorrang einnehmen wird. Ich bitte Sie nur, der Königin keinerlei Andeutungen in dieser Hinsicht zu machen. Sie kränkelt sehr, sie ist genügend angegriffen.

– Zu Befehl, Majestät.

– Ich danke Ihnen, liebe Goltz, für all die schönen Nächte und die Vergnügen, die wir teilten.

– Zu Befehl, Majestät.

– Ich habe Anweisung gegeben, dass Ihr Salär erhöht wird.

– Ich danke Ihnen, Majestät.

– Und was macht unser Sorgenkind in Mecklenburg?

– Der Gutskauf geht voran.

– Was sagt eigentlich meine Tochter dazu?

– Sie hat nichts gegen den Ankauf, schreibt meine Schwester, sie wolle am liebsten auch jetzt bei der Familie bleiben, da sie außer dieser niemandem angehöre.

– Dann können wir also aufatmen, dass alles ins Lot kommt.

– Jetzt hat mein Schwager aber noch, wenn ich Ihnen das noch vortragen darf, Majestät …

– Bitte.

– Mein Schwager hat den Vorschlag, eine neue günstige Gelegenheit zu ergreifen und für seine Tochter Henriette eine Pächterei eine Viertelmeile von Dobbin zu übernehmen und dafür eine Hypothek …

– Zeigen Sie!

Er überfliegt den Brief.

– Nein.

– Und eine Frage, ob die Hypothekensumme für Dobbin noch einmal erhöht werden könnte um 25 000?

– Nein. Vielleicht sollten Sie Ihre Familie einmal aufklären über die Staatsfinanzen der Vereinigten Niederlande.

– Zu Befehl, Majestät.

144

Dobbin, April 1829. Minna und Friedrich am See.

– Minna, ich kann nicht anders, ich …

– Sag es nicht.

– Du weißt, was ich sagen will?

– Ich fühle es.

– Ich fühle … es auch.

– Friedrich, ich …

– Ich liebe dich.

– Ich dich auch, es ist so furchtbar, ich liebe dich.

Minna schluchzt. Er umarmt sie.

– Weißt du, ich hab das nie zu Carl gesagt, hab das nie sagen können, er war so schnell, und eh ich richtig Atem holen konnte, war ich verlobt, und im August …

– Minna!

– Ich lieb doch dich! Was soll ich denn bloß tun?

Sie schluchzt.

145

Den Haag, April 1829. Schloss. Julia von der Goltz schreibt an Regierungsrat Hofman.

Ich bin unglücklich durch alles dieses, es ist meiner ganzen Natur zuwider, und doch weiß ich, daß mein Schwager ein ehrlicher Mann ist und daß meine Schwester mir die Schuld gibt, nicht für sie zu sorgen – Ja, ich habe ihr weh getan durch meinen Brief, den ich mit solcher Liebe schrieb. Die wenigsten Herren hier im Lande fanden das erste Projekt Ihrer Majestäten Minna ins Haus zu nehmen rathsam. Und obgleich ich gewiß meine Schwester nicht vorschlug, sondern ihre

Lage zu bedenken gab, als der König an sie dachte, da hätte ich es durchaus ablehnen sollen. Ich kann sagen, daß ich viele bittere Stunden seit den sechs Jahren erlebte, Mißverständnisse mit den Meinen auf der einen Seite und hier das bittere Gefühl, nach meiner Meinung oft unbescheiden durch ihre traurige Lage zu erscheinen. Mir wäre es viel lieber, Minnas Bräutigam wäre nicht mein Neffe.

... Ich wiederhole Ihnen nochmals wie schrecklich es mir ist, daß gerade mein Neffe die Person ist, weil jeder wirklich für Minna billige Vorschlag immer so eigennützig aussieht ...

146

Dobbin, Mai 1829. Wohnzimmer der Jasmunds, Mutter und Minna.

– Du wolltest mit mir unter vier Augen reden. Was hast du auf dem Herzen, Minna?

– Es ist ... es ist so schwer zu sagen.

– Lass dir Zeit. Ist es wegen des Gutes?

– Nein, oder eigentlich doch.

– Na was?

– Ich wollte bitten oder ... ich wollte fragen, ob wir die Hochzeit nicht verschieben können?

– Na, du bist gut, jetzt, wo alles läuft! Aber warum denn?

– Darf ich ganz offen sein?

– Bei mir doch immer, Minna.

– Werden Sie es niemandem sagen?

– Wenn du es wünschst.

– Auch nicht Carl?

– Auch nicht Carl, wenn du es wünschst. Was ist mit Carl?

– Ich habe solche Angst … ich habe das Gefühl, dass ich ihn nicht richtig liebe oder nicht genug.

– Ach, wenn es nur das ist! Das ist ganz normal. Ich kenne das auch, als ich verlobt war. Das macht jede Braut vor ihrer Hochzeit durch. Weißt du, die Liebe wächst. Die Liebe findet sich. Das ist das schönste Geschenk, das Gott uns gegeben hat, die Liebe wächst. Du bist sechzehn, was denkst du, was da noch alles wachsen wird in dir. Und dass du dir solche Gedanken machst über deine Liebe, das zeigt nur, dass es dir ganz ernst ist um die Liebe zu Carl, dass du ihn wirklich liebst.

Minna schweigt.

– Nun?

Minna schweigt.

– Ich glaube, du hast mich verstanden.

– Aber können wir nicht trotzdem noch warten?

– Aber warum denn? Carl ist doch ein guter Mensch, oder nicht?

– Ja, Carl ist ein guter Mensch.

– Na, dann ist doch alles wunderbar.

– Friedrich … ist auch ein guter Mensch.

– Friedrich ist auch ein guter Mensch.

– Warum muss ich dann Carl heiraten?

– Ah, daher weht der Wind! Du magst Friedrich?

Minna nickt.

– Mehr als Carl?

– Er ist anders.

– Jetzt hör mir mal gut zu, mein Kind. Friedrich ist ein guter Kerl, aber er ist achtzehn und hat noch nichts gelernt. Sei nicht so kindisch, nur weil er schön Klavier spielen kann. Minna, lass dich nicht verwirren. Ich weiß es, dass du Carl liebst, und im Grunde deines Herzens weißt du es

267

auch. Friedrich wäre vielleicht auch ein guter Gemahl für dich, alle meine Söhne wären es, und ich werde auch mit deinem Vater noch einmal darüber reden. Und ich halte mich an mein Versprechen, ich werde Carl kein Sterbenswörtchen sagen. Nun schlaf gut, Minna.

147

Dobbin, Mai 1829. Wohnzimmer, Eltern Jasmund mit Friedrich, dieser im Nachthemd.
– Du packst sofort, sagt der Vater, früh um fünf wird angespannt! Wir geben dir einen Brief mit an Tante Bülow, und bis zur Hochzeit bleibst du in Ludwigslust! Hast du verstanden?
– Ich hab verstanden, aber ich weiß nicht warum.
– Warum, warum, da gibt es kein Warum!
– Aber …
– Nichts aber! Du … du Verführer! Den eigenen Bruder so zu hintergehen! Solch ein Verrat in meinem Haus! Geh mir aus den Augen! Geh packen!

Wo ich erschien, gingen Türen auf, klickten Kameras, zahlten Gastgeber die Rechnung. Ich gewöhnte mich an Blitzlichter und exquisite Vorspeisen, an Kellner und Taxifahrer, die meinen Namen kannten. An Hotelchefs, die sich verbeugten, Intendanten, die meine Hand schüttelten, Bankangestellte, die mir Anlagetips aufdrängten, Restaurantbesucher, die um Autogramme bettelten. Die tägliche Fanpost, die täglichen Beschimpfungen, die dämlichen Sätze der Klatsch-Journalisten gehörten zu meinem Leben wie die Fragen: Ist es recht so, Herr Rusch? Haben Sie noch einen Wunsch, Herr Rusch? Was kann ich für Sie tun, Herr Rusch?

Ein paar Fernsehauftritte, schon war mein Name auf die VIP-Listen diverser Agenturen geraten. Man wollte mich überall sehen, wo die gebräunten, lächelnden, gestylten Gestalten der höheren Gesellschaft zueinander getrieben wurden. Einladungen zu Premieren, Vernissagen, Galavorstellungen, Wohltätigkeitsfesten und Bällen lehnte ich meistens ab, und wenn ich es einmal mitmachte, das öffentliche Schaulaufen neben Filmstars, Künstlern und Politikern, waren das die unergiebigsten Stunden. Nur das Gesicht, das frische Haar-Gel, den neuen Anzug vorzeigen und gefällig grinsen, das war nichts für mich.

In exklusiven Kreisen kam ich besser zur Geltung. Dinner mit Fernsehchefs und Historikern, Empfänge bei Ministern, Salonabende mit Künstlern, Journalisten und anderen Aufsteigern, da konnte ich meine Rolle als der Junge Fritz weiterspielen. In so vielen festlichen Sälen, Wohnungen und Villen bin ich in diesem halben Jahr gewesen, auf so vielen Parkett- und Teppichböden habe ich gestanden, so viele Champagnergläser gehalten, dass ich heute alles nur schemenhaft wie einen blassen Traum vor mir sehe. In meiner Erinnerung hat sich alles überlagert und verwischt, kein Ort, kein Gespräch ist geblieben, das einen nennenswerten Eindruck hinterlassen hätte. Die Galerie der mehr oder weniger bekannten Gesichter zieht an mir vorbei, und ich weiß heute nicht mehr zu sagen, wer mir begegnet ist und wer sich wann mit welchem Gerede blamiert oder ausgezeichnet hat.

Mich interessierten die Damen – und das Manöverfeld, das ich in diesen Gesellschaften fand. Hier konnte ich meine Thesen und Überlegungen verfeinern und in der Konversation ausprobieren. In diesen erlauchten Runden spielte ich Sätze durch, «Es gibt keine Tatsachen mehr, es gibt nur Bilder, also Fälschungen. Wir fälschen alle» oder «Es gibt keine Meinungen mehr, nur Scheinwerfer, Kameras, Mikrofone», ehe ich sie vor einer Kamera oder gedruckt zum Besten gab.

Ich musste mich bremsen, aus solchen Sätzen kein Manifest der Neuen Konservativen zu basteln. Es wäre nicht schwer gewesen, an die Spitze der Zeitgeist-Vertreter vorzustoßen, ich hätte nur Thesen wie «Die Welt dreht sich um mich», «Selbstkritik ist reaktionär» oder «Skepsis und Zweifel sind von gestern, Zynismus nicht der Mühe wert» von der Straße aufheben und zum Programm erheben müssen. Wahrscheinlich habe ich es nur Schoppe zu verdanken, dass ich im Taumel dieser Wochen nicht dem Größenwahn eines schnittigen Ideologen verfiel. «Werd bloß kein Feuilleton-Politiker!», sagte er.

Trotzdem, Sympathie und Wohlwollen erleichterten mir alles, das Schlaraffenland hätte schöner nicht sein können. Als Mann mit königlichem Blut und mit einem Fernsehnamen war ich bei Soupers und Empfängen, in Studios und Hotelbars stets von Frauen umgeben, die meine Nähe suchten. Nicht jeden Abend griff ich zu, ich blieb wählerisch, aber ich wusste auch diese Seiten des Ruhms zu genießen. Manchmal stellte ich mir vor, die entsprechende Dame sei die Tänzerin Marie Hoffmann und ich der Prinz von Oranien. Es erhöhte das Vergnügen, wenn ich bei den Erkundungen der fremden Körper den Gedanken festhielt: Ich bin auf Recherche, ich bin dem Rätsel der Anziehung zwischen dem Thronfolger und der Bäckerstochter auf der Spur. Bald ging ich so weit, jede Frau Marie zu nennen, und jede Marie musste Willem zu mir sagen. Trotzdem wollte sich nie das sichere Gefühl einstellen: so wird es gewesen sein.

Das Wunder geschah mit einer Frau, die Marie hieß oder sich Marie nannte, ich habe das nie herausgefunden. Es war die kürzeste meiner flüchtigen Begegnungen. Ich hatte mir angewöhnt, zu den Fernsehauftritten eine oder zwei Flaschen Champagner mitzubringen, die nach der Sendung oder Aufzeichnung geöffnet wurden, Belohnung für das ganze Team.

Es war ein Abend im Februar in Hamburg, die Live-Sendung war gelungen, das Thema habe ich längst vergessen. Alle schienen zufrieden, mein Kontrahent, ein Professor aus Bremen, und ich wurden von der Redakteurin und vom Regisseur gelobt, scherzhafte Antworten folgten, man trank auf mein Wohl. Auch diesmal kamen Leute von der Technik hinzu, nahmen einen halbgefüllten Plastikbecher mit oder wollten für einen Augenblick den prominenten Gast aus der Nähe betrachten.

Eine Frau von Mitte dreißig trat auf mich zu und bat um ein Autogramm. Ich fragte nach ihrem Namen.

«Marie.»

Erst da sah ich sie richtig an, eine eher unauffällige Schönheit, aber ein fröhliches Gesicht mit hellwachen Augen. Mit besonderem Schwung setzte ich die Unterschrift auf das Blatt und schrieb dazu: Für Marie! Ich fragte sie nach ihrem Beruf.

«Beleuchterin.»

Wieder eine, die gern mal mit einem echten Preußen schlafen will, dachte ich, schon entschieden, ihr und mir diesen Gefallen zu tun. Ohne ein Wort, nur mit Blicken bat ich sie, in meiner Nähe zu warten.

Wir verließen zusammen das Fernsehgebäude und fuhren zum Hotel. Bis dahin geschah alles im üblichen Takt solcher Begegnungen, manchmal verlängert durch ein Essen oder eine halbe Stunde in der Bar. Im Taxi fragte ich, was ich sonst vermied, nach dem Nachnamen.

«Hoffmann», sagte sie.

Zum Glück beherrschte ich mich und sprach den dummen Satz nicht aus: So ein Zufall! Ich merkte nur, dass ich sie plötzlich zehnmal heftiger begehrte – und nicht einmal ihre Hand zu berühren wagte.

Als wir im Bett lagen, entzog sie sich meiner drängenden Umarmung und begann mir die Füße zu massieren. Sie nahm meinen rechten Fuß und strich mit dem Daumen von der Ferse bis zu den Zehen hinauf und hinunter, mal fest, mal mit zartester Berührung. Mit den Handflächen reibend, mit Zeigefingern und Mittelfingern zupackend, mit dem kleinen Finger kitzelnd fuhr sie über die Fußsohle, bearbeitete die Zehen, erst einzeln vom kleinen bis zum großen, dann alle zusammen. Ich lag mit geschlossenen Augen und streckte mich. Mit der gleichen Ruhe und Beharrlichkeit bestrich sie den linken Fuß und erregte alle meine Nervenbahnen. Sie küsste meine Zehen, begann an ihnen zu lutschen und zu saugen und wurde nicht müde, auch den anderen Zeh mit ihren Lippen zu umschmeicheln, als sei dies die höchste ihrer Begierden.

Ich regte mich, um mit Zärtlichkeiten zu antworten, aber schon lag Marie auf mir und küsste die Beine hinauf, umging das Geschlecht, stürzte sich auf meine Brustwarzen und steigerte ihr Lippen- und Fingerspiel. Sie saugte an meiner Brust, leckte, knabberte, biss mit der zärtlichsten Folter. Ich stöhnte, stammelte, lag wie betäubt. Sie ließ nicht nach, sie zeigte keine Eile, sie hörte nicht auf.

Ich wusste genau, es ist Marie, so war Marie. Das köstliche Vorspiel, das sie schon länger als eine Stunde mit mir treibt, das ist es, was eine Tänzerin und einen Prinzen länger als eine Nacht zusammenhält. Hier liegt das Geheimnis der Liebe zwischen Willem und Marie. Niemals, dachte ich, werde ich Marie und Willem näher sein als in diesen Stunden.

Marie nahm sich viel Zeit, ehe sie den Gegenangriff auf ihren Körper zuließ und wir ineinander sanken.

Bald danach bestand sie darauf zu gehen. Mehr als Wasser wollte sie nicht trinken, mehr als eine halbe Stunde des Nachbebens gönnte sie uns nicht. Ich bedankte mich, was ich in dieser förmlichen Art noch bei keiner Frau getan hatte, bat um ihre Telefonnummer und brachte sie an die Tür. Sie ließ keine längere Umarmung mehr zu.

Am nächsten Vormittag, immer noch brannten mir die Brustspitzen, sagte ich alle Termine für die nächsten zwei Wochen wegen Krankheit ab. Um nicht von Anfragen und Nachfragen belästigt zu werden, blieb ich in dem Hamburger Hotel und schaltete den Laptop an. Ich wollte wenigstens das eine Kapitel des Romans schreiben, wie Willem und Marie sich kennenlernen im Berlin des Jahres 1806 und was sie miteinander treiben. Abends wählte ich Maries Telefonnummer, niemand meldete sich. Am nächsten Tag antwortete ein älterer Mann, eine Marie gäbe es hier nicht, leider. Zweimal versuchte ich es noch, vergeblich.

Beim Schreiben gelangen mir nur kurze, pointierte Sätze, die nicht in einen Roman mit ruhig fließenden Sprachbewegungen passten. Das führte ich auf den frisch angelernten flapsigen Fernsehton zurück. Ich setzte neu an, nun geriet mir das Kapitel durch und durch pornographisch, und ich fürchtete, am Ende doch wieder die Hälfte streichen zu müssen. Einen Roman schreiben und auf der Preußenwelle reiten, merkte ich nach einer Woche, beides auf einmal geht auch mit dem besten Willen nicht.

Beim Sender kannte man keine Beleuchterin namens Hoffmann. Nirgendwo im Haus war eine Marie Hoffmann beschäftigt. Weder im Telefonbuch noch im Internet fand ich eine Spur.

Nach vierzehn Tagen gab ich auf, fuhr nach Berlin zurück und absolvierte meine Termine und Auftritte, als wäre nichts geschehen. Nur eines änderte sich: Ich ließ keine fremde Frau mehr ins Bett.

An den Spaltungen meiner Persönlichkeit, wie mein Arzt später sagte, fand ich Gefallen, wie ich zugeben muss. Im Scheinwerferlicht war ich der wiederauferstandene Oranier oder ein umtriebiger, von seiner Mission überzeugter Preußenprinz. Auf der anderen Seite, wenn die Vernunft mich bremste, hatte ich die beste Ausrede: Ich bin es nicht, der hier die Preußen-Konjunktur ankurbelt, das ist ein anderer. Ob Willem oder Albert, Marie war mir, war ihm, war uns leibhaftig erschienen, und da war es völlig egal, ob sich irgendeine Karin Szymanski oder Susanne Müller, meinen Tick kennend, als Marie Hoffmann ausgegeben hatte oder nicht, sie war Marie Hoffmann. In ihr hatten wir uns getroffen, mit ihr waren wir eins geworden – und damit trieb ich weiter ab in den Wahn.

Von spiritualistischen Verbindungen hatte ich nie etwas gehalten. Eines Tages aber las ich die Behauptung eines Physikers, der Zweite Hauptsatz der Thermodynamik müsse logischerweise auch für das Seelenleben gelten. Wenn man sich den Kosmos als ein geschlossenes System vorstellt, gehe nichts verloren, komme nichts hinzu. Alle Energien und Triebkräfte schwirrten durch den Raum. Also wurde gefolgert: Die Lebensenergien von geliebten und geschätzten Menschen schwirren um uns herum, müssen nur abgerufen werden.

Also folgerte ich: Auch die geistige Energie des Großen Kurfürsten, des Soldatenkönigs und des Oraniers müssen noch vorhanden sein. Je mehr ich mich mit ihnen beschäftige, je näher ich ihnen komme, desto näher kommen sie mir. Die geistige Energie dieser Männer, das hätte ich beweisen können, war in mir, sie speiste das überlegene, zeitlose Grundgefühl, das mich seit meiner preußischen Offenbarung über die Widrigkeiten des Alltags trug.

Das spürte ich nicht nur als Prinz Willem mit jener Marie im Bett, auch als Soldatenkönig vor den Kameras, als Großer Kurfürst auf einem Empfang im «Adlon» und als Oranier unter den Türken in der Oranienstraße. Ich spürte es Unter den Linden, vor den Tapeten und Möbeln der Schlösser, auf den königlichen Treppen, im Park von Sanssouci und sogar in den Museumsläden. Es gab eine innere Kraft in mir, die ich vorher nicht gekannt hatte, die meine Schritte lenkte, meine Worte setzte, meine Räume vergrößerte und meine Zeit ausdehnte.

Es zog mich zu den Schlössern, und an den wenigen freien Tagen, die ich noch hatte, fuhr ich nach Rheinsberg und Oranienburg hinauf, nach Caputh und Wusterhausen und Paretz. Der Wunsch wurde immer stärker, in einem dieser bescheidenen Paläste einige Zimmer zu bewohnen, mich einzurichten in den Häusern der Vorfahren, näher bei ihnen zu sein und mit ihnen zu verkehren, zu sprechen, zu tafeln, zu leben. Sie waren mir nah, diese Alten, und ich wünschte ihnen noch näher zu sein, wenigstens am Wochenende. Ich konnte keine Ansprüche auf irgendein Eigentum stellen, aber ich entwarf Briefe an die Schlossverwaltungen mit der Bitte, mir, dem Nachfahren der Könige und Kurfürsten, einige Räume in Rheinsberg oder Caputh mietfrei zu überlassen. Die Verwaltung, die Stadt, der Tourismusbeauftragte, sie alle sollten im Gegenzug damit werben dürfen, einen Nachfahren der Könige in ihren Mauern wohnen zu haben.

Doch bald nahm ich wieder Abstand von dieser Idee. In Rheinsberg war zu viel Rummel, Caputh war zu eng, in Oranienburg und Paretz war die Umgebung zu scheußlich, und die niedrigen Kammern in Königs Wusterhausen wären nichts für mich. Es blieben Sanssouci und Charlottenburg, zu edel zum Wohnen, zu voll mit Besuchern, Besichtigungsräumen und Verwaltung, diese Schlösser sah ich lieber von außen.

Dennoch, die geistige Energie der alten Königinnen und Könige, ihre Neigung und vielleicht sogar ihre Liebe waren mir so nah und gegenwärtig, dass ich mich in all diesen Monaten von ihnen begleitet, unterstützt und ermutigt fand. Die preußischen Geister, ich hätte geschworen, dass es sie wirklich gab.

Wenn ich das andeutete, lief ich Gefahr, für verrückt gehalten zu werden oder als Gespensterseher zu keinem Auftritt mehr geladen zu werden. Also ging ich sehr vorsichtig mit dieser Erkenntnis um und ließ mir nichts anmerken. Natürlich hatte ich Gegner und Feinde, diese Blöße durfte ich mir nicht geben.

Mit meinen Kritikern, die sich da und dort meldeten, war ich bislang leicht fertig geworden. Da ich mich nicht so schnell festlegen ließ, alles gern relativierte, schnell meine Haken schlug und rasch zu kontern wusste, sah man mich meistens als Gewinner an. Der Effekt solcher Angriffe war immer: Man sprach weiter über mich, ich war auf schönste Weise umstritten.

Wie einfach es war, die Köpfe zu erobern und aufzumischen, wundert mich noch heute. Sich ins Gespräch zu bringen und im Gespräch zu bleiben, alles schien von allein zu gelingen. Längst hörte ich Politiker meine Sätze nachsprechen: Jetzt ist es Zeit, die helle Seite Preußens zu entdecken. Längst fand ich in Leitartikeln meine Formulierungen wieder, leicht variiert, und las in klugen Essays kritische Einwände gegen den Rusch-Effekt – eine besonders ehrenvolle Anerkennung.

Der einzig nennenswerte Widerstand kam von der Hohenzollernfamilie. Ein Sprecher des Hauses warf mir in vornehmen Worten vor, ein Hochstapler zu sein, ein geistiger Erbschleicher, ein Bastard, der bisher keinen Beweis seiner Herkunft vorgelegt habe.

Auf diese Attacke hatte ich gewartet. Ich überredete einen Fernsehmann zu einer Konfrontation mit dem Prinzen. Unter den Augen von Millionen Zuschauern zeigte ich die Kopie von König Willems Testament, Wilhelmines Taufurkunde und andere Dokumente vor und schlug den adligen Gegner mit dem Satz: «Besser ein Bastard als ein Kind des Inzests.»

Der Prinz verstand das als Verleumdung. In der turbulenten Debatte, die nun folgte, zählte ich die Reihe inzestuöser Verbindungen zwischen Cousins und Cousinen bei den Preußen und Oraniern auf, besonders die im 18. und 19. Jahrhundert.

Der Prinz rechtfertigte das mit den Bräuchen jener Zeit.

«Das war eine Zeit lang eher die Regel als die Ausnahme», sagte ich, «es gab einen richtigen Trieb zum Inzest.»

«Auf den Dörfern», konterte der Prinz, «gab es damals auch viel Inzest.»

Ich sagte: «Auch wenn es ausnahmsweise mal kein Inzest war an den Höfen, Hoheit, dann war die Ehe nichts weiter als Politik, da war höchstens alle hundertfünfzig Jahre mal Liebe im Spiel. Aber der Bastard, der ist ein Geschöpf der Liebe, fast immer. Sie sind, mit Verlaub, ein Geschöpf des Inzests und der Politik. Ich ziehe es vor, ein fröhlicher Bastard zu sein. Aber nur, weil Ihr Blut einen Stich blauer ist, Ihr Stammbaum etwas gerader, Ihr Dünkel größer, haben Sie kein Recht, mich zum Hochstapler zu befördern!»

Er war k. o., ich setzte nach:

«Das mach ich schon selbst.»

Braucht Deutschland Säulen? hieß die Frage bei meinem vorletzten Fernsehauftritt. Ein Streitgespräch über Architektur war geplant, den neuen Trend zum historischen, klassizistischen, nostalgischen Bauen, Tradition und Fortschritt im neuen Jahrhundert und Jahrtausend.

Nachdem eine junge Architektin ihre Verteidigung des neuen Spiels mit alten Formen mit dem Satz: «Geschichte schenkt Wärme!» abgeschlossen, ein Modernist gekontert und ein Soziologe für Vielfalt der Gesellschaft und Vielfalt der Architektur plädiert hatte, durfte ich loslegen.

«Sehen Sie», sagte ich ungefähr, «da wird in Berlin ein tolles neues Zentrum hingestellt, am Potsdamer Platz, und mitten in dem eleganten Glastempel von Sony, was wird da geplant? Der alte Kaisersaal, in Ordnung, warum soll man den nicht konservieren, wenn dieser Teil des Hotels Esplanade die Jahrzehnte überstanden hat. Aber mitten in diesen Saal, als Krönung, wird man ein gigantisches, scheußliches, schauriges, kitschiges Bild von Kaiser Wilhelm II. hängen. Der soll die Attraktion werden. Sony jubelt den Kaiser hoch, der Kaiser jubelt Sony hoch. Joint Venture nennen wir das. Der Mann, der die Chinesen massakrieren ließ, bei den Japanern, die ebenfalls zum Menschenschlachten nach China zogen, nun gut, das ist Geschichte. Aber heute erfüllt ausgerechnet der dümmste, eitelste, neurotischste und aggressivste Monarch, den Preußen je hatte, als *special guest* die Sehnsucht nach Säulen, nach Tradition, nach alten Werten!»

«Herr Rusch, einen Moment!»

«Ich bin gleich fertig. Kein König hat so gegen die preußischen Tugenden verstoßen wie Wilhelm der Zweite. Dem hätte man im Namen des Soldatenkönigs und des Alten Fritz den Prozess machen sollen. Ein übler Chauvinist, ein Verräter am Preußentum ...»

Der Moderator unterbrach, der konservative Historiker vom Dienst versuchte zu antworten, doch meine Stimme war lauter und ich konnte den null Komma sieben Millionen Zuschauern noch diesen Satz zurufen:

«Der Verräter wird verherrlicht zwischen den Säulen von Sony, weil kein Mensch mehr eine Ahnung hat von Geschichte ...»

Ich hatte mein Ziel erreicht, nun wurde fünf Minuten über die These gestritten, ob Preußen schon 1871 mit der Reichsgründung am Ende gewesen ist. Dann debattierten wir fast eine Viertelstunde über den Kaiser und seine Säulen, über die Sätze «Pardon wird nicht gegeben. Gefangene werden nicht gemacht!» von 1901 und «Jetzt wollen wir sie dreschen!» am Beginn des Ersten Weltkriegs, und über den Totenkopf auf seiner Uniformmütze.

«Wie später die SS!», rief ich.

Als der Moderator es endlich geschafft hatte, die Runde zum Thema Architektur und Säulen zurückzuführen, sprudelten keine schlagfertigen Formulierungen mehr. Es wurde ein müdes Geplänkel um Geschmacksfragen. Alle sehnten sich nach der lebhaften Viertelstunde zurück, aber nun musste das Soll erfüllt, das vorgegebene Thema brav eingehalten werden.

Nach der Live-Sendung erhielt ich einen Verweis des Redakteurs. Ich hätte mit meinem Einwurf nur gestört, danach sei keine Diskussion mehr möglich gewesen.

«Ich war der Einzige», antwortete ich, «der die Debatte belebt hat, die anderen Teilnehmer, mit Ausnahme der Architektin, haben doch nichts Pointiertes zu sagen gewusst!»

«Wir haben Sie zum Thema Architektur und Tradition eingeladen, nicht zum Thema Kaiser Wilhelm!»

«Das ist nicht zu trennen!»

Es kam zum Streit. Wir schrien uns an. Er nannte mich manisch, preußenverrückt, größenwahnsinnig: «Immer die gleiche Leier!»

«Das mit Wilhelm im Sony Center ist ein neues Argument gewesen!», konterte ich.

«Ich hab die Schnauze voll von Ihren Argumenten!»

So ging es noch eine Weile.

Ich hatte den Verdacht, dass er ebenso wie ich ein Auge auf die Architektin geworfen hatte.

Nach diesem Krach ist der Artikel *Die Preußenkönige machen Kaiser Wilhelm II. den Prozess* entstanden und in einem großen Wochenblatt erschienen. Es genügte, im Einklang mit einigen Historikern und aufrechten Preußen der Jahrhundertwende den Kaiser als «Verräter und Totengräber der Monarchie» zu bezeichnen – sofort hatte ich die

Hälfte der alten und neuen Preußenfans gegen mich. Diese Gegnerschaft tat mir gut.

«Das preußische Erbe», verkündete ich, «ist viel zu kostbar, um es den Kaiser-Wilhelm-Anbetern zu überlassen.»

Noch ahnte ich nicht, dass ich den Höhepunkt meiner Karriere überschritten hatte.

148

Dobbin, Mai 1829. Minna am Klavier. Bricht ab, weint.

149

Den Haag, Mai 1829. Hofman und Goltz.

– Hier sind die drei Wechsel, sagt Hofman, wenn Sie sie gegenzeichnen, gehen sie heute noch ab. 17 000 Taler für den Ankauf des Gutes an Carl von Jasmund jr. Mit dem Vorschuss vom März sind das also 25 000.

– Gut.

– Dann 18 000 auf Hypothek für die Kaufsumme und Kosten für das Inventar, gegen fünf Prozent, nach einem Jahr rückzahlbar. Und drittens an Ihren Schwager 16 000, damit er die begehrte Pächterei bekommt, von der ja angeblich sein zeitliches Glück abhängt.

– Dafür fällt, wenn ich Seine Majestät richtig verstanden habe, die jährliche Pension weg.

– So ist es. Denn aus dieser Summe zieht er bei fünf Prozent so viel wie …

– Ich hab verstanden.

– Noch etwas. Seine Majestät bat mich, Sie noch einmal zu bitten, Ihren Neffen strengstens zu ermahnen, keine Hand zu legen an die Pfandbriefe, aus denen seine Braut ihre jährliche Rente zieht. Es ist und bleibt untersagt, dies niederländische Kapital anzutasten.

– Ich werde das so weitergeben.

150

Dobbin, Mai 1829. Minna am See, allein, schreibt.

… schreibe Du an Herrn Rudolf Boyer in Berlin, Niederländisches Palais Unter den Linden, und schildere, wie es um uns steht. Vielleicht weiß er uns Rat … Schreib ihm, was Deine Mutter mir sagte und woran alle meine Hoffnung hängt: Auch Friedrich wäre ein guter Gemahl für dich …

151

Dobbin, Mai 1829. Wohnzimmer, Eltern Jasmund.

– Rupert hat mir den Brief gegeben, den sie ihm anvertraut hat, sagt der Vater. Wenigstens ein Diener, der noch gehorcht.

– Woher konnte sie wissen, dass er in Ludwigslust steckt?

– Sie ist ein kluges Kind, vergiss das nicht. Wo sonst hätten wir ihn so schnell hinstecken können außer zu Bülows.

– Und jetzt, machst du das Donnerwetter oder ich? Ich fühle mich nicht gut heute.

– Am besten tun wir gar nichts, gar kein Donnerwetter. Sie soll denken, dass der Brief bei ihm angekommen ist, so vergeht die Zeit, sie wartet und wartet und wird endlich resignieren.

– Aber den Friedrich sollten wir woandershin schicken.

– Erst mal nicht. Wenn er nicht zur Hochzeit käme, gäbe es nur unangenehme Fragen. Und wenn er kommt, und er soll kommen, dann sieht er, wie es steht. Ihr Jawort wird ihn kurieren, endgültig, das kannst du mir glauben.

An einem leicht bewölkten Frühlingsabend, auf dem Weg vom östlichen in den westlichen Teil der Stadt, hielt ich, da der volle Mond mich lockte, unweit der Philharmonie das Auto an und begann einen Spaziergang, furchtlos in den Tiergarten hinein. Die Lust auf frische Luft und Bewegung war stärker als die dumme Angst, überfallen zu werden, ich hatte ohnehin nur wenig Geld in der Tasche, die Nacht war hell.

Zwei unerfreuliche Stunden in der Humboldt-Universität lagen hinter mir, eine Debatte: Pro und contra Preußenjahr 2001. Nach deutscher Art schlugen wir uns die Köpfe ein wegen einer Sache, die erst in einem Jahr stattfinden sollte und über die selbst die Experten nichts Genaues wussten. Ich ärgerte mich, weil ich auf die Überredungskunst eines Professors («Ohne Sie als Erfinder des Preußenjahres kann die Debatte gar nicht stattfinden, Herr Rusch» usw.) hereingefallen war. Zur Strafe hatte ich nun zwei Stunden lang Fronten abstecken müssen gegen einen unkundigen Journalisten und gegen einen selbstgefälligen Historiker, mit dem ich schon öfter aneinandergeraten war. Am meisten enttäuschten mich die Studenten. Bei meinem Satz «Es gibt die Pflicht, nicht nur an sich selbst zu denken!» gab es höhnischen Beifall. Das Kontern mit Zitaten von Wilhelm von Humboldt hatte nicht geholfen. «Die Menschenrechte reichen doch, die sind präzise, da brauchen wir keine preußischen Tugenden!», schrie ein Student, und ich musste ihm leider Recht geben.

Während überall im Lande die leidenschaftliche Nachfrage nach meinen Thesen und Meinungen zu spüren war, hatte ich ausgerechnet hier, Unter den Linden, an der Wiege aller Preußen-Herrlichkeit, eine Pleite einstecken müssen.

So rasch wie möglich wollte ich alles vergessen. In den Büschen und Bäumen lauerte das erste Grün, und der Schein des Mondes besänftigte meine Empörung. Auf den Wegen, die mich tiefer in den Park führten, ließ der Lärm der Autos nach, der aus den östlichen Richtungen und vom Potsdamer Platz heranwehte.

Solche Debatten nicht mehr mitmachen, sagte ich mir, schon gar nicht dort, wo die beamteten Rechthaber sitzen, in den Universitäten. Nicht verheddern, nur noch da auftreten, wo es dir nützt und wo du glänzen kannst. Was willst du in den verschmierten, muffigen, finsteren Höhlen der Akademiker! Du bist ein Mann des Scheinwerferlichts, des Fernsehens, der Medien. Also für das Uni-Volk nur ein Hassobjekt.

Eine Weile schritt ich so in den Gedanken fort, als ich unerwartet bei einem kleinen, von hohen Bäumen rings umgebenen Teich anlangte, hinter dem, auf einer leicht erhobenen Insel, eine hohe Gestalt aufragte. Der Mond, der eben hinter einer Wolke hervortrat, beleuchtete scharf die Umrisse einer Frau. In reich gewandeter Schönheit, auf einem hohen Sockel stehend, schien sie genau in meine Richtung nach unten zu blicken, auf den Teich vor meinen Füßen. Eine Göttin, eben aus den Wellen aufgetaucht oder vom Himmel geschwebt, die im Wasserspiegel zwischen den aus der Tiefe aufblitzenden Sternen das Bild ihrer eigenen Schönheit betrachtete. Ein leises Rauschen ging durch die Bäume ringsumher.

Ich stand wie angewurzelt im Schauen. Die Statue der

284

Königin Luise, so viel sagte mir der Verstand. In dieser Ecke des Tiergartens war ich nicht oft gewesen und immer achtlos an der steinernen Schönheit vorbeigelaufen. Ich ging um den Teich herum, näher heran, und starrte hinauf. Die auf dem schlanken Sockel in der Luft schwebende Frau kam mir wie eine lange gesuchte, plötzlich erkannte Geliebte vor, aus der Frühlingssehnsucht und der träumerischen Stille meiner Jugend heraufgewachsen.

Je länger ich hinaufsah, desto mehr entglitt mir alle Vernunft und ich versank in den Wonnen einer wundersamen Illusion. Es schien mir, als schlüge Luise die Augen langsam auf, als wollten sich ihre Lippen bewegen zum Gruß, als blühe Leben wie ein Gesang durch die schönen Glieder herauf. Ich wehrte mich, wollte in der Gestalt zuerst Jutta sehen, dann die Hamburger Marie, dann die Jugendliebe L., aber alle Versuche der Rettung schlugen fehl: Sie blieb die Mädchenkönigin Luise, die von mir beachtet und verehrt werden wollte. Lange hielt ich die Augen geschlossen vor Scham, Wehmut und Entzücken.

Als ich wieder aufblickte, zogen Wolken vor den Mond, ein stärkerer Wind bewegte die Blätter. Das milde Gesicht sah mich aus zeitloser Stille an, mit einer Liebe, die ich in diesem Augenblick allein auf mich gerichtet wissen wollte.

Bis ins Herz getroffen verließ ich den Ort, immer schneller eilte ich dem Auto zu. Im Rauschen der Bäume hörte ich, bevor es mehr und mehr vom Rauschen der Motoren und Reifen übertönt wurde, ein Flüstern: Komm wieder, komm wieder, Albert!

Die nächtliche Begegnung auf der Luiseninsel löste den nächsten Schub aus. Ich schlief kaum, so sehr träumte ich der steinernen Schönheit nach. Viel zu wenig wusste ich von Luise. Sie galt als Star ihrer Zeit, ihr früher Tod als Drama für Preußen. Ihre Ehe mit dem dritten Friedrich Wilhelm, dem Holzkopf, dem Schwager meines Willem, galt als vorbildlich. Ihre Einfachheit und Klugheit wurden gerühmt, ihr patriotischer Charme gegenüber Napoleon, so weit die Klischees.

Am nächsten Morgen war ich in der Bibliothek, abends in einer Buchhandlung, und nach fünf Tagen hatte ich drei Biographien über die Königin gelesen. Es waren dreimal die gleichen Geschichten, leicht variiert, mehr oder weniger verklärt, trotzdem las ich jede Seite, jedes Kapitel. Alles, was ich in verliebter Eile verschlang, riss mich nur noch mehr hin.

Das Fazit war eindeutig: Wenn es unter den berühmten Frauen eine vollkommene gegeben hat, dann Luise. Lebensfroh, schön, klug, sinnlich, tapfer und witzig, spontan und einfach, einfühlsame Mutter und beste Freundin ihres Mannes, Ratgeberin und geschickte Politikerin. Eine genialisch Liebende, wie ihre Briefe zeigen, eine Kämpferin gegen Hochmut und Heuchelei, für Reformen und für die Interessen der Bürger und kleinen Leute. Nie waren Macht und Charme glücklicher vereint, und das in Preußen!

Heute, nach dem neuen Luisen-Boom, den ich anstoßen durfte, kennt jeder halbwegs gebildete Mensch ein paar Einzelheiten aus ihrem Leben. Für mich war damals alles neu. Ich verschlang alles, was über Luise greifbar war. Meine Gefühle sah ich bestätigt von ihren Biographen. Keiner, ob weiblich, ob männlich, ob preußenkritisch oder preußenfreundlich, wusste irgendeinen nennenswerten Makel an ihr zu finden.

Endlich wagte ich meinen ersten Besuch bei der Geliebten, im Mausoleum. Bis dahin hatte ich diese Halle nie be-

286

treten, obwohl sie mitten im Schlosspark Charlottenburg lag, nur wenige Minuten von meiner Wohnung am Spreeufer entfernt. Ich schritt auf einem Alleenweg auf den Tempel mit vier feierlichen Säulen zu, ich zahlte in der Vorhalle Eintritt, ich stieg acht Stufen zu den Toten hinauf.

Die Königin lag auf ihrem Grabmal hingestreckt wie zum Mittagsschlaf. Ihr Oberkörper auf hohem Kissen, der Kopf leicht nach rechts geneigt, die Arme verschränkt, die Hände nicht gefaltet. Ihr klassisch einfaches Diadem erinnerte an den gezackten Kranz der Freiheitsstatue. Die langen Beine übereinandergeschlagen, lockerer konnte die Haltung einer Toten nicht sein. Ein dünnes, faltenreiches Gewand, so zart bedeckt, als liege sie an einem Sommertag in ihrem Schlafzimmer oder Kabinett. Das Unerhörte dieses Denkmals, das der Bildhauer Rauch in enger Abstimmung mit dem König geschaffen hatte: der Schnappschuss eines intimen Augenblicks. Luise stand nicht stramm vor dem Tod, sie trug keine Uniform der Trauer. Als wartete sie, geweckt und wach geküsst zu werden.

So ergriffen war ich, dass ich erst einmal ein paar Schritte gehen musste und ihren mit den andern Sarkophagen verglich, dem ihres Mannes Friedrich Wilhelm III., dahinter der Sohn Kaiser Wilhelm mit der Kaiserin Auguste Viktoria. Alle militärisch steif, als wollten sie jedes Gefühl verbieten und von den Trauernden nichts als Gehorsam erwarten.

Nur Luise strahlte in ihrer Marmorgestalt den Charme einer Persönlichkeit aus. Nur sie wollte etwas von den Lebenden. Nur vor ihrem Grabmal lagen Blumen, einige frisch, einige vertrocknet, daneben ein Kranz mit beschrifteter Schleife. Die Offiziere des 1. Garderegiments zu Fuß,

Preußen 1813. Es war mir gleichgültig, ob hier manchmal ein paar Vorgestrige auftauchten oder nicht. Hundert bis dreihundert Besucher kommen täglich, sagte mir später der Mann an der Kasse.

Am nächsten Vormittag brachte ich keine Blumen mit, aber als ich wieder vor der Angebeteten stand, hielt ich ihr eine Rede, still vor mich hin:

Luise, du Schöne, du Kluge, du Einzigartige. In dir ist alles, was wir an einem Menschen suchen, was wir an einer Frau schätzen, aufs glücklichste vereint. Aber die meisten Leute kennen dich nicht, auch ich habe dich lange nicht erkannt, du warst eine alte Königin mit einer Straße in Dahlem und mehr nicht, bitte, verzeih mir das, ich hab es nicht besser gewusst. Ich will das wieder gutmachen, ich werde dein Diener sein von jetzt an. Du hast ein paar altpreußische Verehrerinnen und Verehrer, ein paar Biographen, ein paar Leute, die dir Blumen bringen. Aber das reicht nicht, das ist zu wenig, wir müssen mehr tun, ich werde mehr tun für dich, meine junge Ururur-, drei oder vierfache Urgroßtante. Ich werde dich aus der Rumpelkammer der Geschichte holen. Wenn du willst, werd ich dich, werden wir dich befreien aus dem Mausoleum, entstauben und aufputzen für die Welt von heute. Du, die einzige Figur aus dem Hohenzollernhaus, die ein Leitbild für heute wäre, attraktiv für Männer wie für Frauen.

Ich fasste ihr Marmorgewand an, meine Gedanken dabei verstand ich wie einen Fahneneid:

Du hast allen etwas zu sagen, allen etwas zu bieten, du musst nur entdeckt, als moderne Frau modelliert, vorgestellt werden als emanzipierte Dame, als kluge Patriotin, als präfeministische Feministin und als schönste Königin aller Zeiten. Du bist einmalig, du bist wie Lady Diana und Claudia Schiffer und Alice Schwarzer und Jutta Limbach in einer Person. Du warst ein Star – und sollst endlich wieder ein Star werden!

Warum ich nicht früher auf Luise gestoßen bin, ich weiß es nicht. Monatelang hatte ich meine Schlachten für die königlich preußischen Männer geschlagen, einige Soldaten und Reiter rehabilitiert, die jähzornigen Machtmenschen und die mehr oder weniger erfolgreichen Herrscher. Die Preußen-Debatte, von mir belebt und bereichert, war bis dahin nur eine Männer-Debatte gewesen. Und ich hatte das nicht einmal bemerkt!

Deshalb lenkte ich nun allen Eifer auf die einzigartige Luise, obwohl auch die Oranierin Luise Henriette und die intelligente Sophie Charlotte eine PR-Kampagne verdient hatten. Mit der göttlichen Königin war das Potential der heutigen Frauen zu erschließen und die bisher noch skeptischen weiblichen Herzen für den Preußen-Hype zu gewinnen. Nachdem das 19. Jahrhundert Luise zur Kultfigur gemacht, das 20. Jahrhundert sie vergessen hat, sollte sie nun als Leitbild der modernen Frau wieder auferstehen.

Mit den Plänen der Luisen-Vermarktung kam ich jedoch nicht weit, weil ich völlig fixiert war auf das Weib Luise. Seit jenem nächtlichen Augenblick im Tiergarten war ich von einer Liebe getroffen, die lächerlich und himmlisch zugleich war. Ich hatte keine Erfahrung damit, einer Steinfigur, einer Marmorfigur, einem hübsch gemalten hübschen Gesicht zu verfallen, das von Tag zu Tag lebendiger wurde. Je mehr ich mich von ihr losreißen wollte, desto heftiger betörte sie mich. Jedes Gemälde, jede Zeichnung, die Skulpturen, ihre Möbel, ihre Worte, mit allem verdrehte sie mir den Kopf. Überall hörte ich sie flüstern: Schau

289

her, schau mich an, ich bin offen für dich! Ich konnte mich nicht mehr wehren, ich konnte es längst nicht mehr leugnen, und ich konnte darüber nicht einmal mit Schoppe sprechen.

Nur eins war sicher: Ich war nicht der Erste, der sich in sie verliebt hatte. Schadow, Kleist, Jean Paul, Napoleon sind nur die bekanntesten Männer, die von ihr hingerissen waren, nicht weniger als die meisten ihrer Zeitgenossen. Luise bezauberte mich, wie sie schon Tausende, Hunderttausende, vielleicht sogar Millionen vor mir bezaubert hatte. Natürlich bildete ich mir ein, dass keiner sie so liebte wie ich.

Was trieb uns zu ihr? Anmut, Würde, Natürlichkeit, schön und gut, aber das allein machte ihre Anziehungskraft nicht aus. Ihre Vorzüge und Tugenden wären ohne ihre Schönheit nie so ausgiebig gerühmt worden, und ihre Schönheit nicht ohne ihren königlichen Busen. Selbst im dumpfen Liebeswahn wusste ich, womit sie mich verführte: Es war die Sinnlichkeit im Preußenkleid, die einzigartige Versöhnung des preußisch Festen mit dem Venus-Zarten. Luises Erotik und der Militarismus, ein größerer Gegensatz war nicht möglich. Dies Geheimnis lockte die Männer aus allen Richtungen und allen Zeiten an und erregte fast noch mehr die Frauen.

Kein Wunder, dass gerade um den Busen der Kronprinzessin und Königin so viel gestritten wurde. Seit ihrem ersten Auftritt am Berliner Hof wogte der Streit um ihr Dekolletee. Die Künstler und Modemacher, die flotten jungen Männer und die alten Genießer freuten sich des tiefen Ausschnitts und der leichten Gewänder der jungen Frau – ihr steifer, eifersüchtiger Gemahl und die auf Anstand bedachten Damen und Herren des Hofs kämpften dagegen. Luise selbst hatte jedenfalls nichts dagegen, ihre prächtigen Brüste tief ausgeschnitten oder hinter feinen Spitzen zu zeigen und sich als Pin-up-Girl und attraktivste Mutter des Landes malen zu lassen. Der Kampf um ihre nackte Haut hörte erst auf, als die Niederlage gegen Napoleon ins allgemeine Chaos führte und die Königin zur leidenden preußischen Madonna wurde. Ihre Söhne ließen sie verkitschen und nur hochgeschlossen-keusch darstellen. Erst heute sind wir so frei, nicht mehr über ihren Busen streiten zu müssen.

Ich war Luise verfallen, behauptete mein Therapeut später, weil sie in ewiger Jugend erstrahlt – es gibt keine alte Luise. Und weil ich ein Ideal brauchte, eine gekrönte Größe, eine unerreichbare Geliebte (aus welchen trüben Gründen der Mutter- oder Schwesterbindung, will ich hier nicht offenlegen).

Doch warum sollte ich, frage ich heute, nicht wie einst die Troubadoure die unerreichbaren Damen umwerben, mein Leben in den Dienst einer angebeteten Herzensdiebin stellen und meinen Luisendienst leisten? Oder das moderne Motiv: Wenn andere ihre Gefühle und sexuellen Bedürfnisse auf virtuelle Damen richten und als Medium den Bildschirm brauchen, warum sollte ich dann nicht eine reale, nur zweihundert Jahre entfernte Frau nehmen und als Medium die Kunst der Bildhauer und Maler?

Was ich damals tat, habe ich jedenfalls nicht für eine Krankheit gehalten. Ich machte Notizen für zwei Artikel mit dem Titel *Luises Lächeln* und *Sinnlichkeit im Preußenkleid.* Unter anderem wollte ich schreiben, wie ungerecht es war, dass die schöne Königin nur von Malern wie Friedrich Georg Weitsch, Nikolaus Lauer, Anton Zeller, Elisabeth Vigée-Lebrun und Joseph Grassi porträtiert worden war und nicht von einem Leonardo. Mit einem berühmten

Maler wäre sie noch berühmter und unsterblich geworden. Ihr Lächeln war ja nicht weniger hinreißend als das Lächeln auf dem bekanntesten Bild der Welt.

Ich suchte nach Worten, kam nicht weiter, las Kleist: «Bei Lebzeiten Ihrer Majestät ist es keinem Maler gelungen, ein nur einigermaßen ähnliches Bild hervorzubringen. Wer hätte es auch wagen dürfen, diese erhabene und doch so heitere Schönheit, die lebendige, bewegliche, geistreiche, holdselige Freundlichkeit und den ganzen unendlichen, immer neuen Liebreiz ihres Wesens neben dem Ausdruck des sinnigen Ernstes und der würdevollen Hoheit dieser königlichen Frau festzuhalten oder gar wiedergeben zu wollen?»

Solche Sätze beglückten und deprimierten mich. Kleist hatte die Königin gesehen, besser als er konnte niemand formulieren, was *Luises Lächeln* und *Die Sinnlichkeit im Preußenkleid* gewesen sind. Ich war blockiert, kam nicht vorwärts mit den Artikeln, kein Satz schien gelungen oder angemessen. Ich fühlte, dass meine Fähigkeiten nicht ausreichten, den Eindruck zu schildern, den die *Königin der Herzen* auf mich machte. Der Zauber ihres himmlischen Gesichts, das Wohlwollen und Güte ausdrückte, die so zarten und regelmäßigen Züge, die Schönheit ihrer Gestalt, ihres Halses, ihrer Arme, die blendende Frische ihrer Hautfarbe, mit einem Wort, alles an ihr übertraf noch das Zauberhafteste, was man sich denken kann. Mir aber schienen auch solche Sätze, selbst wenn ich sie abschrieb wie diese, schal und unangemessen.

Luises Leiblichkeit, vermutete ich, lässt keine stümperhafte Annäherung mit Worten zu. Oder vielleicht bin ich zu vernarrt, um über sie schreiben zu können.

Also pilgerte ich fast jeden Tag, wenn ich nicht auf Tour-

292

nee war, durch Berlin zu den Stätten, wo Luise lebendig war. Ich suchte sie, suchte ihr Lächeln in Bildern und Statuen, in ihren Wohnungen, ich streifte durch das Schloss Charlottenburg, das Kronprinzenpalais, die Pfaueninsel, die Potsdamer Gärten und Gemächer, ich suchte sie draußen in Paretz, Granitz, Hohenzieritz, keine der erreichbaren Stationen ihres Lebenswegs ließ ich aus. In Charlottenburg kniete ich vor dem üppigen Brustbild Grassis und betrachtete ihre silberne Toiletten-Garnitur mit dem großen L auf allen Dosen, Schachteln, Spiegeln. Ergriffen stand ich vor ihrem klassisch schlichten Bett, ein Modell von Schinkel, das erst 1810 fertig geworden war. Die heitere Eleganz des Birnbaumholzes mit geschnitzten Girlanden und flatternden Bändern und die Blumentischchen an den Bettenden ließen den Tod nicht ahnen, der Luise schon im Juni des gleichen Jahres ein anderes Lager befahl.

Das Zentrum meiner Andacht hatte sich vom Mausoleum zur Friedrichswerderschen Kirche und zum Alten Museum verlagert, wo Schadows berühmte Statue der Schwestern Luise und Friederike stand, hier in Gips, dort in Marmor. In beiden Gebäuden ins Zentrum gesetzt, wartete Luise auf ihre Verehrer, unter denen ich, wie ich mir einbildete, der beste, sinnlichste und eifrigste war.

Meine Notate aus dieser Zeit sind verräterisch, aber da ich hier einen ehrlichen Bericht über die Untiefen meiner Höhenflüge zu verfassen versuche, kann ich solche Texte nicht verschweigen. Außer diesen Zeilen habe ich nichts über Luise zustande gebracht. Sie zeigen das Ausmaß meiner Anbetung und Verwirrung, dies Dokument soll genügen:

Die leicht bekleidete, neunzehnjährige Kronprinzessin Arm in Arm mit der ebenso schönen, ebenso vornehm las-

ziv dargestellten Friederike. Während Luise entschlossen und mit dem Selbstbewusstsein einer erwachsen werdenden Frau ruhig ins Weite schaut, senkt die Jüngere fast kindlich verschämt den Blick. So ist der Abstand zwischen ihnen deutlich, aber noch deutlicher ist die Liebe zwischen ihnen, die Intimität, die aus dem Stein gehauene Zärtlichkeit.

Schon die Brüste, deren Pracht durch den Wurf der Gewänder mehr betont als verborgen wird, sind hinreißend. Noch erregender, wie der Bildhauer mit den Füßen und Händen der Prinzessin spielt und damit die unzüchtigen Gedanken weckt: wer möchte nicht berühren, was er sieht, die Hände, die Zehen, die nackten Arme, die Schultern. Während Luise den linken Arm eng um Friederikes Schulter legt und die Hand zwischen Brust und Oberarm der Schwester ruhen lässt, wo sie von Friederikes linker Hand gestreichelt zu werden scheint, hebt sie mit der Rechten den Saum ihres Kleides hoch, dass der Betrachter, dass ich nicht anders kann, als auf den unerhörten Anblick ihres rechten Beines zu hoffen. Gleichzeitig ist das Dekolletee großzügig und locker, liegt das Gewand leicht und tief auf der rechten Schulter, als könnte es bei geringer Bewegung hinabgleiten und mehr als die halbe Brust und den Arm freigeben. Das sogenannte Standbild zeigt eine einzige sinnliche Bewegung.

Die schönen Frauen stehen nicht wie Männer steif, sondern bleiben auch in ihrer Haltung verschwistert aufeinander angewiesen. Jede der Schwestern findet spielerischen Halt an der anderen. Luise hat ihr Gewicht auf dem rechten Bein, aber hält den Körper so gegen Friederike gelehnt, dass sie das linke Bein als Spielbein leicht angewinkelt noch rechts neben ihren rechten Fuß setzen kann. Das gibt *ihr etwas Freches, Aufreizendes. So ist Bewegung, Erotik, Sinnlichkeit in den Körpern von den Fingerspitzen bis zur letzten Zehenspitze. Und dann Friederikes Hand auf Luises Hüfte. Ich kann nicht anders, ich fühle, es ist meine Hand, es ist die Geliebte, ich spüre die Wärme, kein Stein trennt uns.*

Die konservativen Kritiker von Schadow hatten Recht: es ist ein obszönes Werk, es ist ein Umarmungsbild. Schadow hat die Maße der Damen «nach der Natur genommen», die leichte Bekleidung ausgesucht und sich mit der feinsten Pin-up-Statue bedankt, die man sich damals vorstellen konnte. Die mächtigste Frau in Preußen, die bald Königin wird, für alle Welt erkennbar als Liebesgöttin dargestellt, das hielt auch ihr Friedrich Wilhelm nicht aus: «zu viel Venus und zu wenig Madonna». Auch er hatte Recht, das Werk blieb eingekistet im Atelier, wurde erst Jahre später in einem kleinen Raum fast ohne Beleuchtung im Schloss aufgestellt und musste über hundert Jahre auf die Augen der Öffentlichkeit warten.

Venus Luise. Hier stehe ich, ich kann nicht anders, ich liebe sie.

(Diesen Satz im Manuskript gestrichen.)

Habe ihr einen Kuss gegeben, kein Wärter hat es gesehen, und ihre Lippen waren nicht kalt.

Von diesen Sätzen war es nicht weit zu den Phantasien, Luise im dünnen Kleid, dekolletiert nach der Möglichkeit, wie die Zeitgenossen sagten, und im vielfachen Zauber ihrer Gestalt den Walzer tanzen zu sehen, den unanständigen, schockierenden, unerlaubten Walzer, den sie am Berliner Hof eingeführt hat gegen den Widerstand der Alten, den Walzer, bei dem sich die Paare berühren, den drehenden, gleitenden, heiteren Walzer, den symmetrisch geschwungenen Dreitakt der Beine, Hüften und Arme, die heimliche, die offene, die spielerische Verständigung mit Augen, Händen, Fingerspitzen, und mich als Partner der leidenschaftlichen, immer bereiten, immer fordernden Tänzerin.

152

Dobbin, Juni 1829. Wohnzimmer, Mutter Jasmund schreibt.

... Du solltest Deine liebe Braut hin und wieder mit kleinen Geschenken erfreuen, auch mit Blumen – sie liebt doch die Natur! Sprich ihr mehr von Liebe, sprich aus Deinem Herzen. Sie ist noch so wenig erfahren und braucht in allem Deinen Schutz und Deine Zuwendung ...

153

Berlin, Juni 1829. Niederländisches Palais, Büro. Boyer und Marie Hoffmann, die ergraut ist und deutlich älter aussieht als 42 Jahre.
– Es ist ihr Geburtstag morgen.
– Ich weiß, Frau Hoffmann. Hier, die Unterschrift.
Marie Hoffmann quittiert und steckt das Geld in ihren Beutel.
– Ich weiß wirklich nicht mehr, ich höre nur, dass es ihr gut geht – und dass sie bald heiratet.
– Sie heiratet!
– Sie heiratet einen Baron, es wird ihr gut gehen.
– Die Kleene! Heiratet! Mit siebzehn! Und wen und wo und wann?

Sie schluchzt.

– Mehr darf ich nicht sagen, Frau Hoffmann.

– Mein Glückskind! Sie heiratet, und ich hab nie geheiratet! Ist das nicht …

Sie weint. Er tritt auf sie zu und gibt ihr die Hand.

– Auf Wiedersehen, Frau Hoffmann.

Sie geht.

154

Dobbin, Juni 1829. Minna in ihrem Zimmer, ein Tisch mit Geburtstagsgeschenken. Sie weint.

155

Den Haag, Juni 1829. Schloss. Königin und Goltz.

– Und was darf ich Ihrem Schützling sagen, Majestät?

– Das Übliche, und dass, wenn die Verhältnisse es zulassen, ich sie eines Tages sehr gern zu sehen wünsche.

– Und wenn sie fragt, welche Verhältnisse?

– Die politischen, welche sonst. Es sind unruhige Zeiten. Das wird eine junge Dame von siebzehn Jahren verstehen.

– Und Sie reisen nächste Woche, Majestät?

– Ich sehne mich nach der guten Luft von Scheveningen. Wie weit sind Sie mit der Aussteuer?

– Die holländischen Sachen sind verpackt, das andere ist bestellt, in einer Woche werde ich nach den Möbeln sehen in Hamburg, das Silber liegt in Berlin, ich werd es inspizieren …

– Tüchtig, tüchtig, Goltz. Ach, ich beneide Sie, Berlin … Sie müssen mir erzählen, auch allen Klatsch und Tratsch … auch über meinen Bruder, was die Kutscher so schwat-

zen über den König, und die Diener und die Kammermäd-
chen ... ich wüsste manchmal gern, was unsere Leute über
uns denken ... ach, was red ich da ... ich sehe Sie dann
wieder Ende August?
– Ende August, Majestät.

156

Dobbin, Juni 1829. Minna am See, allein.

157

Berlin, Juli 1829. Niederländisches Palais, Wohnung Boyer.
– In einem Monat wird die Hochzeit sein, sagt Boyer.
– Und du wartest immer noch auf eine Einladung?
– Manchmal ja. Jetzt, wo alles sich fügt, könnten sie doch
eigentlich anerkennen, dass wir auch ein wenig beigetra-
gen haben ...
– Du glaubst immer noch an Wunder.
– An Wunder nicht, an Anstand.

158

Dobbin, Juli 1829. Minna und Carl gehen am See spazie-
ren. Carl trägt zum ersten Mal Zivil.
– Und, wie gefalle ich dir mehr, mit Uniform oder ohne?
– Manchmal mit, manchmal ohne.
– Und jetzt?
– Ohne.
– Und mir gefällt dein Kleid.
– Ja? Dies auch? Das sagst du mir jetzt immer.
– Aber es gefällt mir wirklich. Und, du bist so schön, Minna.

– Das sagst du mir jetzt jeden Tag.

– Ja, weil du jeden Tag schöner wirst, je näher unsere Hochzeit rückt.

– Du übertreibst, das kann nicht stimmen.

– Darf ich nicht übertreiben?

Minna schweigt.

– Bald wirst du Gräfin sein, und ich bin nur Baron. Ich muss noch üben, die Standesunterschiede …

Er lacht. Minna schweigt.

Nichts anderes als meinen Luisendienst hatte ich im Kopf, und deshalb achtete ich nicht darauf, wie mein Kurs an der Börse des öffentlichen Geredes zu schwanken und zu sinken begann. Aus den Artikeln und Glossen, in denen mein Name erwähnt wurde, sprach der erste Überdruss an der Preußen-Mode. Da die Zeitungsschreiber, die selbst zu dieser Konjunktur beigetragen hatten, sich gegenseitig nicht angriffen, brauchten sie einen Schuldigen und warfen es mir vor, dass man keine Zeitung mehr aufschlagen, keine Talkshow mehr sehen könne, ohne auf Albert Rusch zu stoßen.

Meistens kam dieser dürre Spott von den Blättern, die vor kurzem noch meine Artikel begierig gedruckt oder nachgedruckt hatten. Der Vorwurf war albern, denn im Fernsehen trat ich mittlerweile nur noch selten auf. Die Stimmung begann zu drehen, da zählten die Fakten nicht. Niemand schmälerte meine Verdienste, aber es häuften sich die Seitenhiebe. Die klügeren Kritiker meinten, das alte Preußen werde zur Garten- und Aufklärungsidylle verniedlicht. Der Rusch-Effekt führe allmählich dazu, dass über die brutalen, groben, militaristischen Seiten dieses

Staates immer weniger gesprochen werde. Als sei ich für Ausgewogenheit zuständig!

Wenn ich heute diese Zeitungsausschnitte lese, kann ich die Trendwende deutlich erkennen und auch ihren Grund: Die Leute fühlten sich überfüttert. Jetzt hatte ich ihnen auch noch ein Preußenjahr eingebrockt, 2001, bis dahin war noch fast ein ganzes Jahr Zeit, also brauchten die Feuilletons erst einmal Distanz und andere Themen. Überdruss regierte das Urteil. Damals trafen mich die Anwürfe nicht, ich wollte mich auch nicht treffen lassen. Ich sah darin die übliche deutsche Art, über Prominente, Könner und Visionäre herzufallen, die man gestern noch erhoben und umschmeichelt hatte. Ein paar Monate jubeln sie dich zum Star hoch, und dann machen sie dich fertig, das steht offenbar im deutschen Grundgesetz. Verehrung oder Verachtung, In oder Out, dazwischen gibt es nichts.

Meine Arbeit hatte sich von den kahlen Fernsehstudios in die schmucklosen Vortragssäle der Akademien verlagert. Vor hundert Leuten ausführlich zu sprechen war angenehmer, als vor fünfhunderttausend oder einer Million Zuschauern ein paar flotte Sätze abzufeuern. Hier fühlte ich mich getragen von Respekt, eingebettet in ungeteilte Dankbarkeit. Der evangelische oder katholische, der christdemokratische, der sozialdemokratische oder freidemokratische Beifall, den ich live erhielt, befriedigte mehr als das Schulterklopfen der Fernsehleute.

Die Werbung für Luise brachte ich in freier Rede vor – und hier fiel sie auf den fruchtbarsten Boden. Ohne den Umweg der Bildschirme oder Zeitungsseiten säte ich meine Sätze direkt in die Herzen aufmerksamer und nach Sinn suchender Menschen. Zwar waren auch Medienleute und sogenannte Multiplikatoren darunter, aber Luise dürfte ihre Wiederentdeckung vor allem der Mundpropaganda zu verdanken haben. Selbst ältere Damen, sogar aus kirchlichen Kreisen, konnten nicht genug kriegen von meinen Anmerkungen zur *Wissenden Venus Luise*.

Obwohl ich meine Artikel *Luises Lächeln* und *Sinnlichkeit im Preußenkleid* nicht zustande brachte, verdoppelte und verdreifachte sich bald der Umsatz an Devotionalien. Bücher und Postkarten mit den Bildnissen der schönen Königin mussten ständig nachgedruckt werden, hörte ich. Trotz der Preußen-Müdigkeit schob man in Presse, Funk und Fernsehen Beiträge über Luise und ihre Familie nach, oft hastig zusammengeschustert. Im Internet wurden die ersten Luisen-Seiten eingerichtet, und das größte Geschäft machte die Firma, die Repliken der Doppelstatue der beiden Prinzessinnen in den Handel brachte, Repliken in allen Größen und Preisen zwischen 98 und 3998 Mark.

Von dem Boom, den ich angestoßen hatte, profitierte ich kaum. Man nahm weniger von mir Notiz als zuvor, und nach allen meinen Verdiensten war ich zu stolz, um bei irgendwelchen Redakteuren und Redakteusen um Aufmerksamkeit zu betteln. Ich nahm es als schönsten Lohn meiner Arbeit, dass man in Deutschland endlich mehr über die Königin Luise sprach als über Albert Rusch.

Der Größenwahn wurde in dieser Phase durch die Einladungen aus dem Ausland befriedigt. Am meisten freute mich ein Brief der University of Princeton. Der holländische Prinz Willem III. von Oranien, so wurde mir in gesetztem Amerikanisch mitgeteilt, habe als William III. von England Princeton, *Prince-Town*, gegründet und präge die Universität bis heute, Nassau Hall, Nassau Street und die Oranje-Farben seien allgegenwärtig. Der Präsident dieser noblen Universität lud mich – als Nachfahren des Königs

Willem I. der Niederlande, dessen Vorgänger William III. gewesen war – mit aller amerikanischen Herzlichkeit zu einem Vortrag ein. Nicht allein wegen der Verwandtschaft zum Gründer Princetons, auch weil ich die europäische Debatte über den Wert der Tradition bereichert habe, fühle sich die Universität geehrt, und so weiter. Das Thema war mir freigestellt, etwas in der Art *Genealogy And Consciousness*.

«Was sagt uns Königsberg?» war das Thema der Live-Sendung, mit der ich abstürzte. Königsberg als Krönungsstadt der Könige, als Zufluchtsort Friedrich Wilhelms III. und Luises vor Napoleon, als Trümmerhaufen und russische Enklave. Ich redete mit als Nachfahre von Friedrich I. und Luisen-Experte. Wie das Video zeigt, spielte ich meine Rolle gewohnt souverän, saß lässig auf dem roten Fernsehsofa, angestrahlt wie die anderen fünf Teilnehmer, lauernd auf den richtigen Einwurf in der richtigen Sekunde.

Eine ratlose, höfliche Debatte, sogar der Vertreter der Ostpreußen ging schonend mit dem russischen Gast um. Der revanchierte sich mit dem Satz «Ihr Deutschen habt Königsberg verloren, wir haben es nie besessen». So palaverten wir über den Inselstatus und die Armut, die Öffnung nach Europa und Kaliningrad als Troja des Ostens.

Alles lief gut, bis ich auf die Vergangenheit lenkte und über Luises Lust sprach, nach dem Exil im elenden Memel endlich wieder in das prächtige Königsberg zu kommen: Königsberg als Utopie. Dabei betonte ich das Wort Lust mit besonderer Zärtlichkeit, was die Moderatorin auf die Frage brachte: «Lieben Sie Luise?»

«Und wie!», sagte ich. «Erst letzte Nacht habe ich wieder mit ihr geschlafen, mal nehme ich ihre Schwester mit ins Bett, aber am schönsten ist es mit Luise allein …»

Die Moderatorin kicherte und wandte sich sofort an den Vertreter der Vertriebenen. Alle taten so, als hätten sie nichts gehört. Niemand wagte es, auf meine Antwort einzugehen. Ich wusste selber nicht, ob sie ein Scherz oder eine Provokation gewesen war. Nach zehn Minuten war die Sendung vorbei, alles live, da ließ sich nichts schneiden.

Alle gingen mir aus dem Weg, nur der verstörte und um seine Karriere besorgte Redakteur trat auf mich zu und sagte in militärischem Ton: «Nicht bei uns! Das Thema Onanie gehört auf einen anderen Sendeplatz!»

«Wer spricht denn von Onanie?», rief ich. «Ich doch nicht, ich wollte nur sagen ...»

Er wollte nicht zuhören. Ich war verdammt, das spürte ich sofort.

In den nächsten Tagen wurde mein Scherz in der Boulevard-Presse als Geständnis gedeutet und scheinheilig kritisiert, daneben druckte man Nikolaus Lauers Pin-up-Bild von Luise. In den besseren Blättern mokierte man sich beiläufiger und ohne mich direkt zu zitieren.

Das Ergebnis war, dass keine Fernsehredaktion mich mehr einlud, keine Zeitung mehr um Artikel bat.

Natürlich habe ich einen Fehler gemacht, kann ich heute sagen. Ich wollte ein bisschen angeben, jedenfalls mit der Schwester, aber ich habe falsch spekuliert. Die Anspielung ging allen zu weit, den alten Preußen-Fans, den neu gewonnenen Pflicht-Menschen und den neomonarchistisch gefärbten Damen.

Ich hatte es gewagt, wenn auch nur in ein paar flapsigen Worten, die Königin, wie es so schön heißt, unsittlich zu berühren. Luises Erotik durfte ausgesprochen werden, ihre mächtige sexuelle Anziehungskraft jedoch nicht. Ich hatte ein Tabu verletzt, das sogar die strengsten Antimonarchisten und Erzdemokraten respektierten: Eine Königin hat geschlechtslos zu sein, selbst nach zweihundert Jahren noch.

Jutta sagte dazu: «Du hast kein Maß, du übertreibst immer, das ist dein Unglück.»

Schoppe meinte, in aller Freundlichkeit: «Wer sich ins Fernsehen begibt, kommt darin um.»

«Du bist zu weit gegangen, Albert», sagte der Redakteur, der mich zur ersten Talkshow nach Köln eingeladen hatte, «ob Scherz oder nicht, jetzt müssen wir dich ein halbes Jahr, ein Jahr aus dem Verkehr ziehen, dann werden wir mal überlegen.»

Er war meiner überdrüssig und sehr zufrieden, dass er das nicht sagen musste. Mit dem Geständnis meiner Luisen-Liebe, die in dieser Form als obszön galt, hatte ich ihm und seinen Kollegen den besten Grund für solche Absagen geliefert. Was er dachte, spürte ich genau: Von dir ist nichts Neues mehr zu erwarten, du bis ausgelutscht, ein Mann von gestern.

Den sogenannten Freunden in den Medien hatte ich, das merkte ich erst nach und nach, einen guten Vorwand geliefert. Sie wichen mir aus, sie brauchten meinen Typ nicht mehr. Inzwischen versuchten nämlich einige andere Nachkommen der Könige und Kaiser, sich dem Trend anzupassen und ein paar Gedanken von vorgestern als Hype für heute zu verkaufen. Junge Leute aus den alten Geschlechtern nutzten die Konjunktur, die ich angefacht hatte. Nur das Wort preußisch sollte möglichst nicht mehr fallen. Das Glück, die Aufmerksamkeit der Medien zu finden, hatten allerdings nur die schönen jungen Frauen – wer blond und auch sonst gut anzuschauen, jünger als 35 Jahre und von höherem Adel war und zehn Sätze über Politik und Geschichte sagen konnte, fand sich schnell in den Talkshows wieder, in denen ich ein halbes Jahr zuvor meinen Ruhm begründet hatte.

Am häufigsten wurde eine Miranda von V. vor die Kameras geholt, eine blonde Brokerin, die im richtigen Augenblick an einen Prinzen geraten war. Eine einfache Arzttochter ohne bedeutenden Stammbaum, aber sie trug den klingenden, umschwärmten Namen. Weil sie eine der Schönsten war und nebenbei stolz, eine Deutsche zu sein, durfte sie nun im Scheinwerferlicht begründen, weshalb Hitler mit dem Bau der Autobahn doch auch Gutes getan habe, weshalb ein unverkrampftes Verhältnis zur Tradition nötig sei usw. Unverfroren, charmant, telegen, da war es kein Nachteil, strohdumm zu sei und die Dummheit als Vernunft des normalen Bürgers zu verkaufen.

Die Meinungen, die ich vertreten hatte, galten auf einmal als zu intellektuell, zu differenziert, historisch abgehoben. Plötzlich registrierte man wieder, dass ich ein Autor war, und nannte meine öffentlichen Auftritte «autorenlastig». Wer noch über mich sprach, kreidete mir, wie ich hörte, Überheblichkeit und Ironie an.

Miranda war attraktiver, keine Frage, und sie nahm nun in den üblichen Show-Gesprächen meinen Platz ein. Mit ihr war leichter umzuspringen, sie hatte nicht viel mehr als Stammtisch-Weisheiten zu bieten. Ihr Verfallsdatum würde unter einem halben Jahr liegen, aber das spielte keine Rolle, noch war sie ein neues Gesicht auf dem Aufmerksamkeitsmarkt. Das Spiel ging weiter. Die kritischen Beobachter des medialen Zeitgeistes, die monatelang das Phänomen Rusch kommentiert hatten, schrieben nun über das Phänomen Miranda und die Talkshow als modernen Stammtisch.

Mein Stern sank, und noch schlimmer war, meine Gefühle waren gespalten. Einerseits wollte ich den Aufstieg der Miranda-Generation nicht ernst nehmen und mich nur belustigen, andererseits fühlte ich mich von der plötzlichen Missachtung bis ins Mark gekränkt. Eine Woche lang tat ich zum Beispiel nichts anderes, als von morgens bis nachts fernzusehen, die Auftritte von Miranda und anderen Nachwuchsschwätzern zu zählen, mich zu ärgern und das Niveau zu beklagen.

Nur Schoppe stand mir bei. Er empfahl mir auf seine trockene Art, endlich wieder zum Roman zurückzukehren. «Nimm diese Monate als Erfahrung und schreib weiter.»

Ich hatte Zeit zum Schreiben, deshalb glaubten Karla und Hemmerle plötzlich wieder an mich. Sie verlangten, ohne auf meine Depressionen Rücksicht zu nehmen, endlich ein fertiges Manuskript. Meine gesammelten Aufsätze *Sinnlichkeit im Preußenkleid* wurden bereits als Buch angekündigt, obwohl ich den Text dieses Titels und *Luises Lächeln* noch gar nicht geschrieben hatte.

«Die Welt schreit nach Romanen», sagte Karla, «ich will endlich deinen Roman sehen, egal wie, möglichst schnell. Der Buchmarkt ist noch nicht so brutal wie das Showgeschäft, da können wir mit dem Namen Albert Rusch immer noch einen Bestseller zaubern, es muss nur schnell gehen!»

159

Dobbin, Juli 1829. Vor dem Haus entsteigt Julia von der Goltz einer Chaise. Eltern Jasmund, Carl und Minna erwarten sie.

– Willkommen, Julia!, ruft die Mutter.

– Willkommen, liebe Schwägerin!

– Ihr Lieben!

Verbeugungen, Handküsse, Händeschütteln.

– Und hier das junge Paar, sagt der Vater.

Minna macht einen Knicks, Carl grüßt zackig.

– Wie schön ihr seid, ihr Lieben!, sagt Julia. Das also ist die junge Braut.

Sie schaut sie an, gibt ihr die Hand.

– Minna! Unser lieber Schützling! Wie gut geraten! Ich freue mich für dich! Und auch für dich, lieber Neffe. Ich gratuliere dir zu deiner Wahl! Und ich gratuliere euch Eltern! Ich gratuliere euch allen zu dem Glück, dass sich die Richtigen gefunden haben.

– Und wir gratulieren dir, sagt der Vater.

Julia lacht, alle lachen, nur Minna nicht.

160

Ludwigslust, Juli 1829. Friedrich von Jasmund, allein zwischen zerrissenen oder zerknüllten Briefen, schreibend.

… und wenn ich auch nie eine Antwort mit Deinen Zeilen an meine Lippen drücken darf, Du sollst es wissen mit dem Flug der Vögel und dem Wind, der Dich umfächelt, dass ich Dir ewig … so nicht …

Er zerknüllt das Papier.

161

Dobbin, Juli 1829. Wohnzimmer mit Jasmund-Eltern und Julia.

– Sie ist aber sehr ernst, das gute Kind, und blass, sagt Julia.

– Das ist normal, das ist so in den letzten Tagen vor der Hochzeit, sagt die Mutter. Bei mir war es genauso, ernst und blass, und Tante Mechthild machte sich schwere Sorgen, weißt du nicht mehr? Du kennst das ja nicht, wenn man heiratet, Julie, das ist so.

– Kommt sie denn so wenig an die Luft?

– So wenig nicht, sie geht gern an den See, sagt der Vater.

– Carl sollte mit ihr regelmäßig spazierengehen.

– Sie geht am liebsten allein.

– Er lässt die Braut alleine in den Wald?

– Manchmal schon, sie wünscht es so.

– Er lässt sich das gefallen?

– Keine Sorge, sagt der Vater, er führt sie gut. Aber für die Romantik und Gefühle, sagt er, ist Minna zuständig.

– Nicht unklug, euer Carl.

– Na, vielleicht sieht sie in ein paar Tagen schon fröhlicher aus, sagt der Vater, wenn du sie zur Gräfin ernannt hast. Wenn sie den Adelsbrief und das Wappen sieht, das wird sie rühren, passt mal auf.

– Und sie wird nach und nach begreifen, was es heißt, eine der reichsten jungen Frauen von Mecklenburg zu sein, ausgestattet wie eine Prinzessin, dann wird der Ernst schon weichen. Man darf es ihr nur nicht zu deutlich sagen.

– Wir halten uns da sehr zurück, sagt der Vater.

– Und wenn sie fragt?

– Von Geld versteht sie sowieso nichts.

162

Dobbin, August 1829. Tag vor der Hochzeit. Friedrich gelingt es, Minna vor ihrer Zimmertür allein zu sehen.

– Minna, ich …

– Sag nichts.

– Nein, ich sage nichts.

– Und meine Briefe?

– Welche Briefe, ich habe keinen Brief …

– Du hast mich nicht …

– Nein, ich …

Henriette eilt die Treppe herauf, Minna geht schnell in ihr Zimmer.

163

Porträt eines Liebhabers: Der gute Friedrich. Der Einfühlsame, der Verständige, der Romantiker, warum hat er nicht um die geliebte Minna gekämpft? Nicht von sich aus an Herrn Boyer geschrieben? Nicht seinen Eltern die Hölle heiß gemacht? Nicht die Bülows eingeschaltet? Warum sich nicht als ganzer Mann dazwischengeworfen? Warum nicht wenigstens den großen Bruder zum Duell gefordert? Mit Selbstmord gedroht? Oder den Werther gespielt? Warum ist er nicht mit der Geliebten geflohen, wenige Tage vor der Hochzeit? War seine Liebe zu schwach oder sein Mut, oder fehlten ihm die Mittel, eine Chaise zu mieten oder ein Pferd zu leihen, am See auf die Braut zu warten und sie zu entführen? Es wenigstens zu probieren? Oder wartete er darauf, dass sie die Flucht ergreift, mit einem Pferd die achtzig Kilometer hinunter nach Ludwigslust geritten kommt? Oder hatte er Angst vor der Königin der Niederlande, dem rätselhaften, mächtigen Vormund? Schreibt sich an Liebesschwüren wund, zermartert sich die Seele und rührt keinen Finger? Der leidende Künstler, tatenarm und gedankenvoll? Steht still im Hintergrund, während die Geliebte als letztes Mittel gegen den falschen Bräutigam in Ohnmacht fällt?

Friedrich, die Flasche. Vielleicht der schlimmste aller

Jasmunds, weil er als Einziger das Unglück gesehen und
nichts dagegen getan hat, als Wilhelmine auf das Schafott
der Liebe stieg.

164

Dobbin, August 1829. Hochzeitszug auf dem Weg zur Kir-
che, ein heißer Tag. Wenige Schritte vor der Kirche kippt
die Braut um. Ohnmacht. Geschrei, Belebungsversuche.
Nach einer Minute erwacht sie, Vater Jasmund beruhigt die
Gäste.
– Es ist die Hitze!
– Sehr eng das Kleid.
Carl hilft ihr auf die Beine. Sie steht.
– Geht es, Liebe?
– Ja, es geht.
Hochzeitszug formiert sich wieder. Friedrich, mit einer sei-
ner Schwestern, bleibt im Hintergrund. Alle verschwinden
nach und nach im Dunkel der Kirche. Orgel.

Die ferne Geliebte ging mir in keiner Minute meines
wachen Tages aus dem Sinn. Ich besuchte sie regelmäßig an
ihren Orten und redete mir ein: Wenn Luise über zweihundert Jahre hinweg mich als ihren Diener holt, dann werde
ich ihr treu bleiben. Ich dachte mehr an Luise als an Minna,
mehr an ihr Drama als an meinen Roman. Ich konnte nicht
zugeben, mich verrannt und verloren zu haben.

Immer öfter hörte ich ihre Befehle: Du hast genug für
mich getan, Albert, geh wieder an deine Arbeit. Aber ich
fühlte mich nicht imstande zu gehorchen, ich konnte mich
nicht losreißen von ihrer warmherzigen Stimme, ihrem
Lächeln, ihren Augen.

Ich will es kurz machen mit dem Bericht über jene düstere Zeit. Eines Tages fügte ich mich, schaltete um, besuchte sie nicht mehr und verbannte alle Bücher und Bilder in einen Karton in den Keller. Ich strengte mich an, sie zu vergessen. Aber Luise verließ mich nicht. Ständig hörte ich ihre Stimme, sie redete in meine Gefühle hinein, blockierte und beschleunigte meine Gedanken. Sie schwebte durch meine Zimmer, begleitete mich im Bus, auf den Straßen, sie sah am Schreibtisch über meine Schulter, sie beobachtete und verfolgte mich. Keine Ablenkung half. Jede Frau, der ich mit Blicken mich näherte, wurde von Luises Antlitz überschattet. Untätig saß ich herum, schrieb unbrauchbares Zeug, igelte mich ein, sah tagelang fern oder drei Kinofilme hintereinander, nichts half. Ich besuchte Jutta in Schwerin, aber die wollte mit einem Narren nichts zu tun haben.

Nur mit einem Gewaltakt, das erkannte ich endlich, konnte ich meine Liebe krönen, zerstören und beenden. Das Luisen-Denkmal im Tiergarten sprengen, das war der erste Einfall, zu primitiv. Mich an Schadows Statue, an die beiden Schwestern ketten, das gefiel mir schon besser. Aber eine solche Aktion geht nicht blitzschnell, und wahrscheinlich hätten mich die Wächter weggerissen, noch ehe ich die Kette um mich und die Marmorfrauen gezurrt hätte. Am einfachsten wäre ein Happening, ein Sleep-in im Charlottenburger Schloss: mich auf Luises Schinkel-Bett werfen und nur mit Geschrei und Gewalt weichen. Doch das wäre nur ein kleiner Zwischenfall für die Wärter und ein paar Besucher, ohne Fernsehen hatte das keinen Sinn. Irgendeine spektakuläre Idee musste her, mit der Luise und ich noch einmal zusammen auf den Bildschirmen auftreten sollten – und dann gemeinsam in den Tod oder ins Irrenhaus oder

Internet. Die Folgen waren mir egal. Hauptsache, ein gelungener Schlusspunkt.

Am Ende kam ich, die Tat liegt jetzt ein Jahr zurück, auf eine andere Idee.

Ich kaufte die dickste Eisenkette, die ich tragen konnte, und ein passendes Schloss und ging an einem heiteren Sonntagmorgen in den Tiergarten. Gegen acht Uhr waren auf der Luiseninsel noch keine Spaziergänger unterwegs, nur einzelne Jogger auf ihrer Bahn. Das Denkmal der Geliebten war von einem niedrigen Eisengitter umstellt, ich stieg darüber, setzte mich in die Blumen, führte die Kette durch die Stäbe und um meinen Bauch, zog die Kette straff und hakte das Schloss fest. Mit der freien rechten Hand drehte ich den Schlüssel und zog ihn ab. Eigentlich hatte ich ihn in den Teich werfen wollen, aber die Entfernung war zu groß, also vergrub ich ihn im Erdreich.

Da ich hinter dem Gitter auf dem Boden saß, dicht vor dem Sockel, den Rücken den Spazierwegen und das Gesicht Luise zugewandt, wurde ich nicht gleich entdeckt. Erst gegen neun sprachen Leute mich an, ein älteres Ehepaar wollte wissen, warum ich da sitze, was ich hier tue.

«Ich liebe Luise», sagte ich.

«Da müssen Sie doch nicht die Beete zertrampeln!»

Die beiden schüttelten den Kopf und gingen weiter, doch um halb zehn umstanden mich bereits ein Dutzend Menschen. Eine Viertelstunde später erschienen die ersten beiden Polizisten und forderten über Funk Verstärkung an.

Allen, die sich empörten, sagte ich: «Ich liebe Luise.»

Vor dem Sondereinsatzkommando waren Fernsehleute eines Privatsenders da – ich hatte ihnen vorher einen Tip gegeben. Sie erkannten mich sofort und erklärten den

Schaulustigen meine Prominenz. Nun hörte ich immer öfter: «Den kenn ich doch aus dem Fernsehen.»

Als die Kamera aufgebaut, der Tonmann im richtigen Winkel stand und ein junger Bursche fragte, warum ich hier sitze, warum ich mich angekettet habe, antwortete ich:

«Erwäg ich, wie in jenen Schreckenstagen, still deine Brust verschlossen, was sie litt, wie du das Unglück, mit der Grazie Tritt, auf jungen Schultern herrlich hast getragen, wie von des Kriegs zerrissnem Schlachtenwagen …»

«Herr Rusch, ich meine konkret, warum haben Sie sich angekettet, hier am Denkmal?»

«Selbst oft die Schar der Männer zu dir schritt, wie, trotz der Wunde, die dein Herz durchschnitt, du stets der Hoffnung Fahn uns vorgetragen: o Herrscherin, die Zeit …»

«Herr Rusch, das ist ja schön und gut, aber könnten Sie unseren Zuschauern etwas weniger pathetisch …»

«Die Zeit dann möcht ich segnen! Wir sahn dich Anmut endlos niederregnen, wie groß du warst, das ahndeten wir nicht!»

«Wie groß Sie sind, Herr Rusch, das wissen wir, aber Sie müssen doch irgendwelche Forderungen verbinden mit Ihrer Aktion …»

«Dein Haupt scheint wie von Strahlen mir umschimmert; du bist der Stern, der voller Pracht erst flimmert …»

«Ich habe verstanden, Herr Rusch, es ist ein Gedicht, es reimt sich, aber warum?»

«Wenn er durch finstre Wetterwolken bricht!»

Ich machte eine Pause, der Fernsehbursche versuchte einen neuen Ansatz, und ich wiederholte die Zeilen von vorn.

Jede Frage, auch die der Sanitäter, Polizisten, Zuschauer und anderen Pressevertreter, beantwortete ich mit Zeilen aus dem Gedicht. Man kicherte, einen solchen Idioten hatte man lange nicht erlebt. Bis gegen elf Uhr umstanden mich mehr als fünfzig Leute, ständig kamen Neugierige hinzu, andere gingen weiter, ich war die größte Sonntags-Attraktion im südlichen Tiergarten. Niemandem gelang es, mir mehr als die Gedichtsätze zu entlocken.

Alle hielten mich für wahnsinnig, ich fand es großartig. Als ein Polizist mit Schweißgerät mich von den Ketten und vom Luisengitter getrennt hatte, das muss gegen halb zwölf gewesen sein, wurde ich nicht ins Polizeirevier, sondern in eine psychiatrische Klinik gebracht.

Nun sitze ich hinter Glas, aber nicht im Irrenhaus, sondern im Museum.

Ich hatte das Glück, in der Psychiatrie auf einen Arzt zu treffen, dem der Name Heinrich von Kleist nicht unbekannt war. In der ersten diagnostischen Vernehmung gestand ich, bei meiner Aktion sein Sonett an die Königin Luise zitiert zu haben, nichts weiter. Ich berichtete, wie der schüchterne Kleist dies Gedicht der verehrten Königin an ihrem letzten Geburtstag im März 1810 überreicht und wie sie gerührt geweint habe.

Den Ärzten schien meine akute schizophrene Psychose «gutartig», meine Manie heilbar. Nach vierzehn Tagen Beobachtung und einigen anregenden Diskussionen schickte Dr. N. mich mit einer Großpackung Neuroleptika nach Hause.

«So weit sind wir noch nicht», sagte er, «dass wir Leute, die Gedichte auswendig hersagen, in die Psychiatrie sperren.»

Drei Monate blieb ich in ambulanter Behandlung. Über unsere therapeutischen Sitzungen will ich, da die ganze

Geschichte nun erzählt ist, keine weiteren Einzelheiten preisgeben. Das Auf und Ab meiner manischen Phasen und Ausflüge in den Wahn sowie die Defizite und Störungen meines Fühlens habe ich auf den vorstehenden Seiten betont genug angedeutet.

Jetzt ist ein neuer Anfang gemacht, mein Leben auf sicheren Gleisen. Nach der Luisen-Aktion konnte ich unter vier oder fünf Angeboten wählen. Ghostwriter der Memoiren reicher Adelsleute wollte ich nicht werden, Werbemann für brandenburgische Öko-Kartoffeln auch nicht. Ein Filmer versuchte mich für die Mitarbeit am Drehbuch für einen Streifen über Kaiser Wilhelm II. zu gewinnen. Die Anfrage der Stiftung Preußische Schlösser und Gärten, ob ich als Fremdenführer anheuern wolle, fand ich unter meiner Würde – wahrscheinlich war das sogar eine gezielte Gemeinheit gegen den Bastard, der ihnen fast ein Jahr lang die Show gestohlen hatte.

Ich hatte das Glück, den großzügigsten Mäzen zu finden. Der Bankier von Steckendorff hat sich, wie die Berliner wissen, in Paretz, im einstigen Landsitz von Friedrich Wilhelm III. und Luise, seinen Lebenstraum erfüllt und auf eigene Kosten ein Museum zur Geschichte Preußens und Brandenburgs errichtet. Hier sind über dreihundert Exponate zu sehen, die meisten davon aus der Steckendorff'schen Sammlung, Porträts der Kurfürsten und Könige, Waffen, Bücher, Totenmasken, Spielzeug, Fahnen und Dokumente. Die eigentliche Attraktion aber, darf ich wohl sagen, bin ich.

Gegen Ende ihres Rundgangs passieren die Besucher einen Raum, in dem ich sitze und arbeite. Am Schreibtisch wie zu Hause, mit Laptop, Zetteln und Büchern, mit Drucker, Radio, CD-Spieler und einem Regal, mit Notizen an der Wand, Lesesessel und Blumenstrauß am Fenster. Auf

Wunsch des Herrn von Steckendorff steht der Schreibtisch so, dass man mich im Profil sieht. Damit ich in Ruhe arbeiten kann, dämpft eine Glasscheibe den geschäftigen Lärm der Besucher, nicht nur die Schulklassen sind laut.

Neben der Scheibe ein Schild: *Albert Rusch *1958, Urururururururenkel des Soldatenkönigs, Schriftsteller, Erfinder des Preußenjahres 2001.*

Dafür erhalte ich von Herrn von Steckendorff, der Sponsor wünscht an dieser Stelle genannt zu werden, 10 000 DM im Monat, brutto. Mittwochs bis sonntags von 11 bis 18 Uhr ist mein Arbeitsplatz hier in Paretz. Ein halbe Stunde Mittagspause und sechs Wochen Urlaub sind vereinbart, aber ich bin kein Angestellter, Versicherungen, Steuer usw. zahle ich selbst. Der Vertrag ist auf sechs Jahre befristet. An Samstagen und Sonntagen darf ich mittags um 12 Uhr, als Soldatenkönig verkleidet, die Parade der Langen Kerls vor dem Museum abnehmen, wenn mir nach Abwechslung und frischer Luft zumute ist. Dieser Dienst ist freiwillig und wird in Aktien der Steckendorff'schen Bank entlohnt.

Niemals ist es mir besser gegangen, nie war meine Zukunft so gesichert wie heute. Und wenn ich sehe, wie andere Menschen, nur um 2000 Mark zu ergattern, sich zwei Wochen halbnackt in einen Disco-Käfig sperren, anstarren und betatschen lassen, dann weiß ich mein Paretzer Idyll noch mehr zu schätzen. Was für ein Segen, einen Gönner zu haben, der stolz darauf ist, einen jungen Enkel des Soldatenkönigs aushalten und ausstellen zu dürfen!

Außerdem bin ich hier sicher vor dem Rummel des Preußenjahres. Da wird sowieso nur nachgeplappert und aufwendig präsentiert, was ich vor ein, zwei Jahren gesagt und geboten habe. Ich kann, ich muss mir das ersparen. Ich habe einen Exklusivvertrag mit Herrn von Steckendorff. Kein Interview mehr, keine Reden, keine Talkshows, keine Empfänge nach Ausstellungseröffnungen. Hier darf ich schweigen, für die Außenwelt nichts weiter als ein Museumsstück, dessen Kosten der Sponsor von der Steuer absetzt.

Herr von Steckendorff lässt mir jede Freiheit beim Schreiben. Natürlich hofft er, irgendwann ein Buch mit dem Titel *Alter Fritz und neuer Geist* in den Händen zu halten. Aber er ist ein liberaler Mann und weiß, dass man Künstler zu nichts zwingen kann. Karla Peschken und Dr. Hemmerle auf der anderen Seite lassen nicht locker und wollen endlich ihren Wilhelminen-Bestseller sehen.

Ich habe es vorgezogen, erst einmal meine Geschichte zu Papier zu bringen. Den Anstoß dazu hat Dr. N. gegeben: «Das Wichtigste ist, dass Sie Ihre Krankheit verstehen. Versuchen Sie Ihre Ruhmsucht aufzuarbeiten. Geben Sie offen zu, wie abhängig Sie von dieser Sucht waren und sind. Schreiben Sie, wie Sie sich selbst zum König krönen wollten. Warum Sie das nachmachen mussten, was Ihr Vorfahr Friedrich I. mit seiner Selbstkrönung vorgemacht hat. Erst dann wird es eine Besserung geben.»

Wie man meinen Bericht bewerten und verkaufen wird, ist mir herzlich gleichgültig. Endlich bin ich in der glücklichen Lage, vom Urteil der missgünstigen Welt und von den Launen des Marktes unabhängig zu sein. 1439 Exemplare, dies Trauma darf ich für immer vergessen.

Nur ein Problem werde ich noch zu lösen haben. Wer ein Buch veröffentlicht, gerät unweigerlich in die Mühlen der Medien, zumal wenn er eine solche Geschichte zu bieten hat. Aus guten Gründen habe ich mir und dem Therapeuten geschworen, nie wieder Interviews zu geben, nie wieder vor Fernsehkameras den Pfau zu spielen, nie wieder der Presse den Affen zu machen. Inzwischen bin ich so gut trainiert, dass ich mich nicht mehr rühre, wenn die Besucher auf mich zeigen oder an die Scheibe klopfen. Auf blitzende Fotoapparate reagiere ich nicht. Ich habe genug vom öffentlichen Rummel und vom Selbst-Marketing und spiele den Strauß. Ich bin auf Entzug, die Droge Medien, die Droge Ruhm kommt mir nicht mehr ins Haus.

Um meine Therapie nicht zu gefährden, werde ich einen anderen Autor bitten, meine Geschichte vorläufig unter seinem Namen herauszubringen und an meiner Stelle die anstrengenden Rituale des Literaturbetriebes mitzuspielen, Pressegespräche, Fernsehauftritte, Podiumsdiskussionen, Lesungen, Signierstunden usw. Ich werde mich zurückziehen, hinter der Glasscheibe weiter meine Schlachten schlagen und über diesen Bericht und den unfertigen Bestseller nur sagen: *Was ich geschrieben habe, habe ich geschrieben.*

Ein paar Sätze muss ich noch anfügen für die Leserinnen und Leser, die wissen wollen: Was ist aus Wilhelmine und Carl geworden?

Also das Finale: Genau neun Monate nach der Hochzeit, im Mai 1830, bringt Minna ihr erstes Kind zur Welt, eine Wilhelmina, die nur achtzehn Jahre alt wird. 1831 darauf das zweite Kind, einen dritten Carl von Jasmund, der später der Großvater meines Großvaters wird. Das dritte Kind folgt 1833, Auguste. Kurz nach der Geburt des vierten Kindes im Januar 1836 stirbt Wilhelmine, im Alter von vierundzwanzig Jahren, ohne je erfahren zu haben, wer ihre Eltern waren und wer die Überraschungen ihres Lebens lenkte.

Die Karriere des Ehemanns Carl wird schlimmer, als seine Tante Julia befürchtete. Nach Minnas Tod schmilzt das

Vermögen bald dahin. Das war nicht allein Carls Schuld, denn Mitte der vierziger Jahre rutschten die Niederlande in eine schwere Inflation, der Kurs der Wertpapiere sank um die Hälfte. Carl hatte eine niederländische Hypothek von fünf Prozent zu löschen, aber es gehörte schon viel Ungeschick dazu, das 10 300 Morgen große Gut Dobbin mit 8000 Schafen, 120 Kühen, schlagreifem Wald, Molkerei, Mühle, Schmiede, Fischerei und Jagdgebieten in wenigen Jahren auf den Hund zu bringen. Carl, mit Ach und Krach Oberleutnant der Preußischen Armee, wurde ein Trinker und Schürzenjäger. Später heiratete er noch einmal, die Schwester der Frau, die sein Sohn, der dritte Carl von Jasmund, geehelicht hatte, Sophie von Levetzow. Seine zweite Frau wurde also die Schwiegermutter ihrer Schwester. Aber der alte Carl muss ein solches Scheusal gewesen sein, dass Sophie sich bald wieder von ihm scheiden ließ – mitten im 19. Jahrhundert im erzkonservativen Mecklenburg als Frau eine Scheidung durchzusetzen, ein unerhörter Vorgang. Carl wurde 53 Jahre alt.

Über Carls Bruder, den schüchternen Liebhaber Friedrich, gibt es keine Akten und Berichte. Nur die Legende, er sei nach Minnas Hochzeit ins Ausland gegangen, wahrscheinlich nach Württemberg.

Das Gut Dobbin haben die Jasmunds schon in den fünfziger Jahren verkauft. 1901 ging es in den Besitz der Königin Wilhelmina der Niederlande über, die es ihrem Gemahl Prinz Henrik von Mecklenburg schenkte – offenbar lag immer noch eine Hypothek aus den Niederlanden darauf. Als wolle die Muse Klio beweisen, dass alle Kreise sich schließen: Von Henrik war weiter oben die Rede, jener Prinzgemahl, der bei seinen Treibjagden als Vergewaltiger durch die niederländischen Dörfer zog.

319

Mehr als das, was im ersten Teil dieses Buches beschrieben wurde, ist über das Leben der Marie Hoffmann und ihrer Familie nicht bekannt.

Und König Willem? 1840 dankte er zu Gunsten seines Sohnes ab, zog mit seiner letzten Geliebten, der belgischen Gräfin, die er bald heiratete, nach Berlin in das Niederländische Palais und nahm die Akten über seine «onechte dogter» mit. Diese Tochter war seit vier Jahren tot, darum verlangte der König von der Familie Jasmund alle Briefe und Dokumente zurück und ließ das ganze Material auf den Boden schaffen. Die traurige Geschichte der Wilhelmine von Dietz sollte für alle Zeit vergessen werden. Der König im Ruhestand starb 1843, auf einem Sessel sitzend, den Linden zugewandt, ein Buch auf dem Schoß.